人間社文庫 || 昭和の性文化⑥

寺山修司という生き方
望郷篇

伊藤裕作 著

JN138321

人間★社

寺山修司という生き方　望郷篇◉目次

壱　今日的提言――平成に寺山修司に手紙を書く
都市（近代）と地方（前近代）が融合する桃源郷社会　8
――寺山さん！　百年経たずにその意味わかりました
弐　極私的報告――気がつけば、私の人生桃色だった
地方から東京へ、行けば行ったで何とかなるさ　32
――昭和に寺山修司を生きる
（1）一九六八年、「家出のすすめ」に煽られて東京へ！　32
――『青森県のせむし男』
（2）「ニッポンの若い」者たちに寺山の強烈なアジテーションが炸裂　40
――『書を捨てよ町へ出よう』
（3）大人になれない王子さまが、本物の人生を見せて！　と叫んだ　47
――『星の王子さま』
（4）寺山が描く〝生と死〟のさかさま世界　54
――『花札伝綺』
（5）アメリカを憎み愛した〝七〇年代〟への応援歌　61
――『時代はサーカスの象にのって』
（6）一九七二年、巷には怨歌が流れていた！　68
――『犬神』

(7)天井桟敷の観客参加はマナイタショーではなかった！　75
――『ガリガリ博士の犯罪』
(8)私の人生を変えた、女優鈴木いづみとのニアミス体験　82
――『人力飛行機ソロモン』
(9)寺山はボクシングで人生を語った！　90
――『力石徹の告別式』
(10)寺山は幻想的な官能写真の名人だった　98
――『幻想写真館犬神家の人々』
(11)観客を襲う血腥い寺山の〝呪術ロック〟　105
――『邪宗門』
(12)無人島に行くな。ここに残れ！　のメッセージ　112
――『青少年のための無人島入門』
(13)高円寺の公園に新世界の入口が出現した！　120
――『地球空洞説』
(14)完全な暗闇の中で演じられた〝奇劇〟の中味　127
――『盲人書簡』
(15)お母さんもう一度ぼくを妊娠して！　135
――『身毒丸』

参　戦後の娼婦小説の系譜と寺山修司の娼婦観――寺山修司にとって桃ちゃんとは？

序　章　〝大正マツ〟から寺山修司の桃ちゃんを考える　144

第一章　敗戦後の娼婦小説（昭和二〇年から二七〜二八年）　155
——再生する女の物語
第二章　赤線、青線小説（昭和二八年から四二〜四三年）　187
——運命論を巡る女の物語
第三章　ポスト赤線&トルコ風呂小説（昭和四三年から五七〜五八年）　216
——自立を志す女の物語
第四章　現代の娼婦小説（昭和五八年以降）　248
——心に闇を持つ女の物語
第五章　寺山修司の娼婦観　280
——前近代と近代のごった煮の世界
終　章　平成の今、寺山修司になって桃ちゃんを考える　311

肆　伊藤裕作という生き方——産土神に守られて
一　芸濃町にどうして水族館劇場の幟が立つことになったのか？　318
二　妄想の果実——乱歩「パノラマ島綺譚」と芸濃町　329
三　文章家宣言——斎藤緑雨の如く　338
四　研究ノート——私の産土信仰と伊勢　344
文庫版あとがき　355
解説　高取英　360

壱　今日的提言——平成に寺山修司に手紙を書く

都市（近代）と地方（前近代）が融合する桃源郷社会
――寺山さん！　百年経たずにその意味わかりました

寺山さん、お久しぶりで御座います。

多分、覚えていらっしゃらないと思います。

私が一九歳のときの秋ですから、もう四〇年も前のことになります。

一九六九年の早稲田大学の学園祭、早稲田祭で早稲田短歌会が主催した講演会に早稲田へいらっしゃったとき、短歌会、詩人会、俳句会の合同の部室であった学館の27号室へ案内し、講演の後で行われた質疑応答で、観客参加の話のときに、

「女優さんの肌に手を触れてもいいのですか？」

という破廉恥な質問をしたのが私です。

そんな私も、早いものでもう還暦です。

元「天井桟敷」の人たちが書いた寺山さんに関する本はいくつもありますが、寺山さん

に影響を受け、寺山さんを人生の師として生きたのは元「天井桟敷」の人たちだけではありません。

寺山さんの書いた本、台本を書き演出をした舞台、あるいは脚本を書き監督をした映画を観た者の中にも、寺山さんを人生の師として生きてきた者は大勢います。

私も、そんなひとりです。

故郷を捨て、家を出て、家を作らず、もちろん寺山さんがそうしたように子どもも作らず、一生懸命生きてきました。

それが寺山さんの教えだと信じて……。

一九六八年二月、寺山さんの「家出のすすめ」に煽られて、

「もしも、ここに受からなかったら寺山さんの主宰する天井桟敷に入れてもらおう」

そんな独り合点の決意をして、寺山さんが学んだ早稲田大学教育学部を受験するために上京した私は、運よくここに合格し、寺山さんの大学の後輩として東京・新宿での学生生活をスタートさせました。あの頃の寺山さんは、私にとって人生の指針を示してくれる父親のような存在でした。

あの日から四〇年が経ちました。

短歌を作り、アングラ芝居に夢中になり、物書きとして生きてきた私の人生は寺山さんの影響を色濃く受けたものでした。もちろん、寺山さんほどの才能がないことを自覚したときから、私は寺山さんが提起したある問題をライフワークとしてとらえ、ひたすらそれに向き合ってきました。

寺山さんは、イプセンの書いた『人形の家』のノラが家を出て、お金がなくなれば身体を張って生きても、それはそれでいいではないかと記し、その自立した娼婦像としてトルコの「桃ちゃん」というキャラクターを立ち上げ、競馬のエッセイに度々登場させました。また、寺山さんは自らが書き、演出・監督した芝居、映画の中で多くの娼婦を紡ぎ出しています。

そうした本を読み、芝居、映画を観るうちに、私は娼婦とは何者なのかという問題意識を持つようになり、同時に寺山さんが作り上げたトルコの「桃ちゃん」って、どんな子なのか？　と、「桃ちゃん」を探しに、風俗ライターとなって日本全国の盛り場を歩き始めたのです。

明るくて元気のいい何人、いや何十人の「桃ちゃん」に遭遇しました。彼女たちと接するうちに、この子たちのルーツは本当に『人形の家』のノラなのだろうか。そんな疑問を抱くようになった私は、戦後の日本の娼婦を描いた小説にその源を求め、さまざまな娼婦小説を読むようになったのです。そして、法政大学大学院に社会人入学して、本格的に娼婦小説を読み解き、二〇〇九年の春、「戦後の娼婦小説の系譜と寺山修司の娼婦観」というタイトルの修士論文を書き上げました。

その作業の中で私は、寺山さんがエッセイではノラのことを自立した娼婦として書き、またトルコの「桃ちゃん」のキャラを自立した娼婦として立ち上げて、自立した娼婦に拍手を送っているのに、芝居、映画では、もう一度生きてやり直しができるのであれば違う人生をやり直したいと願う、まったくもって自立できない、前近代的な娼婦たちばかりを登場させていることを発見しました。

寺山さんの作り出す寺山ワールドは、近代（前衛）と前近代（土着）のごった煮の世界であるといわれています。

寺山さんの娼婦観も、しっかりこれに当てはまります。いかにも前近代的な着物の裾を乱す泥まみれの売笑婦と、近代の明るくて溌剌としたトルコの「桃ちゃん」が並立する世界。それが寺山さんの娼婦ワールドなのです。

一九七四年に上映された寺山さんの原作・台本・監督の映画『田園に死す』は、今の「私」と二〇年後の「私」が人生のやり直しを語り合うという映画だったのですが、このラストシーンがいかにも寺山さんふうで面白かったですね。

二〇年後の「私」が田舎の板の間で母親と向き合ってごはんを食べています。そのセットが突然パタッと倒れると、そこは東京・新宿の雑踏のど真ん中で、「本籍地、東京都新宿区新宿字恐山」と今の「私」の声が流れます。

まごうことなく、近代（都市）と前近代（地方）のごった煮、寺山さんの世界でした。だけど、あの映画を三〇年前に映画館で観たときに私は、あのシーンで寺山さんが私たちに何をメッセージしたかったのか、正直いって解りませんでした。

当時、書き割りのセットが倒れると同時に都市と地方が、平面としてつながる手段がなかったのだから、理解できなくて当然ですよね。

ところが、二〇〇九年の今は、都市と地方を映画『田園に死す』ふうにつなげるツールが存在します。

高速夜行バスです。

夜これに乗り、朝目覚めれば……。こうして誰もが近代と前近代のごった煮世界、寺山ワールドに浸ることが可能になったのです。

このツールを上手に使えば、寺山さんの思い描く娼婦観はもちろんですが、もっと広範囲にわたって寺山ワールドがより鮮明に見えてくるのではないか。そして、そうすれば今、日本が直面する都市と地方の格差の問題を解決させる糸口を見つけることができるのではないか。

　私はそう考えました。

　物は試し。これ（高速夜行バス）を駆使して寺山さんの映画『田園に死す』の思想をアクションしてみよう。

　寺山さんの「家出のすすめ」に煽られ上京して四〇年。

　二〇〇九年の春、トルコの「桃ちゃん」探しの旅を終えた私は、都市（近代）と地方（前近代）のどちらかを切り捨てるのではなく、どちらへも行ったり来たりして、そのごった煮の世界を体験、思考するという新たな旅（これを私は、半分ずつ行ったり来たりの意味で「ハーフターン」と名付けた）をスタートさせました。


　寺山さんの芝居で、タイトルに「新宿」という地名が躍る作品があります。

　一九六八年、昭和四三年の一月一七日から二一日にかけて、東京厚生年金小ホールで上演された「天井桟敷」公演『新宿版千一夜物語』もそんなひとつで、演出も寺山さんでした。

　アラビアのロレンスをパロディ化した新宿のロレンスなる男が登場します。このロレンスが、当時トルコ風呂といわれていた、現在のソープランドに入り浸っているという設定で、この芝居の幕は開きます。

見世物の復権を旗印に旗揚げした寺山さんの「天井桟敷」の芝居はエロで俗悪（キッチュ）で、メチャ下世話な衣装をまとって立ち上がってきます。

その例に漏れず、この『新宿版千一夜物語』も新宿のロレンスがミス・トルコに指でいじられると、快感の悪魔が下半身から飛び出してきて、この悪魔がどんな希望でも叶えてくれるというストーリーで、いかにも寺山さんならではの展開です。

つまり、ロレンスの下半身がアラジンの魔法のランプというわけです。

舞台は当時の世相を反映してトルコ風呂の個室、学生運動家のアジト、ピンク映画館が設えられた舞台での三幕劇で、一幕ごとに千一夜、二年九ヵ月が経過していきます。

従って、三幕劇のラストは一九六七年から五年六ヵ月後、つまり一九七二年ということになります。そのとき舞台では何が起きていたかというと、新宿のロレンスが、こんな願いごとをしています。

〈「この世のにんげんを全部（中略）、目茶苦茶に助平にしてもらいたい。口によだれ、目には火の矢！　革命よりも、戦争よりも、もっとあざやかなこの世のドンデン返し。牧師を痴漢に、大学教授を覗き屋に、ミッションスクールの女学生を売春婦に、革命家をドンファンに、自衛隊員を種馬に、オールドミスを淫売に、有閑マダムをオナニストに。（中略）泥棒には下着ばかり盗ませてくれ。この世を天国にしてくれ。過ぎゆくものは、みな地獄。労働者は、大臣の女房を寝奪ってくれ。性教育は取り止めだ。犬のように、公園でやらねばならぬ。天国万歳！　お前の一生一代の大仕事のつもりでやるのだ〉

一九七二年、連合赤軍リンチ事件が発覚します。

そんなわけで、実はこの新宿版の『千一夜物語』は下世話な風俗芝居のように見せながら、寺山さんはその五年後に起きる連合赤軍リンチ事件を予言していたのですよね。私は、そんなふうに思ってこの戯曲を読みました。

ところで寺山さんはこの頃もう一本、新宿・歌舞伎町のトルコ風呂を舞台にした芝居を書いています。

一九六六年、昭和四一年の一二月、アートシアター新宿文化で「人間座」の公演として江田和雄演出で上演された『アダムとイヴ、私の犯罪学』がそれです。

トルコ風呂「エデン」の二階、アパートの板をはずして階下の天国「エデン」を覗き見るシーンなどがあり、どうやらこのトルコ風呂は平成の今、新宿・歌舞伎町セントラルロードと桜通りにはさまれたところにあるソープランド街にあるものとは異なる、もっと場末のそれのようです。

一九六〇年代後半から七〇年代にかけて、歌舞伎町の新宿コマ劇場および風林会館の近くにも何軒かのトルコ風呂がありました。たしか「コマ」とか「銀嶺」とか「げんじ」とかいう店名だったと思います。今どうなっているのでしょう。

路地裏歩きをして確かめてみようと、街に出ました。

二〇〇八年一二月末で歌舞伎町の象徴だったコマ劇場が閉鎖され、今、新宿・歌舞伎町は大きく変わろうとしています。コマ劇場の横にあったトルコ風呂も、区役所通りからちょっと歌舞伎町に入ったところにあったトルコ風呂も、やはりすでになくなっていました。

アッ！

風林会館前の路地を入り、アチコチ見廻していると突然、そこだけがまるで時間が三〇年、いや四〇年前に遡ったような路地裏に入り込んでしまいました。

この感覚は何でしょう。どこかで以前見たデジャブな感じでした。

どこで見たのでしょう？

桜通りに出て、振り返ると〝思い出の抜け道　SINCE1951〟と書かれていました。

平成の歌舞伎町に穴があき、昭和二〇年代前半の歌舞伎町がそこにそっくり息づいていたのです。

そのとき、私の脳裡には一九八三年九月に公開された寺山さんの遺作映画『さらば箱舟』の村の空き地に出来た、この世とあの世を結ぶ大きな穴のことが思い浮かんでいました。

この空間こそ、あの穴の世界なのではないのか。

しかし、ここは映画でもSF小説の世界でもありません。二〇〇九年の新宿です。私はそこに立ち止まり、これこそが寺山ワールドと実感しました。

『さらば箱舟』は、いかにも寺山さんらしい映画でした。

少年が柱時計を砂漠へ捨てていくシーンで幕が開きます。この少年は百年村の地主、時任家本家の大作（原田芳雄）で、村の柱時計を捨てることによって、時間を時任家本家が独占したことを意味しています。

分家の時任捨吉（山崎努）がいとこのスエ（小川眞由美）と乳くり合っています。村では、いとこ同士でそういう関係になれば犬の子どもが出来るといわれていて、スエには貞操帯が付けられています。夫婦になりながら、結ばれることができない捨吉とスエ。捨吉は悶々とした日々を送らざるをえません。そんな捨吉を馬鹿にする大作。やがて捨吉が大作を刺し殺し、村から逃走します。しかし逃げ切れずに村に戻った捨吉は、物の名前を忘れてしまい、ついには自分が何者であるのかも忘れてしまう病気にかかってしまうのです。これは言葉を換えていえば、捨吉は近代的な自我をなくしてしまったということですよね。

そんなときに、村の空き地にあの世とこの世が通じる大きな穴が出来、その穴の世界へ郵便物を運ぶ郵便配達人が登場します。

なんとも難解ですが、村に旅芸人一座もやってきて、いかにも寺山さんの映画ならではの前近代の猥雑なシーンが随所にちりばめられていて、観るものを楽しませてくれます。

この穴の出現によって、百年村の時任家の力は衰えていきます。同時に捨吉は死にます。と、ともに砂漠に埋められた時計が鳴り出して、村人たちはそれぞれの時間を取り戻し、百年村から隣の町に移っていくのです。

このとき、スエが穴の前に佇み、

〈「隣の街なんてどこにもない。百年たてばその意味わかる。百年たったら帰っておいで！」〉

と、いって、穴の中へ身を投げます。

場末のトルコ風呂があった何十年前の新宿歌舞伎町と、コマ劇場が取り壊されようとしている、今の歌舞伎町。その街のド真ん中にまるで時間が止まったかのように存在する歌舞伎町裏の飲み屋街。そんな空間に立てば、誰だって前近代と近代がごった煮の寺山さんの寺山ワールドに引き込まれていきます。

そして、こう思うのです。

路地裏の飲屋街の取り壊しは絶対に許してはいけない。

ポストコマ劇場の歌舞伎町に、この飲屋街がどう溶け込んでいくのか？　溶け込ませていけるのか？　それこそが私たちの問題であると……。

さらにいえば、この昭和二〇年代の飲み屋街を歌舞伎町に上手に溶け込ませる方法論を私たちが獲得すれば、日本が今直面している都市（近代）と地方（前近代）の格差の問題を解決させるとば口が見つけ出せると思うのですが、どうでしょう。


ところで寺山さんは、「天井桟敷」の旗揚げに『青森県のせむし男』を掛けられましたが、あれはどうしてだったのですか。

寺山さんは、あの芝居の中で、大正マツにせむし男のことをこういわせています。

〈「あれはあわれな男！　素直に他人になれない男！　いつまでも　いつまでも　お墓を背中から下ろすことのできないせむしの男　ふるさとびとのおばけですよ」〉

あのせむし男、ふるさとびとのお化けって、寺山さん自身のことですよね。

そして寺山さんが「家出のすすめ」で煽リ、それに反応した多くの人々もこのふるさとびとのお化けだったと思います。間違いなく、私もそのひとりでした。

あの時期、寺山さんはせむし男、ふるさとびとのお化けからの脱却をめざしていたんですよね。そして、その糸口を私たちふるさとびとのお化けたちにレクチャーしようとしていたんだと思います。

ところが、萩原朔美さんの『思い出のなかの寺山修司』（筑摩書房）によれば、当時の「天井桟敷」はフーテン族などと一緒に風俗現象のひとつとしての扱いで、たとえば毎日新聞に「白昼文化にいどむ実験演劇」というタイトルで、旗揚げ公演の『青森県のせむし男』が次のように紹介されたとあります。

〈胸おどる怪奇の密室。――それ以外に、この日常生活には心をときめかすものはないのだろうか。テレビなどのマス文化の出現によって、画一化がすすんでいるように見えながら、それにもかかわらず、文化は分断されていく。高級文化と大衆文化というよりも、それが限りもなく細分化されていくような状況のなかで「見せ物」をスローガンに進出してきた一つが〝天井桟敷〟などの一団である。それは白昼文化へ挑戦しているようにみえる。〉

もちろん、こうした扱いをされることも寺山さんは先刻承知の上で、『青森県のせむし男』を仕掛けたのだと萩原朔美さんは書いています。

さらに『思い出のなかの寺山修司』はこんなふうにつづきます。

〈思えば寺山さんは演劇人から非難されやすい人だった。歌人や詩人としてのフィールドから芝居に乱入して来た門外漢だったからだ。何をするのか分からない人物。既製の演劇概念を否定しながら、それをテーマとする戦術。スキャンダル・メーカーの遊戯のように思えるマスコミへの登場は、旧来の演劇人からは疎まれて当然だったろう。評論家の方も、評価していいものか、少し様子を見てやろうという傍観の態度であった。後年、海外公演で評価され、それからやっと劇評の対象となったのである。〉

「天井桟敷」が初めて海外公演に打って出たのは一九六九年六月だったと、萩原朔美さんはこの本で書いています。

この海外公演が寺山さんを変えてしまったのではないですか。

そして、大仰にいえばそのことが三十数年後に、日本に都市と地方の格差をもたらしたのだと、私は思っています。

「天井桟敷」の『青森県のせむし男』の次の演し物は『大山デブコの犯罪』でした。

寺山さんはこの作品が収録されている思潮社の『寺山修司の戯曲　2』の作品ノートで、政治から断ち切られた存在としてのデブコを、性のお化けとして考えたかったと書いています。

そして戯曲の中で、新高恵子さんが演じたデブコの娘、麗子にこんな科白をいわせています。

〈「食べなさい」といわれれば、いくらでも食べる女、「寝よう」といわれれば、誰とでも寝る女、それが大山デブコでした。〉

またこんなことも……。

〈母の口ぐせは、ただひとつ「いい体をつくるんだよ。立派な体さえもっていれば、みんながかわいがってくれるからね」〉

つまり、デブコは性のお化け、娼婦だったんですよね。

一九六七、六八年頃の日本の田舎には、前近代の遺産ともいえるこうした性のお化けが大勢いました。

東京へ出て、このようなふるさとびとのお化け、あるいは性のお化けとの対峙の仕方を学ぶ。

「家出のすすめ」に煽られて都会へ出てきた若者の多くは、私がそうであったようにそう思っていたのだと思います。

ですからあの時期に、寺山さんに変わってもらってはダメだったのです。

でも寺山さんにも変わらなければならない事情はあったんですよね。

一九六八年三月に日仏会館で初演され、五月に厚生年金小ホールで再演された、寺山さんが台本を書き萩原朔美さんが演出した『伯爵令嬢小鷹狩掬子の七つの大罪』は、芝居のストーリーよりむしろ、この芝居を仕組んだのは誰なんだという話になっていきます。

また同じく一九六八年の一〇月に寺山さんが作・演出した『星の王子さま』では、主役の点子を演じた石井くに子さんがラストに、

〈「教えて、わたしは誰？　もう「星の王子さま」は終わってしまったの？　そして、わたしは点子なの？　それとも石井くに子なの？」〉

と問いかけて芝居は終わります。

つまり、「天井桟敷」を旗揚げした当初から、寺山さんは『青森県のせむし男』『大山デブコの犯罪』のような前近代の遺産としてのふるさとびとのお化けや、性のお化けの日本人の物語を芝居として提示しながら、同時にその芝居を作っているのは誰なんだという、演劇そのものに対する問いかけをもっていらっしゃいました。

私のようなふるさとびとのお化けは、前者に対しては関心がありましたが後者にはさほど興味がありませんでした。

ところがどうでしょう。海外公演から帰ると、「天井桟敷」の公演の演し物に変化が生じてきます。

『青森県のせむし男』のような前近代を扱った芝居は表舞台から消え、代わって市街劇のような演劇とは何なのかを問う芝居が中心になっていきます。

もちろん市街劇のパーツでは、私が『人力飛行機ソロモン』で体験したように、娼婦が登場したり、いろいろと前近代的な物語もあるにはあったのですが、徐々に徐々に『青森県のせむし男』で語られたふるさとびとのお化けは登場してこなくなります。

一九六七年当時、寺山さんは『青森県のせむし男』であるふるさとびとのお化けをどのような方向にもっていこうと考えていらっしゃったのでしょうか。

六七年に、演劇評論家が『青森県のせむし男』をはじめとする「天井桟敷」の前近代的世界を扱った芝居に真っ当な評価を与えていたとしたら、寺山さんはあのふるさとびとのお化けの世界をどのように近代そのものの大都会東京に溶け込まそうとしたのでしょうか。

ところが、実際はそういうことにはならず、寺山さんと「天井桟敷」は海外へ向かいます。その結果、ふるさとびとのお化け、あるいは性のお化けを主人公とした、日本の前近代の遺産を扱った芝居は忘れ去られていきます。

寺山さんの「家出のすすめ」に煽られて、故郷を捨て、家を出て東京へ出てきた者にとっては、あの時代にふるさとびとのお化けの解決こそが急務だったにもかかわらずです。

一九七〇年初頭、私は夢野久作の世界にのめり込んでいました。

その頃までは、私はまだふるさとびとのお化けだったのだと思います。

ところが……。

一九七二年の連合赤軍事件を契機に、私および私たち団塊の世代は、それぞれの道を歩み始めます。

寺山さんと「天井桟敷」がそうしたように、世界に飛び立っていった人も多かったようです。

そうした人たちは、ふるさとびとのお化け、性のお化けといった前近代の遺産を抱えた日本を、日本という場を離れてグローバルな視点から見つめ直し日本の前近代超えを目論み、日本の近代を克ちえようとしたのでしょう。

英語に強くなかった私はその方法を取らず、寺山さんが立ち上げた日本の『人形の家』のノラである自立した日本人娼婦、トルコの「桃ちゃん」を探し始めます。それが私の前近代の超克のための方法でした。

そして長い年月がありました。

豈図らんや、すべての団塊の世代が還暦を迎えたとき、日本は都市（近代）と地方（前近代）が融合するどころか逆に大きな格差を抱えた国になっていました。

前近代は超克されず、前近代と近代が混ざり合いもせずに、ただそこに突っ立っていたのです。

寺山さんが『さらば箱舟』でスエにいわせた、

〈「隣の街なんでどこにもない。百年たてばその意味わかる。百年たったら帰っておいで！」〉

の意味が、百年経たずにわかってきました。

一九六七年『青森県のせむし男』を上演したときに、演劇評論家が寺山さんのふるさとびとのお化けの意味するところをきっちり評価し、ふるさとびとのお化けが東京でいかにして生きるのがいいのかをもっとまじめに考えていたら、今都市と地方、つまり近代と前近代の格差の問題は起こっていなかったのではないでしょうか。

そう思います。

前述したように、寺山さんは芝居、映画で前近代と近代のごった煮の世界を盛んに描きます。混ぜて、混ぜて、混ぜまくることによって日本は変わる、世界は変わる。寺山さんはそう思っていらっしゃったんですよね。

そして、私は寺山さんと同じ発想で、日本を変えようとしていた人がいたことに最近気がつきました。

二〇〇七年に寺山さんの長きにわたるパートナーだった田中未知さんが上梓した『寺山修司と生きて』（新書館）にこんなことが書かれています。

一九七二年、「天井桟敷」はミュンヘン・オリンピック芸術祭に野外劇『走れメロス』を持って行こうとしていました。ところが渡航費の三〇〇万円が調達できていませんでした。

その時、ある人のアイデアで、寺山さんは時の総理大臣田中角栄さんに手紙を出します。

田中角栄首相は寺山さんからの直訴状を受け取って、文部省一〇〇万円、外務省五〇万円、内閣官房一五〇万円、合計三〇〇万円の臨時支出を決めます。

これを読みながら、私はあの時代にいたもうひとりの物凄いふるさとびとのお化けの顔を思い浮かべたのです。

そう、田中角栄首相その人です。列島改造を唱え、列島のすみずみまで高速道路を走らせようとしたあの総理大臣です。

田中角栄首相がなにがしたいのか、あの頃は解りませんでした。いやもっと正直にいえば、つい最近まで、私は田中角栄首相のしたかったことが解っていませんでした。列島改造は土建屋を儲けさせるためだったとも思っていました。

田中未知さんの本を読みながら、はたと気づきました。田中角栄さんは、あの時代に日本中に高速道路を作り、都市と地方を結び、日本中の人々をごった煮状態にしようと目論んだのではなかったのか、と……。

そうだとすれば寺山さんと一緒です。

寺山さんと田中角栄さん、ふたりのふるさとびとのお化けをつなぎ合わせて出てきた結論、それが高速バスを使って東京（近代）と故郷（前近代）を行ったり来たりするハーフターンの発想です。

そうやって、都市（近代）と地方（前近代）のごった煮状況を創り出そう。

寺山さんは、『さらば箱舟』で、隣の町なんかどこにもないといっています。ごった煮の町では、そこが隣の町であり、ここが隣の町なんですから、隣という概念はなくなって、どこにも隣の町なんかありません。

私は二〇一〇年に還暦を迎えます。向こう一〇年、高速バスを使ってハーフターンをしながら、寺山さんの目指した、都市（近代）と地方（前近代）のごった煮世界から見えてくるものをじっくり見つめ続けていこうと思っています。

ふるさとびとのお化けから真に脱出するために……。

二〇〇九年一〇月、警察庁はこれまで使っていた「家出人捜索願」の届け出を「行方不明者届け出書」に改めると発表しました。これで多分、いつしか「家出」という概念もなくなっていくことでしょう。

一九六〇年代に寺山さんが提起した「家出のすすめ」は、ふるさとびとのお化けの根絶のためでした。「家出人捜索願」の廃止はふるさとびとのお化けが、寺山さんの提起から半世紀を経て、根絶の方向へ向かい始めているということなのでしょう。

都市（前近代）と地方（近代）をごった煮にしてひとつに融合した社会、それが桃源郷です。

高速夜行パスでのハーフターンは思想であり、行《ぎょう》である。

私はハーフターンを、そんなふうに位置づけて実行します。

寺山さん、いかがでしょうか？

私、間違っていませんよね。

間違っていないと信じ、過去四〇年間そうやってきたように、寺山さんを人生の師とし、その教えを私なりに解釈し寺山さんになって、あと二〇年間（七二歳までを林往期、その後は遊行期と考え）ばかり生きてみようと思っています。


さて、最後になりましたが私は、還暦を迎え、寺山さんから学んだことを糧に生きた四〇年間を振り返りその報告と成果をまとめて一冊の本を上梓します。

当初は、そのタイトルを『桃色寺山修司論』にしようと思っていたのですが、このタイトルだと寺山さんが桃色だったと誤解されそうですし、論というほど高尚でないようなので止めにしました。

だったら『私の寺山修司・考　桃色篇』と考え、この手紙をここまで書いてきました。

でも「そんでなかべ（そうじゃないでしょう）」という南部弁の訛りのあるあの寺山さんの声が聞こえてきました。

田中未知さんの『寺山修司と生きて』の「はじめに」にこうあります。

〈寺山修司は、何をしようとし、何をなしとげ、そして、何をされたのか？

寺山修司について語るには寺山修司の方法が一番いいのだ。

『地獄編』のなかに「壜を見るなかれ。むしろ壜たれ！」という言葉がある。

そう、私なら、こう言うだろう。

寺山修司を見るなかれ。

むしろ寺山修司たれ！

と。〉

本のタイトルを、敬愛する早稲田の大先輩、小沢昭一さんの著書に『私は河原乞食・考』があることを知った上で『私は寺山修司・考　桃色篇』に決めました。

さらに念のため申し添えれば、これからも私は寺山修司を生きよう、の決意を新たにしています。

今度は桃色の生き方でも、桃ちゃん探しの旅でもなく桃源郷を創るハーフターンの行《ぎょう》をし、一〇年後に一度は捨てた故郷（前近代）と東京（近代）をごった煮にした七〇歳のその身体がどんな思想を獲得しているのか。そんな私自身を楽しみにしながらである。

寺山修司様

二〇〇九年一一月一一日　伊藤裕作

弐

極私的報告——気がつけば、私の人生桃色だった

地方から東京へ、行けば行ったで何とかなるさ
――昭和に寺山修司を生きる

(1) 一九六八年、「家出のすすめ」に煽られて東京へ！
――『青森県のせむし男』

一九五〇年二月に三重県の片田舎で生まれた私は、一九六七年にとにかく〝ここより他の処へ飛び出したい〟と思い惑う高校生だった。

その前年、私は高校の同級生四人と京都に大学巡りの旅行をしている。つまり、その時はまだ、京都の大学へ進学しようと考えていたのである。ところが、年が明け一九六七年になって突然「早稲田大学へ行く」と宣言する。

キッカケはフジテレビではなく、寺山修司だった。

その頃、寺山はマスコミで若者に家出をアジテーションしていた。

『現代の青春論　家族たち・けだものたち』（三一新書）の「他人の母親を盗みなさい」の刺激的なフレーズで始まる「家出のすすめ」にこう書かれていた。

〈「東京へ行こう、行けば行ったでなんとかなるさ」——そう、本当に「行けば行ったで何とかなる」ものなのです。〉

を信じた私は、すっかり寺山教の信者になって、進学先も寺山と同じ早稲田大学教育学部にしたのである。

そのことを、高校の担任教師に話すと、

「なにアホなことをいうてんの」

全く問題にされなかった。私の学力では早稲田大学は無理だったからである。

「受験に失敗したら、天井桟敷に行く」

そのとき、私はそう決めていた。

「東京へ行けば行ったで何とかなるさ」

寺山の「家出のすすめ」のこのワンフレーズだけを頼りに、私は片道切符で一九六八年二月、受験のために上京する。

寺山修司は正しかった。

何とかなって、その年の四月から、私は「天井桟敷」には入らず寺山が入学した同じ大学の同じ学部の後輩となって、東京での生活を始めることになる。

さて、その「演劇実験室　天井桟敷」は一九六七年一月一日、横尾忠則、東由多加らとともに寺山が「見せ物の復権」を旗印にして設立、私と同じように、寺山のアジテーションによって家を出、東京へやって来た多くの若者が、今度は〝怪奇伝奇〟〝前衛と土着〟の寺山芸術に酔いしれ、そしていつしかその寺山の仕掛ける夢幻のマジックにはまっていったのである。

一九六七年、わたしは受験勉強に精を出しながら『平凡パンチ』を立ち読みし、テレビの深夜番組「11ＰＭ」が伝える寺山修司と「天井桟敷」の動向、ならびに反代々木系全学連の学生と機動隊との激突のニュースに心を躍らせていた。

そんな折、「天井桟敷」が動き出した。

〈地獄から風が吹き込むように、ふいに一陣の三味線の音がなだれ込んでくる。一人の侏儒現れ一札して告げる。

「ただ今より　天井桟敷第一回公演　浪花節による一幕は青森県のせむし男のはじまりでございます」〉

こうして旗揚げ公演『青森県のせむし男』（作＝寺山修司、演出＝東由多加）は、六七年四月一八日～二〇日、草月会館ホールで幕を開けた。

線香の香りが満ちる場内に、

〈これはこの世のことならず死出の山路のすそ野なるさいの河原のものがたり〉

と、「恐山和讃」の語りが流れ、女浪曲師に赤い照明が当てられるとなんとセーラー服の少女浪曲師。そして、幕開きの音楽は懐かしのサーカス一座の奏でる「天然の美」。

作家の森茉莉は、

「歌舞伎は陰惨と血の匂いを失ったが、その歌舞伎が失った陰惨と血の匂いとを『青森県のせむし男』は持っている」

と評した。

女浪曲師としてデビューした桃中軒花月は一八歳の女子高生で、寺山の母、はつをモデルにしたとされる奉公人の大正マツ役を演じたのは、今の美輪明宏、その頃シャンソン歌手だった丸山明宏で、これが俳優としての初舞台だった。

物語は三〇歳になったせむし男松吉が、老いた花嫁の大正マツと交わるのだが、実は松吉はマツの実の子というおどろおどろしい話。

だが、マツは大正家のムスコに手込めにされて出来た子は殺していて、本当は松吉のような子はいるはずがないという設定である。

それなのに、多くの男がマツの元へやって来て「おっ母さん」と呼びかけてきた。その一人がせむし男の松吉だった。

「他人の母を盗みなさい」と、家出のすすめを若者にアジテーションした寺山ならではの展開で、幻想怪奇のこの舞台は大評判となり、公演は連日満員となった。

そして、五月一三日～二五日、五月二九日～三一日まで、新宿文化劇場で再演、再再演される。

第二回公演は前衛劇と桟敷芝居との大胆な結合の試みとして六月二七日～七月一日、新宿・末広亭で『大山デブコの犯罪』（作＝寺山修司、演出＝東由多加）。

大山デブコとはそも、何者なのか？

機関紙『演劇実験室　天井桟敷』第二号に東由多加はこう書いている。

〈大山デブコ、知らないとは言わせない。母親と名のつくいっさい、ぼくらを産んだもの。いつも暗闇で出会う彼女である。〉

尚、この公演から、当時ピンク映画一の美人女優、青森県出身の新高恵子がアングラ演劇の「天井桟敷」に参加して話題になった。

さて、第三弾は九月一日～七日、アートシアター新宿文化公演『毛皮のマリー』（作・演出＝寺山修司）。

西洋式の浴槽に浸かり、手鏡に自らの顔を映し、うっとりした表情で、

「鏡よ、鏡、鏡さん、この世で一番の美人は誰かしら?」

と問い、下男が、

「マリーさん、この世で一番の美人は、あなたです」

それを聞いてマリーが浴槽から足を突き出すと、それは毛深い男の足で……。

こうして始まるこの芝居、主演はもちろん丸山明宏。初演は大受けで一〇月一一日〜一四日、アートシアター新宿文化で再演されている。

どんな芝居だったのか?

角川文庫版『戯曲毛皮のマリー』の解説で作者自身がその裏話を記している。当時の「天井桟敷」の事情がよくわかるので、以下、少し長めに引用する。

〈『毛皮のマリー』は、演劇実験室天井桟敷第三回公演のレパートリーである。この頃になると、わたしの戯曲は、もはや戯曲として独立したものではなくなっていた。第一期の天井桟敷では、わたしは見せ物からメイエルホリドまでというキャッチフレーズで、巨人侏儒から変身願望者、衣装倒錯症など「いわゆる祝祭的人間」ばかり集めて、カーニバルを演出することばかり考えていて、「台本」の重要性は二の次になっていたからである。この劇の場合も、都内の二一軒のゲイ・バーの協力により、女装のゲイによるダンシング・チームを作って、オッフェンバッハの『天国と地獄』にのって、宝塚少女歌劇団よろしく踊らせたりした。

劇場は満員の客で溢れ、仮装パーティーのような賑わいを見せた。「誰でも五分間ずつなら世界的有名人になれる」というウォーホルのことばに釣られた訳ではないが、素人ばかりの天井桟敷の演劇は風俗となり、アンダーグランド・カルチャアのひとつの仇花となっていった。アドリブ、野次、聞き古した流行歌、そして百鬼夜行のような「変態者の群れ」が、新宿を占拠し、新劇の啓蒙的近代主義へのアンチ・テーゼの役割を果したのであった。〉

ちなみにメイエルホリドというのはスターリンに粛清されたソ連の俳優・演出家である。

そして第四弾は一一月一日～六日、草月アートセンター公演『花札伝綺』（作・演出＝寺山修司）。

この芝居のキャッチコピーの中からいくつか紹介しておくと次の通り。

〈これは刺青劇です。笑い転げる暗黒喜劇です。賭博劇です。ドサ回り一座の傑作剣戟芝居です。「天井桟敷」が総力をあげオールスターキャストで怪奇幻想の詩の彼方に「われわれにとっての日本とは何か？」を問いただす秋の大作です。〉

私は『花札伝綺』の戯曲をストーリーの中心に据えた流山児★事務所公演『野外オペラ書を捨てよ町へ出よう　花札伝綺』（作＝寺山修司、構成・演出＝流山児祥）を二〇〇一年に新宿・花園神社の境内で観た。

死んでいるものが正で、生きているものを邪とする生と死が逆転した、いかにも寺山ならではの芝居だった。

さて、話を一九六七年に戻そう。この年は「天井桟敷」の旗揚げの他にも、八月に唐十郎率いる「状況劇場」が『腰巻お仙・義理人情いろはにほへと編』（作・演出＝唐十郎）を引っさげて新宿・花園神社に登場した年でもあった。

また、鈴木忠志の「早稲田小劇場」が早稲田大学そばの喫茶店の二階に稽古場兼小劇場を完成させたのは寺山が「天井桟敷」を設立する二ヶ月前の一九六六年一〇月。後に「黒テント」を作る佐藤信が斎藤憐、串田和美、吉田日出子らと「劇団自由劇場」を結成したのも同年同月だった。

こうして、寺山修司と「天井桟敷」を筆頭とするエロでサイケでキッチュな七〇年代カルチャーは一九六七年、鮮烈かつ同時多発的に我々の前にその姿を現し始めたのである。

そんな六七年を田舎の高校三年生として過ごした私は、翌六八年二月二四日、明日一八歳になるという日に上京して、寺山修司を生き始めた。

(2)「ニッポンの若い」者たちに寺山の強烈なアジテーションが炸裂
——『書を捨てよ町へ出よう』

寺山修司といえば「書を捨てよ、町へ出よう」である。本にもなり芝居にも映画にもなっている。

芝居は一九六八年九月三日～七日、新宿・厚生年金会館小ホールで初演された寺山修司構成・演出による『書を捨てよ町へ出よう』。

この舞台を、この年の春、上京した私は観た。

凄い熱気だった。客の入りもハンパではなかった。

私は客席ではなく、急遽舞台をけずって作られた舞台上の客席にあげられて、この芝居を観たことを覚えている。

当時のことを思い出そうと『寺山修司の戯曲　3』（思潮社）に収められた『書を捨てよ、町へ出よう』の戯曲を読み直した。

そこで多数採用されているハイティーン詩人たちの詩を読みながら、私は時間をあの時代に巻き戻し、

「あー、そうだった。俺たちの青春はこんなふうだった」
そんな感慨に浸った。
私は、学生時代から三〇歳代半ばまで時々、
「ぼくはニッポンの若い」
という言葉を口にしていた。それをどこで覚えたのか定かではなかったが、この戯曲を読み直し、それがこの『書を捨てよ町へ出よう』で使われていたことがわかった。
この芝居の初っ端に、ハイティーン詩人の森忠明が、自分の詩によってさまざまな人に呼びかける。たとえば、こんな具合だ。
〈カニンガム・チェックのよく似合うフラッパーなジュンコよ、
カルロス・モントーのフラメンコギターマン　ケンイチロウよ、
タッパウエアの中で納豆を腐らせたヨシエよ、
豊胸手術の失敗に死ぬイトウ・マチコの悲壮よ、
プラスティックの漬物ダルよ、
家族の食器では食えないが、ぼくの食いかけならなんでもないという、ああ、ぼくの友
アリアケ・アキイチロウよ。〉
この呼びかけで舞台に八五人のハイティーンが登場する。

そこに、高々と汽笛！

〈愉快な鉄道八一〇〇〇〇八の貨物列車は魂の汽笛を天までぶち抜いて時代の荒野をつきすすむ（立上がって自問するように）

ぼくか？

ぼくはニッポンの若い……〉

そして、この「ぼくはニッポンの若い」を全員が口にして、この芝居は前へ進んでいく。

ところで、今の時代はどうなのかわからないが、私たちのあの時代、田舎から上京した真面目な青年が最初にぶち当たった悩みは、自分のポコチンの値打ちだった。

悪ガキなら、ポコチンを放り出し、友だち同士でどっちが大きい、どっちが太い、また一緒にセンズリこいて飛距離を比べたりしているから、己がイチモツのレベルはわかっている。

ところが真面目な田舎青年にはそんな経験がない。

で、東京へやって来て銭湯に入り、初めて他人のポコチンを見て、いろんな形があることを知るのである。

その頃（一八歳）の私のポコチンは唐辛子型だった。高校時代、なにかの本に先細がいいと書かれていた。それを読み、自分のモノはそのいい物なのだと思い込んでいた。

ところが、銭湯で大人のそれを見ると唐辛子ではない。
(どないなってんねん?)
やがて私は自分のものが〝カワカムリ〟であることに気がつくのだが、それがどういう経緯だったのか、思い出せないでいた。
それが「書を捨てよ、町へ出よう」の戯曲を読んで解消した。この芝居の中に「青少年のためのトルコ風呂入門」という一幕劇が組み込まれている。
高校生がエロ本を読み漁っている。そこに女声コーラス。
〈おスペおスペおスペ
ダブル　シングル　ダブル　スマタ　ホンバン〉
そして、つづいて、
〈おスペ　おスペ　おスペ
ヘンタイ　ガイジン　カワカムリ〉
ト書きはこんなふうだ。
〈マーチからのビートにのって、装置のあちこちから、壮観というほどミストルコが腕組みしてあらわれて、高らかに合唱する。〉
私は、この芝居を観て、自分のモノがトルコ嬢から馬鹿にされる〝カワカムリ〟であることを知ったのである。

もちろん『書を捨てよ町へ出よう』は、下半身だけをテーマにした芝居ではない。前述したように、この芝居は「ぼくはニッポンの若い」がテーマである。戯曲に書き込まれた次のシーンを読めば、その雰囲気が伝わってくるはずだ。

カルメン・マキ（「時には母のない子のように」で歌手としてブレークした彼女は、実は「天井桟敷」のメンバーだった）の「神さまがやってくる日」のソロのブルースのあと、
ステージで全員、力強く、

「書を捨てよ、町へ出よう！」

と叫び捨てると、平手打ちのように照明が入るとある。

ダイナミックなフィナーレの幕開きにふさわしく、ここでハイティーンはすべて出発の準備をしている。ステージの上でオートバイのエンジンをふかす。裸体に革ジャンパーを着た男、縄とびするボクサー、シャドーボクシング、高所で本をひきちぎって雪のように降らせている女学生、みんな自分の制服を身に着けている。

コーラスで、

〈どこへ行こう　どこへ行こう　どこへ行こう　書を捨てよ　町へ出よう〉

さらに、こんなふうにつづいていく。

〈どこへ行こう　どこへ行こう　どこへ行こう　港の見える水平線　まぶたのうらに　うきしずむ心のなかのアメリカよ。
暗い机の引き出しの　ジャックナイフのニッポンよ
行こう行こう行こう行こう　行こう行こう行こう行こう　行こう行こう行こう行こう行こう
いっせんまんいっせんまん　いっせんまんこの都市（後略）〉
そして、
〈行くなら一番遠いところ、高いところへ行こう。そのために飛ぼう！〉
と、舞台はどんどんとエキサイトし、
〈飛びたい人には、飛び方教えますよ。人力飛行機、なみだエンジンまわして、みなさん、空を見上げて下さい、あの空を！　こどもの頃、あたしはとびたいと思っていました。あたしのプロペラはタンポン一輪口にくわえて戦争ごっこ、目をつぶったんです〉
寺山節の炸裂である。
この芝居を観たあと、私も飛ぼう、と〝カワカムリ〟を治すために新大久保にあった「H整形外科」へと足を向けた。ところが、当時全く女性経験のなかった私は、手術前に美人の女医さんに唐辛子型のポコチンをつままれただけで気が動転し、動悸が激しくなって、結局手術できる状態でなくなってしまう。

「手術はやめときましょう。大丈夫。こうやってムイておいたら、自然に治るから」

女医さんのこの言葉を信じ、以降私は、カリの部分に皮がからまりエリマキトカゲのようになって、痛みを伴ってもそれに耐え、ポコチンをムキつづけて町へ出た。

そして一〇年、二八歳にして見事に〝カワカムリ〟から脱した私は、そのイチモツを使って、突撃する風俗ライターになったのである。

むろん、この時代の「ぼくはニッポンの若い」者すべてが、私のように股間にある〝毛のはえた拳銃〟にこだわっていたわけではない。

まぶたの裏に映し出された心の中のアメリカにこだわり、密出国を企て、それが叶わないとわかって、この日本へ向けて本当の拳銃をぶっ放し、

「わたしは生きる。せめて二十歳のその日まで」

のフレーズをしたためた〝ニッポンの若い〟男がいた。寺山と同郷で、私と同学年の、氷山則夫である。

一九六八年、私も、永山則夫も、そして「ぼくはニッポンの若い」すべての者は精一杯生きていた。そんな時代に、すべての権威をぶちこわし、母親も教師も学校も、あらゆるものを打ち捨てよ！　と、激しくアジテーションしたのがこの『蓄を捨てよ町へ出よう』という芝居だった。

寺山は、作者自身による作品ノートの中でこの作品に関してこう記している。

〈六八年の春、私はニューヨークでトム・ホーガンの『ＨＡＩＲ』のブロードウェイ進出の稽古に立会いながら、すでに稽古に入っていた私たちの『書を捨てよ、町へ出よう』との類似点と相違点について話し合っていた。そして『ＨＡＩＲ』が政治のレベルでした反抗を『書を捨てよ、町へ出よう』では社会レベルでの反抗へと照準を変え、体制の実体を国家権力だけではなく、理性的判断、家、母親、学校教育、愛などへ向けて行こうとしたのである。〉

あの頃、私たちはただひたすらに若かった。そして熱かった！

（3）大人になれない王子さまが、本物の人生を見せて！　と叫んだ
――『星の王子さま』

〈都内のレスビアンバアの協力を得て「禁断の家」に挑む変身願望の暗黒劇！　♂は牡猫一匹出ません！〉

こんな惹句がチラシに躍った「天井桟敷」アートシアター新宿文化公演『星の王子さま』

（作・演出＝寺山修司）は一九六八年一〇月二五日〜一一月五日、連日満員の大盛況だった。

チラシにはこんな文章も綴られていた。

〈『大山デブコの犯罪』では世の中のデブというデブを集めて合唱させました。『毛皮のマリー』ではゲイ・バアのママさんたち、『新宿版千一夜物語』ではミストルコ。このドラマでは「男装」を通して、変装の論理を解明したいとスタッフ一同ハリ切っています。バスト90センチの中年「男」やソプラノの船乗り「男」。少しでも毛深くなろうと剃刀で顔をそり続ける女工。出産経験のあるオーマイ・パパ！

「彼」らにとって、性とは何か？〉

そして、チラシのそこかしこに〝レスビアン〟の文字がちりばめられていて、なんとも刺激的である。

この年の春に上京して大学生になっていた私は、それが当然のように、この芝居を観にいっている。ところが、同時期に観た『書を捨てよ町へ出よう』の若い詩人たちの叫びは耳奥に残っているというのに、この男装劇の印象がまったく記憶にない。

これは一体どういうことだ。

あの頃、性的なことと政治的なことには敏感に反応していた私が、レスビアンという言葉に無反応だったはずがないのにである。

アレコレ考えてみた。そして思い出した。私は、この『星の王子さま』を観て世の中にレスビアンという、女と女の性愛の世界があることを知り、その雌だけの世界をよく知るためにストリップのレスビアンショーへのめり込んでいったのである。

その頃のストリップは〝特出し〟といわれる〝関西ヌード〟の全盛期で、私は、足繁く千葉・西船橋のストリップ劇場へ通っていた。それだけでは足りず、というより当時ストリップといえばやはり関西がメイン。あの一条さゆりも大阪を中心にした踊り子だった。私は、ストリップを観るために、わざわざ関西へ足を向けている。

京都の〝DX東寺〟で観た、下から丸見えの〝ゴンドラ〟を使った六人の踊り子が繰り広げる大乱交レスビアンショーは圧巻だった。

かぶりつきに座った私の目の前の回転する円形の出ベソ舞台で、レズの立ち役の女の指、舌で開けられた秘貝がパクパクと息づいている。

舞台を見れば、そこでも秘貝が口を開いている。上を見上げると、ガラスにベタッと押し付けられた生の秘貝が、活き造りのガラス張りの容器にへばりついたアワビのように、秘肉をアメーバのごとく広げて蠢いている。もちろん、あっちからもこっちからも「アン、アッ、アーン」の艶かしい女の喘ぎ声が上がる。

それは、私にとってはまさしく寺山が唱えた〝見せ物の復権〟そのものだった。

私は、異性にあこがれを持ちつつ何もできない、それ故に悶々として性に悩む童貞の少年で、同時に若者特有の「俺なんか生まれてこない方がよかったんだ」という哲学(?)的な悩みも抱えていた。

そんな私には、レスビアンで息づく秘貝が、私を生み出した〝地獄門〟に見えていた。だったら見に行かなければいいと思うかもしれないが、怖いもの見たさで、私はストリップ劇場通いの毎日だった。

こうして、私にとって〝レスビアン〟というと、いつしか寺山修司ではなくストリップを連想するようになっていた。

そんなわけで、この絶対に観たはずの『星の王子さま』が、ストリップのハードなレズシーンにかき消され、私の記憶から抜け落ちてしまっているのである。

ちなみに、当時は一ドルが三六〇円の時代。ストリップ劇場が本物の外国人の踊り子を使うなんてことはできなかった。そのために日本人の踊り子の髪を金髪に染めた〝偽〟外人の金髪ストリッパーが数多く存在していた。

そうだ、こうしたストリップ及びレスビアン事情と、デモとストリップに入り浸るその頃の私の心情をこんなふうな歌にしている。

きのう、今日、明日は偽証と戦ぐ長髪みだれ髪（金髪ベッドレスビアン）

おっと、話が脇道にそれてしまった。

『星の王子さま』に話を戻そう。

〈「大人になった星の王子さまは、何になると思う？」と問いかける度に、女学生たちは嫌な顔をした。「星の王子さまは大人になんかならずに、永遠に王子さまのままでいる」と彼女たちは思い込みたいだろう。だが、星の王子さまの大人になってしまった無残な姿はあちこちに見出される。〉

という寺山が書いたノートが初っ端にあるこの『星の王子さま』の戯曲は、西洋の売春宿を思わせる部屋に、星がデコレートされたホテルに点子といわれる女の子とそのパパがやってくるところから物語が始まる。

そのホテルには、室内で光る星を星だといい、見えないものが見えるというウワバミが住みついている。そして、それを単なるカミクズだという点子。

このウワバミを、他のシーンで、寺山は、〈すみれの花の手淫常習者。（中略）東京のどこかに「星の王子さま」がかくれていて、ヒツジに花を食い荒らされないように、守っていると信じているという女、おなべの底のナベズミで、かなしい女の一生を、かいてもか

いてもかききれる、聖なる処女のなれの果て！〉といいきっている。

さて、実は点子のパパというのは、心臓病の夫を中毒死させ、男装してその夫に成りすましたママだったという仕掛けで、このママは売春宿に居つく電気の配線工と関係して〝快楽のドン底〟へ堕ちていってしまうというのが、この寺山版『星の王子さま』のメインストーリー。

もちろん、寺山芝居はそれだけじゃ終わらない。現実に目を背け「星の王子さま」になった点子にウワバミがいう。

〈何て汚ならしい……何てむごたらしい……でも、ホントのことってのはみんなそうなんだ……一皮剝げば、みんな地獄！　お月さまの裏側の成分を科学するあばたの学者！　童話殺し！　お前のパパは、馬のように逞しいよがり声をあげて、王子さまの星から、まっ逆さまに、堕ちていってしまったんだ。でも、お前には、まだほんの少しだけ、救いがないってわけじゃない……それは……〉

ウワバミがいうには、「星の王子さま」に成りきって「見えないものを見る」ことを続けることだという。そうすれば、もちろん「見えるものが見えなくなる」。それをよしとして生きる生き方こそ、夢見る乙女「星の王子さま」の読者の生き方で、そうやれば何百万の星のどれかに咲いている一輪の花を眺めて暮らせると、寺山はいうのである。

そういいながら、寺山はとんでもないどんでん返しを用意する。

点子に「わたしには花なんか見えない」といわせ、ウワバミが、「この壁の後ろには、はてしない空……そして、星と星の間を、郵便屋が自転車で行ったり来たりしている」というと、すかさず点子が、「嘘だ。この壁のうしろに、青い空だなんて、ある筈がない。どうせあるのは、紙の星と、豆電球の天の川！　いつまでも、いつまでも、大人になれない『星の王子さま』！　汚いものを見ないふり！　をするごまかしの童話！　嘘でかためたお芝居のホテルのうしろに、本物の人生を見せて頂戴！」

そして、点子を演じた生身の女優、石井くに子が立ち、客席に問いかける。

「教えて、わたしは誰？　もう「星の王子さま」は終わってしまったの？　そして、わたしは点子なの？　それとも石井くに子なの？」

かなり難解。

意味は、寺山自身が書いたこの芝居の作品ノートから読み解いてもらおう。

〈レスビアン・バアのマスターが男装して、勢揃いする今様「白波五人男」の横瀬川の場、歌舞伎まがいの屋台くずしは、ゲテモノの極みの演出によって満員の客席の爆笑の渦をまきおこした。（中略）ここで屋台くずしによってステージの上にくずれ落ちてきた虚構の童話、見せ物としての極彩色の装置は、その後天井桟敷の劇活動の上では、ついに再建されることはなかったのである。やがて、私たちはドキュメンタリーの方へ移行していったが、その兆しはすでに終幕に見られていた。〉

私は『星の王子さま』を観てストリップのレスビアンショーの虜になり、そこに〝見せ物の復権〟を見た。

だがそのとき寺山は、すでにそことは違う方向へ向かって歩み始めていた。

（4）寺山が描く〝生と死〟のさかさま世界
――『花札伝綺』

次に記すのは寺山修司が遺した有名なフレーズである。

〈ぼくは不完全な死体として生まれ何十年かかって完全な死体となるのである。〉

若い頃にネフローゼという難病を患った寺山は、心に死の思想を抱え込んだ表現者だった。

そんな寺山だからこそ書けた芝居の台本が一九六七年一一月一日～六日、「天井桟敷」によって東京・青山の草月アートセンターで上演された「これは死の家の伝説です」という科白で始まる『花札伝綺』。

一言でいえば、生きている者と死んでいる者の価値観が逆さまになった、冥土から見たこの世の物語で、冥土の葬儀屋の娘でこの世に生きている娘が、盗人の〝墓場の鬼太郎〟に恋をする。

葬儀屋の主人・団十郎と女房のおはかは、二八歳二ヶ月の娘・歌留多をそんな盗人の嫁にはできないと思案を重ね、娘にいい男を紹介して冥土に誘い込もうと企てる。

ちょうど冥土には、一年前の八月一二日に汽車に轢かれて死んだ一九歳二ヶ月の竹久夢二の世界に出てくるような美しい少年がやってきていた。この少年に歌留多をそそのかすように仕組み、歌留多は冥土の人となる。

そのときの父・団十郎の科白が面白い。

〈それにしても、家族以外のだれかが身許引受人にならないと死ねぬというのは、何ともままならぬ冥土の法律さ！

どうだ、鬼太郎……ここまで来たら、もうお前の手もとどくまい。くやしかったら死んでみろって言うんだ。〉

だが、歌留多は冥土に来てもやはり鬼太郎のことが忘れられない。

彼女は、鬼太郎にこう打ち明ける。

〈死人はもう生きられない……でも、生きてる人には、まだ死が残されている。それをあたしに下さい。〉

二人の愛を継続させるために死んでくれと鬼太郎に哀願し、刺し殺して冥土に引き込んでしまう。こうして、墓場の鬼太郎も冥土の人間になり、この芝居の登場人物は全て死者になって、歌留多と鬼太郎の恋は成就するのだが、鬼太郎が冥土にやってきたためにこの芝居はとんでもない結末になってしまう。

鬼太郎は、

〈わたしは死にたくなんかなかった。千年も万年も生きたかった。生きて生きて生きぬいてこの世の果てまで花摘んで、好きなお方とただふたり……。だって冥土には、面白いところが何もない。地獄の酒場やトルコ風呂、大蔵映画に刑務所に、花の中山競馬場、どれもひとつも、ありゃしない。〉

こんなふうに見得を切りながら、冥土のありとあらゆる物を盗んでいく。

盗んだのは物だけじゃなかった。少年は歌留多の心を盗まれ、団十郎は女房おはかの操を盗まれる。

そしてついには、冥土の時計、時間までも鬼太郎は盗んでしまって、この『花札伝綺』の幕は降りる。

ちなみに寺山の芝居、映画に頻繁に登場する時計という小道具は近代のたとえ。この時計が盗まれた世界というのは、すなわち、

〈これはこの世のことならず、死出の山路のすそ野なるなる、さいの河原の物語〉

前近代、恐山の世界になってしまうのである。

ところで、私はかつて何度か、とってもいいセックスをしているさなかに、相手の女性の首に手を当て、

（こうやって、ここを締め続けたらアソコも締まって、もっといいセックスができるんじゃないだろうか）

と思ったことがあった。思っただけではない。ときには、

「どや、ええか？　気持ええか？」

いいながら腰を振り、激しい。ピストンを繰り返しつつ、首に当てた指先に力を入れた。すると女性は目を閉じて、顎をつき出し、本当に気持よさそうな顔になって、

「イ、イクーッ」

背筋を伸ばして昇り詰めた。中には、

「死ぬ、死ぬ」

と、声を上げた女性もいた。

もちろん、女性たちのイキ先は、この世ではなくあの世である。そして、そのとき、その女性と合体している私もまた、あの世に一番近づいていた。

これでわかるように、気持のいいセックスを極めようとすると、生ではなく死が見えてくる。

実際、こうやってセックスしながら女性の首を絞めているとき、女性は喜び、私の方も普通のまぐあいでは味わえなかった快感に浸れて、それはもう最高なのであるが、私がこのようなセックス観を持つようになったのはいわずもがな『花札伝綺』で書かれているような寺山の生死に関する思想に影響を受けたからに他ならない。

なんといったって、一〇代後半から二〇代半ばまで狂の付く寺山教の信者であったのだから、大病はしていなくても心に〝死に取り囲まれたときほど、生きている実感がわく〟という、この芝居で語られる寺山の死の思想を少なからず抱え込んでいたとしてもちっとも不思議なことではない。

さらにいえば、そんな私だからできたパフォーマンスがある。

一九八五年二月一三日に施行された〝新風営法〟の前の年だったから一九八四年。その頃、袈裟を衣装にして、坊さんのコントをやる〝ぼんと正月〟という異色のコント・コンビがあった。このコンビの一人、ぼんはその後、西田和昭と名乗り、映画評論家・水野晴郎と名（迷?）コンビを組んだ水野晴郎監督のカルト映画『シベリア超特急』のプロデューサー兼男優で、佐伯大尉役を怪演した。

このぼんと池袋のストリップ劇場で出会った私は、今はもうなくなってしまったが、その頃新宿二丁目にあったストリップ劇場「モダンアート」（実はここは、元々は実験小劇場で「天井桟敷」の初期の頃の公演パンフレット『天井桟敷新聞』にはこの劇場の広告も出ている。渋谷に天井桟敷館が出来る前には、「天井桟敷」による〝実験講談〟公演もここで行われていた）で〝ぼんと正月〟のSMコントを作・演出した。

僧侶と尼僧が寺の境内でSMに耽るという筋書きで、ぼんが、

〝南無大師遍照金剛〟

と唱えながら、相方の正月とM女を舞台に逆さ吊りしてしまう、寺を冒瀆する、とんでもない演し物だった。こんな事ができたのも〝死に取り固まれたときほど、生きている実感がわく〟という寺山の死生観を私が持っていたからに他ならない。

いや、この死生観を持ったのは、私だけではなかった。寺山の「家出のすすめ」を読み、そのアジテーションに煽られて上京してきた私と同世代の〝団塊の世代〟の人たちの中にも、この時期、この寺山の死生観を持つ者が少なからずいた。

その証拠に一九八〇年のノーパン喫茶から始まる〝ほとんどビョーキ〟の風俗紊乱時代

の性風俗を見ると、棺桶の中に女の子と一緒に入り、ここでスケベなことをする棺桶ヘルスが出来たり、

「いらっしゃいませ」

といってやって来る女の子の衣装を見ると黒の喪服。その未亡人の胸元を開き、手を差し入れ、オッパイを採んで、さらにもうひとつの手を股間に廻して、

「いつまでも死んだ人のことを引きずっていたらあかん。これも供養や」

なんてことをいいながら、いかがわしいことに及ぶ喪服ピンサロが出現したり……。

そして、これに客が群れたのである。

『花札伝綺』で葬儀屋の主人・団十郎がこんなことをいっている。

〈生が終わって死がはじまるのではない。生が終われば死も終わる。生につつまれないなんてあるわけがない。みんなきいてくれ！　これは一寸したたわむれ、お気に召すままの生と死のうらがえしあそびなのだ。〉

私は、そして私たちの世代は、こうして死の世界を遊ぶことによって冥土への想像力を働かせることを学んできた。

寺山はまたこんな科白を団十郎にいわせている。

〈殺しも芸のうちだからな。近頃の戦争のように、死人を量産すると、どうしても一つ一

つの死が粗雑になっていけない。世の中がいくら合理化しても、せめてひと殺し位は昔ながらの、手仕事のよさを残しておきたいもんだと思うねえ。〉

さて、話は変わるが、祖父母と暮らす子どもが減り、人の死に直面することが少なくなった平成の子どもの中から、

「人が死ぬということはどういうことかが知りたかった」

殺人を犯して、そんなことをいう子が出現している。

今の世の中、死に対する想像力が完璧に欠如している。

こんな時代だからこそ、生と死の価値観が逆さまのこの『花札伝綺』は寺山が書いて四〇年以上が経った今も観る価値ありの芝居であると思うのだが、どうだろう。

(5) アメリカを憎み愛した〝七〇年代〟への応援歌
――『時代はサーカスの象にのって』

一九六九年三月、渋谷に「天井桟敷」の常打ち小屋〝天井桟敷館地下劇場〟が開場する。その柿落《こけら》とし公演として三月一五日から四月一四日に上演されたのが寺山修司・作、萩

原朔美・演出の『時代はサーカスの象にのって』。この公演は大ヒットし、四月一七日～五月一五日と、九月一日～一〇月一日まで同所で再演、再々演が行われている。

第1幕　リンガフォンレコードで英語を勉強しよう
第2幕　みんなでジーン・ハーロウをくすぐろう
第3幕　ファック・アー・ユーも時には歌の文句になるよ
第4幕　おれたちは戦争へ行きたいんだ
第5幕　ベトナムのすぐ近くで
第6幕　ああ、悲しき西部劇は、腰抜けの父との決闘
第7幕　フットボールの規則による「幸福論の試み」
第8幕　演説そして孤独の叫び

という八幕劇で、各幕に付けられたタイトルを読むだけでこの芝居が、アメリカ、ベトナム、戦争、セックス、青年の自立、孤独、幸福がテーマになっていることがわかる。

戯曲のはじめに次のように書かれている。

〈これはべつのことばでいえば音楽劇というよりは、スピリチュアル・ラリー（魂の集会）の実践である。俳優たちは「演ずる」のではなく、リングの上に「現われる」のであるから、このラリーに勝ち抜くためには、自分の言葉を、暴力としてのことばを持つべきである。

「やがて誰もが十五分ずつ世界的有名人になる日がやってくる。アンデイウォーホール」〉

これは芝居というよりは、出演者ひとりひとりが自分の言葉で他人をアジテーションする場だった。

観客が何に反応するかは人それぞれ。

この『時代はサーカスの象にのって』を観るために学生時代に名古屋から上京した友人がいる。彼は、「時には母のない子のように」で、デビューする前のカルメン・マキに出会ったときのときめきを、今も鮮烈におぼえていて、寺山を語るとき、折に触れてそのときのときめきを、あたかもきのうの出来事のように語るのである。

ちなみに彼は、この芝居に触発され、名古屋の大学を捨て、東京へやってくる。

私はといえば、この『時代はサーカスの象にのって』は、それ自体がアメリカだった。

第2幕で寺山修司詩集に「マルのピアノにのせて一〇〇キロで大声で読ませるべき六五行のアメリカ」として納められている寺山のアメリカへの語りかけの詩が、少し言葉を変えている部分もあるが、大まかその通りに舞台でアジテーションされるのだが、これが田舎から東京へ出てきて一年の私には、刺激が過ぎた。たとえば、

〈ああ、まだ見たことのないアメリカ　ジャック・アンドベティのマイホーム　ニューギ

ニアの海戦で父を殺したアメリカよ　コカコーラの洪水の　カーク・ダグラスのあごのわれめのアメリカよ。〉

そしてラストに、

〈地図には在りながら、しかしまぼろしのアメリカ！　それは過去だ一切の詩は血を流す醒めるのだ歌いながら今すぐにアメリカよー〉

こんなふうににアジテーションされたら、それはもう誰だってアメリカへ行きたくなる。だが、時代は、今を去ること四十数年前、一ドル三六〇円である。さらにいえば、私は寺山の「家出のすすめ」に煽られて、家を出て寺山と同じ大学へ潜り込みはしたが、生活的にはアルバイトに明け暮れる毎日で、アメリカへ行こうとすれば、外国航路の船に潜んで密航するしか道はなかった。

そのせいかもしれない、本当はアメリカに憧れつつも、私はベトナムで人殺しをするアメリカ許すまじとなり、反戦、反アメリカを口にする青年になっていた。

ついでに記しておけば、前述した友人が少年のようになって熱く語るカルメン・マキは第5幕「ベトナムのすぐ近くで」に登場、

〈鳩よ　鳩よ　鳩よ　びっこの鳩よ　ある雨の日　坊やはアメリカのおじさんから　びっこの鳩をもらった　かわいがっておくれ〉

この傷ついた鳩、つまり反戦の歌を、ギターを弾きながら歌ったのである。

もうひとつ、ついでに記しておけば、第6幕に次のような科白が出てくる。

〈止めてくれるなおっ母さん背中の銀杏が泣いている　男、東大どこへ行く〉

このコピーを作ったのは当時東大生だった橋本治である。どうしてこのコピーが、ここで科白として使われたかというと、第6幕は寺山得意の、親を捨てて自立すべしの芝居で、舞台は西部劇だが時代と場所の設定は一九六九年の日本。

〈流れ流れてさすらいの、本郷五年、駒場が九年、豚箱暮らしも二度三度、縛り首をばまぬがれた大学キッドが帰る頃、ああふるさとに夕陽が沈む〉

活動映画の弁士の口調で、こんなふうな語りがあって主人公が登場、

〈大学キッドを迎えうつ埼玉無宿のおっ父さん、むかしは豊かな農業主、しかし今では銀行の、さみしき守衛となりはてて、倅の帰りを待つばかり〉

このふたりの決闘シーンに母親が止めに入る。それを見たキッドが見えを切る場面で使われるのが〝止めてくれるなおっ母さん〟の科白。

で、この幕の決め科白は、こんな具合だ。

〈天下国家を、撃つ前に、父さん母さん撃つべしと、決めた西部のトロツキスト、大学キッドが、決闘に、勝って立ち去るふるさとに、見送る人も花もなし、男、東大どこへ行く〉

これは寺山の〝東大闘争〟へのオマージュだった。

さて、終幕の第8幕で、寺山は、自らの分身ともいうべき皮ジャンパーの男を登場させ、〈「おれは歴史なんかきらいだ。思い出が好きだ。国なんかきらいだ。人が好きだ。（中略）時代はゆっくりとやってくる。時代はおくびょう者の象にまたがってゆっくりとやってくる。そうだ、時代は象にまたがって世界で一番遠い場所、皆殺しの川におもむくだろう、せめてその象にサーカスの芸当をおしえてやろう。ほろんでゆく時代はサーカスの象にまたがって、せめてまかせてくれ、悪夢でないジンタのひびきを、いいか、時代よ、サーカスの象にその芸当を教えよ」〉

こう語らせ、それに呼応して、その場にいる出演者全員が、

〈「今すぐに今すぐに」〉

と、叫んで、このまっ向、時代と向きあった寺山のアジテーション芝居は終わる。

さて、私が、私たちが、こんなふうにアメリカを、そして日本を見つめていたとき、もっと過激に、もっと切実にアメリカを、また日本を見つめていた、私と同世代の日本人がいた。

アメリカに密航を企てるも失敗。横須賀米軍キャンプに忍び込み拳銃を手に入れ、〝わたしは生きる。せめて二十歳のその日まで〟

の遺言のような詩句をしたため、一九六八年〜六九年にかけて東京、京都、函館、名古屋と日本のそこここで〝日本〟に向けて、拳銃をぶっ放した、氷山則夫、その人である。一九六九年四月七日、永山則夫が逮捕される。私は、四十数年経った今も、このニュースをハッキリと覚えている。

一八歳の三月に、大学入学のために上京した私は、これを自らの中で家出と位置づけ、それを実証するために一年間は故郷へ帰るまいと決めていた。

丸一年がたち四月八日。私は自らの家出の達成を確認し、この日、帰郷の途についた。東京駅で新聞を購入した。そこに前日の、永山逮捕の記事が躍っていた。

私はカラダを打ち震わせながら、その記事を読みつづけ、

(世の中にはスゲエやつがいる)

そう思った。

そのとき「よっしゃ、おいらがアメリカへ行って、アメリカへ行けなかった永山の無念をはらそう」と思えば『時代はサーカスの象にのって』の第1幕にあるように、リンガフォンレコードで英語を勉強し、アメリカを目指しただろう。

また、一ドル三六〇円なんて乗り越えられる壁である、と考えていたとしたら、やはり英語をもっと真剣に勉強しただろう。

だが、私はそうは考えなかった。目の前に〝野生の豹に乗って〟駆け抜けた同学年の男が現れた以上、世の中普通に生きたって面白くないと思ったのである。

一九歳。童貞少年の私は、永山逮捕の新聞記事を見ながら、ズボンのポケットに手を突っ込み、

（おれは本物の拳銃をぶっ放せないが、この肉の拳銃ならぶっ放せるかもしれない）

そんなふうに思い、ズボンの布越しに、毛の生えた拳銃をギュッと握りしめた。

これが、私の〝性〟の戦いの始まりであった。

(6) 一九七二年、巷には怨歌が流れていた！
――『犬神』

寺山修司の映画、芝居に現れると、「これぞ寺山」と納得させられるのが、赤い涎掛けのお地蔵さんや、賽の河原で廻る赤い風車。また、大正時代の黒塗り柱時計、方向を示す指のオブジェ、人体解剖図、家相図、方位図なども、寺山ワールドにはなくてはならない小道具である。これらの品々のルーツを探ると……。

売りにゆく柱時計がふいに鳴る横抱きにして枯野ゆくとき
たったひとつの嫁入り道具の仏壇を義眼のうつるまで磨くなり
かくれんぼ鬼とかれざるまま老いて誰をさがしにくる村祭

これらの歌がてんこ盛りの寺山修司第三歌集『田園に死す』に行き当たる。この歌集の世界は一九七四年に製作された映画『田園に死す』で、見事に具現化されるのだが、実はそれ以前に芝居にもなっている。

一九六九年六月、西ドイツ演劇アカデミー主催の国際前衛演劇祭で招待作品としてフランクフルトの劇場で寺山の演出作として初演、その年の八月、東京・草月会館ホール、九月、鎌倉商工会議所会館ホールで再演された『犬神』がそれである。

幕が開くと、大正時代の古い一脚の椅子に座った老年の女詩人が、手にした分厚い書物を開く。

〈「大正三年二月　首甚之助の息子の顔三はコレラで死にました　翌四年の九月　顔三の兄の作助も死にました　日射病でした　大正七年作助の姉モヨは嫁ぎ先から少し離れた線路で　鉄道自殺をして死にました　線路には真っ赤な花が咲いていました……」〉

こう声を出して首一族のまがまがしい死の記録を読み上げるところから始まるこの『犬神』の戯曲に目を通し始めた私の耳奥で、

♪おどうのために三人死んだ

シンガーソングライター三上寛の歌う〝怨歌〟が繰り返し繰り返し聞こえていた。

そういえば、あの頃……。一九七二年のことである。大学を四年で卒業できないことがわかった私は、友人に誘われ、住み込みで、とあるアングラ劇団の事務所番をやり始めた。

その事務所は葬儀社の一角に置かれ、住まいはその二階。事務所費を無料にしてもらう代わりに、そこに住んで葬儀社の電話番をするのが条件だった。

そのためだったのだろうか。いやそれだけではなかった。

一九七二年という年が、そのようなパフォーマンスをさせたのだが、私は住まいの部屋に首だけのマネキンを吊るし、壁に般若心経を貼って暮らしていた。

この年、連合赤軍による浅間山荘事件があり、その数週間後〝総括〟された一二人の遺体が次々と発見されて、巷には死臭が臭っていた。

私が所属したのは、吉本隆明の著作を真剣に読み、口角泡を飛ばして議論する〝運動の演劇〟を志向する者たちが集まった硬派な劇団だった。

私は、吉本は吉本でも吉本隆明ではなく、吉本新喜劇派だったのだが、それでもこの連合赤軍の事件はショックだった。それゆえ、寺山教の信者でもあった私は、死んだ一二人の同世代の戦士を供養しようと、マネキンの首を街で拾ってきて部屋に吊るしたのである。

その部屋で繰り返し聞いた歌が、

♪おどうのために三人死んだ

三上寛の〝怨歌〟だった。

閑話休題。仮面劇『犬神』の物語は、前述した首家のモヨの兄嫁の娘ミツから始まっていく。

犬田家へ嫁いだミツが犬に襲われ、帰りついたときには頭がおかしくなっていた。それから一〇ヶ月後にミツは子どもを産む。

それが、この『犬神』の主人公月雄。月雄が五歳のとき、母ミツは草刈り鎌で自殺し、七歳のときに、父は金物屋の女と出奔する。

月雄は、ミツの姑の婆さんと二人で暮らしていた。近所の人は、月雄の家を〝犬神家の血筋〟だといって、誰も寄り付かなくなっていた。

その様を姑が御詠歌の一節を歌うようにこう歌う。

〈「ねんねんころりと　母は死に　ねんねんころころ風が吹く　肉色の月　出る晩は　どこかで誰かが　呪ってる　おまえの家は　犬憑きで　龜もワン！　と泣くそうな　おまえの家は　呪い筋　先祖代々つぱくらめ　夜中真夜中　起き出して　ニワトリの真似したならば　村のどこかに　火事がある（後略）」〉

月雄は、村の誰とも遊ばず、かくれんぼの鬼をして遊んでいた。そんな月雄を人々はへんな子として見つづけていた。

月雄のこんな科白がある。

〈「だれにもわかりはしない　だれにもぼくの心なんか　わかりゃしないんだ　ぼくは「かくれんぼ」をしている　一生かかって鬼かもしれない　だが鬼にだって鬼のたのしみがあるもんだ（中略）かくれんぼの鬼のぼくを　気安くあわれむな――ぼくはこんなさびし遊びが好きなのだ」〉

一〇年経ち、月雄は大人になって「シロ」と名付けた犬を飼い始める。村の人々は、その犬が月雄の母のミツに似ていると噂した。

時を同じくして、村に犬の被害が出始める。人々はシロの仕業だと騒ぎたて、シロを始末しろといってくる。ここで月雄は犬の特性についてこんなふうに語り出す。

〈「犬は何を見ても　灰色なんだって　色彩を見分けることが出来ないんだって　そう本に書いてあった」〉

そして、その理由についてこう言及する。

〈「犬は生まれたときから　ずっと夢をみつづけているんだ　夢には色がない　いつだって　どんな夢だって　夢は必ず　灰色だろう？　だから　犬は夢を見ながら生きつづけているのさ　だけど目ざめているときに　夢みることができる犬が　どうして眠ったりするのだろう　ぼくが眠るのは　もしかしたら　現実をみたいからなのだろうか？」〉

やがてシロが始末される。だが村の犬の被害はつづいていた。

月雄の独自が興味深い。

〈「ぼくは近頃　悪い夢をみるようになった　夢の中で　ぼくは一匹の犬だった　夢の中で　ぼくは他人におそれられていた　訳もなく――」〉

そう、ことここに至って月雄は犬になっていたのである。

一年後、そんな月雄に縁談が持ち上がり、谷をへだてた村の娘と一緒になる。犬憑きの噂も村が違えば伝わっていなかった。

幸福が近くまでやってきていた。だが、月雄は、幸福になってかくれんぼの鬼でなくなるのが不安で仕方がなかった。

月雄が、思い出の中のシロに語りかける。

〈「ほんとうは　ぼくはこわいんだ　無理もないよな　何しろ　ぼくは幸福にあまり馴れていないんだ　でも　このこわさも　やがては思い出にかわってしまうだろう」〉

こうして月雄が結婚をするところで『犬神』の物語は大団円をむかえる。

舞台には誰もいなくなり、長い間があって、やおら、舞台の袖の女詩人が顔を上げ、話は終わるがひとつだけエピローグがあると、語りかける。

それによれば、結婚式の翌日に月雄が行方不明になり、真新しい床には喉を切られた花嫁の死体があったというのだ。喉を切ったのが犬のシロだったのか、月雄だったのか、あるいは幸福という名の怪物だったのかについて女詩人は語らない。その代りに、

〈「ただ　美しい花嫁の　とじた目にふりそそぐ日の光は　ほとばしる水のように新鮮で納屋のひさしごしの空も青々と晴れわたり　仏壇の曼珠沙華はうたうように目を見ひらきどこかで小鳥もさえずっている　素晴らしい朝だったことを付け加えておきましょう　ほんとうに　それは悲劇が起こるのにふさわしいような日本の朝でありました」〉

綺麗な寺山の詩的言語で締めくくられる。

この『犬神』という話、実にとんでもない話である、現実にありうべからざる話である。今どき、こんな話あるはずがない。

ところが、つい数年前、このグローバル化した日本で〝平塚五遺体事件〟が起きた。寺山と同郷、青森県出身で私と同世代の女性が五人の子どもを殺し……。

この鬼母の生きざまは、幸福に馴れずに、かくれんぼの鬼のまま生きることを選び取った月雄の生き方そのものではないのか。

今もまだ、都会のど真ん中で、前近代を生きる人がいる。

この事件を知ったとき、私はそう思った。

もし、今、寺山が生きていて、この鬼母についてのコメントを求められたら、どんなふうに答えるのだろう。

（7）天井桟敷の観客参加はマナイタショーではなかった！

――『ガリガリ博士の犯罪』

そふとクリーム、あいすクリームじりじりと紅とかしゆきセーラー服に紅雪のふる

暗き納屋　青きししむら塩をふきパート・カラーに壊れゆくかたばみの花　少女

書棚から引っ張り出した早稲田大学短歌会発行の『27号室通信』に、私が一九歳の頃に作ったこんな歌が並んでいる。

何故こんな物を？

実をいうと、この極私的な寺山レポートを書き始めて以降、寺山修司がらみで私は若かりし頃のことをアレコレ思い出しているのであるが、若気の至りでなんとも恥ずかしいことをしでかしていて思い出しながら顔を赤らめるということがしばしばである。

この話もそんなひとつ。

大学二年生の秋だった。

寺山に憧れ、寺山と同じ大学、同じ学部に入学し、その大学の短歌会に入って短歌を作り始めた私は、この年の早稲田祭に、短歌会として寺山修司の講演会を企画した。

まさか実現するとは思ってもいなかったのだが、当時短歌会の先輩、福島泰樹が短歌の世界で脚光を浴びていて、この先輩の口利きがあったことで、この企画はアレヨアレヨという間に実現してしまう。

講演会場は早稲田大学16号館の大教室だった。

大隈講堂前で顔合わせをすると、寺山は会場に行く前に学生会館にあった短歌会の部室へ行きたいといいだした。

壁のソコココに、さまざまな落書きが書かれた部屋に入ると「うーん、懐かしいね」。寺山はこういって部屋をキヨロキヨロと眺め回したことを、今もハッキリとおぼえている。

前述した歌は、その頃に作ったもので、これが載っている『27号室通信』に、短歌会が寺山を呼んで講演会を開いたのが一九六九年であると記されていた。それを確認するために、私はこの小冊子を引っ張り出したのであるが、この歌でわかるように、私の頭の中はその頃、猥色、ピンク色。ちなみにパート・カラーというのは、当時のピンク映画が使っていた手法で、からみのシーンだけカラーになるというもので、それを目当てに映画館に通った私たちはスクリーンがカラーに変わると身を乗り出してジーッとその場面に見入ったものだった。

さて、この講演会のテーマは短歌ではなく演劇で、とりわけ寺山は観客参加演劇を熱く語ってくれた。これが、私に恥ずかしい質問をさせることになる。

その頃私は、筆下ろしに失敗し、女を知るには女のカラダを知り尽くさなければならないと、頑なにそう信じ、場末のストリップ劇場に足繁く通っていた。

劇場では踊り子が登場する度に、必ず、

「踊り子さんの肌及び衣装には絶対にお手を触れないようにお願いします」

のアナウンスが入った。私はこれが無性に気になっていた。

質疑応答になったとき、

「天井桟敷の芝居に女優さんが裸で登場しますよね。観客参加の芝居となれば、ああいうとき、女優さんに触るなんてことをしていいんですか？」

無謀にも私は、こんなことを聞いてしまったのである。

「あなたがしたいのなら、してもいいいんじゃないですか」

性に飢えた青二才の愚かしい質問であったにもかかわらず、寺山はあの独特の青森弁で答えてくれた。

あー、書いてしまった。

なんか皮かぶりのポコチンを曝したような恥ずかしさである。

とはいえ、そのとき、私はトンチンカンな質問をしたという自覚はなく、その質問が恥ずかしいものだとも思っていなかった。その証拠に、これ以降も〝白夜69〟という天井桟敷の企画公演に何回も足を運び、女優の裸に出くわしたら本当に触ってみようと本気で思っていた。

その企画のひとつに〝刺青〟という実演があった。

のちに大島渚監督の映画『愛のコリーダ』で阿部定を演じる松田暎子が当時、市川魔胡の芸名で「天井桟敷」に在籍していた。その彼女が観客の目の前で、本物の彫師に耳に刺青をされる現場に立ち会ったが、裸になることはなく、私は相変わらず、ストリップの特出しショーとパート・カラーのピンク映画にうつつを抜かしながら、「天井桟敷」の地下劇場に通って猥色の歌をひねり出す日々を続けていた。

そんな私が、講演会で寺山が語った観客参加の演劇というものが、ストリップ劇場で踊り子に触れるといった類のものでないことに、やがてハッキリと気付かされる。

〝白夜69〟のあと、天井桟敷館地下劇場の第二弾公演として一九六九年一二月二三日から翌七〇年三月一五日まで上演された『ガリガリ博士の犯罪』（作・演出＝寺山修司）。

裸があったら手を出そう。このときもそんな腹づもりで、私はこの芝居も観に出かけた。だが、その目論見は見事にハズれてしまう。

どんな舞台だったのか？

『寺山修司の戯曲　4』（思潮社）に『ガリガリ博士の犯罪』の作品ノートがあり、その中に当時書かれた新聞記事が引用されている。以下その概要を転載する。

〈「風変わりな〝観客参加劇〟見えない舞台

筋のない物語
主役はお客の想像力?
狭い場内のあちこちに浴槽、テーブル、子ども部屋、書斎などを配置して、観客はこの〝家〟の至る所に設けられた席にすわって、各所で起こる〝劇〟を目撃する仕かけ。
普通の芝居とは逆に、わざわざ見えないような配置になっていて、すべてが見える客席は存在しない」〉
ちなみにガリガリ博士というのは一九一九年に作られたドイツ映画の主人公で、精神病院の院長のこと(芝居では「カリガリ」が「ガリガリ」になっている)。映画は博士が大道芸人になり、催眠術をかけて悪事をはたらくという筋書だった。
寺山はそのことを知った上で、自らがガリガリ博士になって、観客に悪事をはたらいていく。
戯曲を読むと、書き出しに、
〈劇は同時多発に、それぞれの部屋ではじまっている。したがって、客はじぶんの居る場所から、きわめて主観的にしか劇と接触することができない。部分によってしか因果律に関わることができないという点に於て、この劇は世界に似ている。〉
と記され、そのラストは、

〈「実際に起こらなかったこともまた、歴史のうちである」〉と、寺山の大好きなフレーズで締めくくられている。

私が包茎の愚息を見られたような恥ずかしさを感じた理由が、おわかりいただけただろう。

ストリップ劇場で、目の前に曝される女性器をただただ見つめながら股間を握りしめるだけの不条理から、〝観客参加〟のストリップを夢想していた私とはトコトン異なる理論のもとで、寺山は〝観客参加〟を考え、演劇の劇場からの自立を目指し、この『ガリガリ博士の犯罪』を上演したのである。

〈「劇場」もまた、従来の「演劇の牢獄」であることをやめて、野外にその市民権をゆずり渡すべきであり、新しい演劇はこうした劇場という場の不条理との対決からはじめなければならぬことは、自明の理である。劇場がきわめて流動的なものとして日常性も侵し、リビング・ルームや銭湯、はとパスや大衆食堂の中で、思いがけないドラマ（あらかじめ台本を準備された）がはじまるとき、それはステージと観客という階級関係ではなく、一つのスピリチュアル・ラリー（魂の集会）として、新しい可能性を生みだすであろう。〉

「天井桟敷」の演劇機関誌『季刊地下演劇』創刊号（一九六九年五月一日発行）〝劇場想像力〟の中の寺山の一文である。

こうして、寺山とその一統は『ガリガリ博士の犯罪』を成功させ、次なるステップ、市街劇へと本気で進んでいった。

私はというと、その市街劇にもつき合いつつ、尚ストリップ劇場での観客参加を夢想して、場末の劇場通いもやめなかった。やがてその夢が実現する日がやってくる。

一九七三年、ストリップ劇場で客を舞台に上げて天狗の鼻で踊り子の性器を弄る〝天狗マナイタショー〟なるものが、踊り子のバロー・ブレンダーによって考案される。以降、その刺激的なショーは日常化し、いつしかこの演し物は天狗イレポン、マナイタ本番ショーへとエスカレートしていった。

もちろん、私が、「天井桟敷」以上にこれにのめり込んでいったことはいうまでもない。

(8) 私の人生を変えた、女優鈴木いづみとのニアミス体験
――『人力飛行機ソロモン』

「天井桟敷」の女優といえば新高恵子、蘭妖子、それに女優というより歌手で有名になったカルメン・マキがいる。

そんな中にあって、えっ、あの人も「天井桟敷」にいたの？　という女優がいる。天才的なサックス奏者・阿部薫と結婚、その阿部のあとを追うように自らも死を選び、その生きざまが小説、映画にもなった女優であり、小説家でもあった鈴木いづみも、そのひとりである。

そんな鈴木いづみと、私は一九七〇年にニアミスしている。

新宿・紀伊国屋前。当時ハタチの私は、一枚の芝居のチケットを持って、店頭に立つ男の前に歩み寄った。

チケットを差し出すと、引き換えに地図の書かれた紙が手渡される。その地図を頼りに訪れたのは地下鉄四谷三丁目駅から徒歩数分の路地裏のアパート。階段を上がり、ドアをノックして入ると、そこは蚊帳のつられた娼婦の部屋だった。

蚊帳をくぐると、色白で豊満な女が床から起き上がり、私を誘う。部屋には私と、薄手の襦袢だけをまとった娼婦のみ。

その前年、昔の遊郭のたたずまいを残した大阪の飛田へ〝女買い〟に出向いたはいいが、相手をしてくれた娼婦のスカートをたくし上げての「ハイ、どーぞ」に、現実の娼婦の世界が映画、小説とは異なるものであることを思い知らされ、若年性のインポテンツにかかっていたそのときの私は、自の前に座る美しい娼婦の姿に眩惑され、心は千々に乱れ、肉体にもはっきりと変化が生じていた。

だが、やがて娼婦は自らが今梅毒で、これは誰かに伝染させれば治るから、「わたしを抱いて」といい寄ってくる。

私は白粉の匂いに興奮し、分身を硬くしながらも、その思いもかけない展開にどんなリアクションをとっていいかわからず、ただただ全身と分身を硬直させながら、そこにじーっと座っていた。

次に女は裸身に幻燈を映してあげると、全裸になってうしろ向きになった。形のいい、今ふうにいえば超爆乳が曝される。

私は生唾を呑み込み、その豊かな肉の隆起に目を奪われたことはいうまでもない。なにかが起きそう。だがそこに男が現れ、私は次の芝居の場へと連れていかれた。

そこは市街劇『人力飛行機ソロモン』の終章の舞台となる公園で、さまざまなところで劇的体験をした客が、この芝居のナビゲーターである役者に誘導されて続々と集まってきていた。

そう、このときの娼婦役が鈴木いづみだったのである。彼女は、後に浅香なおみの芸名でピンク映画に出演しながら小説も書き、『文学界』の新人賞候補になるというマルチな才能で脚光を浴び、マスコミに盛んに登場する。

その写真を見て、私はあの娼婦が鈴木いづみだったことを知り、（ああ、あのとき、これは芝居だという約束ごとを取っ払って、あの娼婦に挑んでいたら）と、ちょっぴり後悔したものである。

そんなわけで、目の前の娼婦に触ることも性交もできなかったが、この演劇体験は私にとっては天の啓示だったようで、以降私は一生をかけて娼婦を追いかけることになる。その意味で、私にとってこの鈴木いづみとのニアミスは、人生のターニングポイントだったといってもいい出来事となったのである。

この話を私と同じように同世代で、私と同じ寺山フリークである友人の編集者Sさんに話すと、

「実はぼくも鈴木いづみと会ったことがあるんですよ」

目を輝かせ語り始めた。

Sさんは、七〇年代初頭に、アングラ芝居通なら誰もが知っているあの芥正彦が主宰する劇団「駒場」にほんの少しだが居ついていたことがある。その芥の指示で阿部薫の引っ越しの手伝いに出向いたところ、そこに鈴木いづみがいたというのだ。

七〇年代の無頼の男と女として語り継がれている阿部薫と鈴木いづみ。そのふたりのオーラに直接触れたことが、今を無頼に生きるSさんの心の支えになっている。私があのと

きあの娼婦、鈴木いづみのオーラを時々思い出して今を生きる支えにしているように……。

さて、では『人力飛行機ソロモン』とは、どういう芝居だったのだろう。

『寺山修司の戯曲　7』（思潮社）をひもといてみた。

この芝居の作品ノートの出だしにこうある。

〈劇場があって劇が演じられるのではない。劇が演じられると、劇場になるのである。つまり、劇場は「在る」のではなく「成る」ものなのだ。〉

と、いきなりの寺山節。

そして、ノートのラストにはこう記されている。

〈馴れ合いの出会いを捨てて真のドラマツルギーを生成するために、劇場の全てのドアは市外に向かって開かれている。

かつて、私は、

「街は大いなる開かれた書物である」と書いた。

しかし、今ならばこう書き直すことだろう。「劇は、いますぐ劇場になりたがっている。さあ、台本を捨てよ、街へ出よう」と。〉

六〇年代に〝書を捨てよ、町へ出よう〟とアジテートした寺山は七〇年代に入るとともに街を丸ごと劇場にして、日常の非日常化をはかろうと、試み始めたのである。私の、鈴木いづみ扮する娼婦との遭遇も、そうした寺山ワールドの中での出来事であった。

　では、あの場面、台本にはどのように記されているのだろうか？

〝堕落の想像力の場〟は、観客がアパートのドアをノックし、劇の合い言葉である「黒く塗れ」をいって中に入ると、美那という娼婦が待っているという設定で、

〈あなたが女と寝ることは現実であり、同時に虚構である。あなたはうらぶれた六畳の中でランプや藤の寝台の一つ一つを教会の聖具のように扱わねばならぬように、女と自分との行きあたりばったりの関係の中に、物語を組み立てる努力をしなければならない。〉

　と、ト書きに記されている。

　台本には蚊帳の文字はない。私の記憶では、たしかにあの娼婦の部屋には蚊帳が吊るされていたはずなのだが、どうしたことか？　もしかしたら、私の中の理想の娼婦像がそっくり私の記憶に入り込み、四〇年前に観た舞台の一シーンと入れ替わってしまったのかも知れない。

　ともあれ、台本には娼婦は客である私の前で裸になり、紅扇で前をかくしながら「すっかり脱いでこちらへいらして」と誘う、とある。そして、娼婦は、

♪あはれ
まだ見ぬ邪宗門

原色幻想の歌を歌い、その白い裸身に幻燈を映し出し、部屋は寺山色に染められていく。

そこへ、突然人力車夫が飛び込んできて、

「いいことしたんだから、邪宗門をくぐってもらおう」

と、客を強引に連れ出してしまう。

そして、連れていかれたところが人力飛行機ソロモンが今にも飛ぼうとしている、この市街劇のメインステージというわけなのだが、台本には（客が抱いた場合）というト書きがあって、「どう…あたしのからだ、好き」という科白も書かれていたのだから、四〇年前のあの時、誘われるままに私が裸になっていたとしたら……。

しかしながら、前の年に寺山に舞台に裸の女優が登場したら触ってもいいのだと言われていたにもかかわらず、当時童貞の少年だった私にそれをやる勇気はなかった。

もちろん、娼婦に興味がなかったわけではなかった私は、結局一生をかけて鈴木いづみがカラダを張って提示した娼婦を、あるいは娼婦にまつわるさまざまなことを追い求めるという選択をするのである。

話を『人力飛行機ソロモン』に戻そう。

メインステージでは昭和精吾が扮する〝俳優15〟の国家、言葉に関する寺山語でのアジテーション演説が始まっている。

〈事物も人間も、あらゆる世界での現象も、思い出せば日々の「命令」によって創造されたのであった。

そして、命令はぼくに言葉を与え、言葉は忽ちぼくの肉体を集合体として扱い、国家は幻想した。見よ、ぼくはぼく自身の国家である。〉

やがて、そこに集まってきた俳優たちは
〈「言葉を作れ、それが愛だ　言葉を作れ　それが自由だ」〉

の大合唱。

つづいて新高恵子のピンク映画のからみシーンが急に映し出され、シャワーを浴びながらの新高恵子が。〝ああ過ぎさりし、銀幕に〟と吟じる「銀幕哀吟」が流れていく。

そしてラストは、

〈「一星ケミを飛ばしてやりたい、ル・クレジオを、銀嶺トルコのみどりを飛ばしてやりたい」〉

と、昭和精吾のアジる言葉と想像力によって人力飛行機ソロモンは何人もの男、そして女と一緒に天高く飛び立っていくのであった。

(9) 寺山はボクシングで人生を語った！
――『力石徹の告別式』

寺山修司のことを書きながら、ずーっと気になっていた女性がいた。

それは、私が二〇歳の一九七〇年のことである。私は、女優の卵を誘って、とある告別式に参列した。

彼女の名前を思い出し、インターネットで検索した。

女優で頑張っていた。ホッとしながら、四〇年前のあの日のことを思い出し、今私は股間を熱くしている。

そう、告別式のあと、それが当然のように私たちは求め合った。

色白の肌、そこはツルツルだった。

ほとんどパイパンだった。

舐めた。

舐めつづけた。

どうして、ここに毛がないの？

そう思いながら、舐めた。

分身はギンギンになっていた。

今思えば、そのまま、スッと身体を移動させ、ヌメヌメになった肉の割れ目に、猛った肉棒を合わせればよかったのだが、二〇歳と若く、しかもその前年に大阪の飛田遊郭で娼婦との筆下ろしに失敗していた私は、その当たり前のことができなかった。

入らなかった。

（なんでやねん）

焦り始め、中折れが始まった。

切なさが募った。

口惜しかった。

うまくいっていれば、私にとって初めての体験であり、多分私は、この彼女、A子に愛の告白をしていたはずだった。

一生懸命だった。

だが、頑張れば頑張るほど分身は中折れしていった。

ボクシングの試合で、戦う気があるのに足が出ず、ひたすらクリンチをするボクサーのようだった。その〝口惜しさ〟が、私に〝性〟へのこだわりを与え、結局は〝性〟を、そしてその〝性〟を商品とする〝性風俗〟をウォッチングする仕事に私をつかせたといっていいだろう。

人は葬儀に出ると、自らが生きていることの喜びを確認したくなって、セックスに走るようである。私が、身をもってそのことを知ったのは昭和四五年三月二四日のことだった。

この日、寺山修司が喪主になって、ボクサー力石徹の告別式が音羽の講談社講堂で行なわれた。

そして、その日、私は前述したように高揚した分身を、一緒に式に参列したA子にぶつけたのである。

力石徹って？

『週刊少年マガジン』に連載されていたボクシング劇画「あしたのジョー」の主人公、矢吹丈のライバル、力石徹。

昭和四〇年代というのは妙な時代で、劇画の登場人物の死を、我がことのように受け留める人たちがいて、架空の人物の死に盛大な葬式を出したりしたのである。

その時代、私たちは勝利を信じて日々戦っていた。しかし、どこかに耐えて耐えて戦い、口惜しく散っていくことも考えていた。

そんな私たちの前に、力石徹が登場し、〝あしたのジョー〟の好敵手として立ちはだかった。

寺山修司は「誰が力石を殺したのか」という一文の中で力石のことと、その時代のことを次のように記している。

〈力石はスーパーマンでも時代の英雄でもなく、要するにスラムのゲリラだった矢吹丈の描いた仮想敵、幻想の体制権力だったのである。（中略）力石は死んだのではなく、見失われたのであり、それは七〇年の時代感情の懐かしいまでの的確な反映であるというほかないだろう。〉

当時の新聞を繰ってみると、この告別式には、平日であったにもかかわらず八〇〇人もの人たちが参列したとある。

では、私はどういう経緯でこの式に出向いたのだろう?

もちろん「あしたのジョー」は読んでいた。同時に寺山の「家出のすすめ」のアジテーションに乗って上京した私は、この時期「天井桟敷」の芝居をすべて観ていた。

また六八、六九年は政治の季節。学園闘争の只中にあって「安保粉砕」「闘争勝利」のシュプレヒコールを挙げながら、デモにも参加していた。

ところが、七〇年に入ると、寺山が「誰が力石を殺したか」の中で書いているように、私たちは誰に対してNOをいっているのか？　その敵がわからなくなり始めていた。そんなときに、見事な敵として力石徹は登場した。

冬の犬コンクリートににじみたる血を舐めてをり陽を浴びながら
サンドバッグをわが叩くとき町中の不幸な青年よ　目を醒ませ

などなど〝ボクシング〟というタイトルの歌篇を詠んでいるボクシングファンの寺山が、野垂れ死ぬように死んでいったボクサー力石のために喪主になって葬儀を行なうと知って、私は駆け付けたのである。

そのとき力石徹を、私なりに熱く語り告別式に誘ったのが、同世代で、芝居をやっていたA子だった。そうして、私たちは八〇〇人のなかの二人になった。

葬儀の会場にはリングが作られ、力石の遺影が飾られていた。僧侶による読経のあと、式典の幕が開いた。まずはひとりの少年が、

ひとりのボクサーが死んだ　腹へらして二月のさむい夜

という「死んだ戦士のバラード」を歌う。

歌が終わると、リングアナウンサーが登場し、テンカウントのあと黙禱。

客席から革命運動家に扮した昭和精吾がリングに上がり、

「力石徹よ、君はあしたのジョーの明日であり……」

それは、まさしく寺山流のボクシング・ミュージカルでもあった。

その場に居合わせた私とA子は高揚し、その後、ふたりきりになって互いに身体をぶつけあったことは、前に記した通りである。

ところで、寺山の世界にはボクシングが頻出する。長篇の叙事詩「李庚順」にこんな詩句がある。

東京へ行きたい
と思いながら
自分の心臓の部分にそっと手をあててみるとその最初の動悸なのか
青森駅構内の機関車が一斉に汽笛をならす音なのか
ひどくけたたましい音がする

おれの心臓は、さみしいさみしいボクシングジムだ
誰もいないのにサンドバッグだけが捻っている
もしもおれが夢のなかで
相手のボクサーに一発ノックダウンを喰らわせたら
町中の不幸な青年たちは　一斉に目をさますだろうか？

また寺山の小説「あゝ、荒野」の主人公は吃音で赤面恐怖症のボクサーであるし、一九六九年に上演された『時代はサーカスの象にのって』の舞台はボクシングのリングだった。さらにいえば、一九七七年には東映で菅原文太主演の『ボクサー』という映画を脚本・監督している。

これらの作品を読んだり、観たりしながら、私は知らず知らずのうちに、寺山のボクシングを通しての思想の影響を受けていった。

一九六七年（昭和四二）に上梓された寺山修司全評論集『思想への望郷』上下（大光社）がある。そこに、ボクシングに関するエッセイが数多く掲載されている。中にこんな一文がある。

自分を捨てて再婚した母と巡り合うためにボクサーになったアトム畑井。このボクサー

に寺山はこう語りかける。

〈ボクシングは憎むスポーツである。

それを、母親や友人の愛のために利用しようとしているかぎり強くなれない。もっと憎まなければいけないのだ。相手を憎み、自分を憎み、自分をつくった社会を憎み得たときにこそ、ほんとうに強くなるだろう。憎しみもまた、思想なのだから。〉

たかがボクシング、されどボクシングであるが、ボクシングに人生を照射させ、そこに思想を求めた寺山の姿がここにある。

さて、私であるが、力石の告別式のあと、同行者のA子との肉と肉とのぶつけ合いに失敗して以降どうしたかというと、私は私をコテンパンにしてくれた女性器を〝地獄門〟と名付け、この肉の門を相手に、何年間もシャドーボクシングをつづけることになる。

どういうことかって？

平易にいえば、場末のストリップ劇場に通い詰め「憎しみもまた思想なのだから」という寺山のフレーズを私流に誤読して、次から次へと現われる〝地獄門〟を見つめ、この門がなければ私自身、この世に存在しなかったのだから、これこそが憎いと思い定め、
何処よりも淋し男の眼差し遠く生まれ出づる地獄門　悲し

こんな歌を作りながらひたすら〝ままならぬ〟セックスを考える日々を送りつづけたのであった。

(10) 寺山は幻想的な官能写真の名人だった
――『幻想写真館犬神家の人々』

私が、いわゆるエロ写真というものを初めて見たのは中学二年生のときだった。

中学時代、バレーボール部に所属していた。その写真を持ってきたのは一学年下のバレーボール部員で、蔵の中で見つけたのだといって目の前に広げて見せた。

セピア色に変色した白黒写真で、セーラー服を着た年増の女が大股を広げたものと、男と女の性器がハマリ合ったものの二種類が数枚ずつあった。

私が通っていた中学校は三重県の片田舎で、バレーボール部のコートの裏には山があった。

田舎の中学生の私は、そんないかがわしい写真を人前で見て、騒ぎ立てるということができないウブな少年だった。

「ちょっとこれ、貸して」

写真を借り、ひとり裏山に入って、ムンムンとした草いきれの中でそれに見入った。もちろん、私はその頃、まだ女を知らない。だが、ピーマン（皮かぶりだった）の形をした分身はその写真に反応して硬くなった。

そのせいなのだろう。私はエロい写真を見ると、未だにムンムンとしたあの草いきれの匂いを思い出す。

今、わたしの手元に『寺山修司　幻想写真館犬神家の人々』（読売新聞社）という写真集が置かれている。

ペラペラめくる。ヘアが見える写真はないが、かなりエロい。

そのあとがきは、

〈この写真集は、一九七三年夏よりほゞ一年半にわたって、私が撮った写真を集めたものである。〉

で、始まり、

〈私は、わざとらしさ、人工的、虚構、仮面、修辞、空々しさ、といったことに魅かれた。〉

と、つづいている。

一九七三年という年、寺山は東京・高円寺で実験的な街頭劇『地球空洞説』を作・演出したりオランダ・アムステルダムで『盲人書簡』を上演したりしている。

そんな時期に、かつて短歌、芝居でやってきた、土着的なおどろおどろしい世界を、写真で表現しようとしていたのである。このあたりが〝職業・寺山修司〟たる由縁である。

さて、では寺山修司の幻想写真集はどのような構成になっているのだろうか？

ページを繰ると——。

「第1章　出されなかった絵葉書」には「上海書簡」というタイトルの一文が記されている。そこには、

〈これは「実際に起こらなかったことも歴史の裡である」という立場に立って贋作した。差し出し人も、受け取り人も、架空である。〉

とある。その絵葉書にはフランスから取り寄せた切手も貼られ、徹底的にリアルに作られている。

「第2章　みなし児の犯罪」はいかにも寺山ならではの写真で、「母地獄」というタイトルの章には、ビリビリと破かれた母はつの写真と、その破れを紐で縫った写真が掲載されている。また格子戸の家の中に人物（母、あるいは母と寺山）の写真を閉じ込め亡霊のように写した写真もあって、寺山の母への思いを見事に表している。

凄いのは母はつと若い青年との情事の写真。そしてその写真の解説にこんな一文を寄せている。

〈余は、記述された戸籍上の履歴のみならず、記憶部分までも修正し、魂の整形手術によって過去を葬り、生まれ変わりたいと考えた。その「記憶」がこのアルバム写真である。〉

「第3章　北回帰線」には寺山の競馬エッセイに登場するトルコの「桃ちゃん」のヌードのポートレイト。そして、ここには女性のアクメシーンの連続写真も——。

そこに付された文章には、

〈余は、はじめて写真機を手にして女性に立向かうまで、「撮ることとは、寝ることである」と、思っていた。〉

と書かれている。

「第4章　怪人二十一面相」は江戸川乱歩の怪奇小説『パノラマ島綺譚』の再現写真。「第5章」は変身写真集。そして「第6章　悪夢の記述」は女子大生の黒ミサ実演写真であった。

どの写真も、アングラ芝居の一シーンのようで、知らず知らずのうちに、その世界に引き込まれていくのである。

もちろん、エロさもたっぷりあって、この写真集を見る度に私の鼻腔には中学時代にかいだあのムンムンとした草いきれの匂いが充ち、その匂いに私の股間がピンピンと反応したことはいうまでもない。

エロい写真といえばもうひとつ、寺山関連で私がそれを見てムンムンとした草いきれを思い出すものがある。

「天井桟敷」の演劇雑誌『季刊地下演劇』の創刊号――。

一九六九年（昭和四四）五月一日発行で、寺山の「劇的想像力または決闘のすすめ」とか磯田光一、芥正彦、黒木和雄、中平卓馬、寺山修司などなどが参加しての誌上シンポジウム「劇と劇的なるもの　革命としての演劇」といった難解な記事がズラリと並んでいる雑誌で、当時の私がそれらを理解できたとはとても思えないのだが、私はこの雑誌を今もしっかりと持ちつづけている。

その理由は至って明解で、実はこの『地下演劇』創刊号の表2、つまり表紙の裏面には無修正の女性の肉体の部分写真が一三枚並べて掲載されているのである。そして、そこには黒々とヘアの映った写真が数枚含まれている。

ヘアヌード全盛の今、これらの写真はなんでもない写真であるが、四〇年前にこの手の写真はなかなか見られなかった。私的にいえば、それは中学時代にエロ写真を見て以来のことだった。

じーっと見つめ、瞼の裏に焼き付けて、何回も何回もお世話になった。

そんな私が、やがてずっぷりとエロの世界にハマっていくことになるのだが、それには寺山の写真論、あるいは写真に関する思想が大いに関係している。

一九七五年、七年かけて大学を出たものの、どこにも就職できず、今でいえばフリーターとなった私は、食べていくために雑文書きを始める。だが若輩者に売れる文章など書けるわけがない。

エロを中心に心の恥部を曝すしかなかった。同時に、生活していくために、カラミ写真の男モデルも買って出た。

一九七七年、あるエロ漫画誌のグラビア撮影の男性モデルの声がかかった。

相手のモデルはスリムな美人。

ストーリーは大人のお医者さんごっこである。

撮影は多摩川の河原で、人目がないところを探してゲリラ的に行なわれた。

私は、白衣を羽織り、聴診器を下げ、医者になりきってモデルの女のコを草が生い茂るところへ押し倒し、股間に顔を埋めた。

鼻腔に、ムンムンとした草いきれが充満した。

〝バシャッ〟〝バシャッ〟

シャッター音が聞こえていた。

そのときの私の気持ちをこの写真集『犬神家の人々』の中の寺山の言葉が完璧にフォローしてくれている。その件りを、以下引用しておく。

〈だれもが、自分が何者であるのかを知りたいという願望と、自分が何者であるのかを、人に悟られてはならないという用心深さとのあいだに引き裂かれ、おどおどしながら生きている。そこで、写真の力を借りた、ささやかなメモリアルの中にのみ、「もう一人の自分」を保存しておこうというのが、余の善意である。〉

私は多摩川の河原の草茫々の中、ムンムンとした草いきれをかぎながら、もう一人の自分を演じ、ひたすら自分とは何者なのかを探しつづけていた。

目の前には美しい肉のオブジェが息づいていた。

それを見ながら、胸をときめかせ〝ゴクリ〟と生唾を呑み込む自分はイコール、中学二年生のとき、中学校の裏山でエロ写真を見てピーマンを硬くさせた自分であった。

これからは、この自分を隠すことなしに生きていこう。それが私の生き方である。そう決めた。

それからというもの、私は、自動販売機で売られたポルノ雑誌（通称自販機ポルノ）やビニール本（通称ビニ本）の仕事へ飛び込み、女性の裸、ヘアが日常的に見られるエロの業界の住人となり、やがてその業界を風俗の世界にまで広げていった。

尚、私にこの決意をさせてくれた、多摩川の河原でからみ合ったアソコのキレイなモデルの名は青山涼子、のちに〝元祖本番女優〟として超有名になった愛染恭子であることを付け加えて、この項を終えることにする。

あのとき、彼女も、自分が何者であるのか、悶えつつ探していた！

(11) 観客を襲う血腥い寺山の〝呪術ロック〟
——『邪宗門』

♪父上許したまいてよ
母上許したまいてよ
われは不幸の子なりけり

♪滅びゆくものアーヤヤヤ
神も仏もアーヤヤヤ

色即是空アーヤヤヤ

数年前に観た、高取英が主宰する劇団「月蝕歌劇団」公演『邪宗門』で歌われたこのふたつの歌が耳奥にこびりついている。だからなんだろう、私は『邪宗門』という芝居は『青森県のせむし男』とか『犬神』と同じ土着性の強い作品だと思っていた。

ところが一九八〇年発行の『身毒丸』（新書館）に収められている『邪宗門』の戯曲を読んでみて、この芝居で寺山が意図したのは観客を言葉で挑発し、煽ることだったことがわかった。

二〇〇六年、劇作家であり演出家の高取英が上梓した『寺山修司—過激なる疾走—』（平凡社新書）で、著者は「邪宗門」についてこう記している。

〈唐十郎は「『邪宗門』観たときにびっくりしたんですよ。客として呼ばれていて、急に何だかわからない状態で前に出てこいと言ったでしょう？　あれは失礼だと思ったよ」と述べている。

明らかに『邪宗門』では、寺山修司は、文学者としての演劇から離れたところにいた。

それは〝観客を観客でなくするため黒衣が煽動するということが主題の劇〟（寺山修司）であって、さらに劇場はないのだということをいおうとしたものだ。〉

そういえば思い出した。

一九七二年。私はこの年、芝居の関係者になっていた。

寺山の「家出のすすめ」に煽られて、もしも大学受験に失敗したら「天井桟敷」を訪ねてみよう、という思いを抱いて上京した私だったが、幸か不幸か、寺山が学んだ早稲田大学の教育学部に合格する。だが、大学生になったはいいがアルバイトに明け暮れる生活で学業に専念できず（あの時代は、他にも学業に集中できない事情がいろいろあって、それが普通であると、私は思い込んでいたのだが……）、気がつくとどうころんでも四年で卒業できないことが判明する。

エーイ、それならもっと好きなことをしよう。そう決めて、私はアルバイトで知り合った友人の誘いに乗って、七一年の暮からある劇団の電話番をかつてでたのである。

アルバイトというのは中央競馬会の馬券窓口で、私の売り場は「天井桟敷館」の目と鼻の先、渋谷場外馬券場だった。

私がこのバイトを始めたのが六九年の春。

「天井桟敷館」のオープンは六九年三月。

尚、もうひとつ蛇足ながらいっておけば、トルコの桃ちゃんと寿司屋の政が繰り広げる寺山の競馬エッセイが報知新聞で始まったのが一九七〇年一〇月一〇日からである。

私はアルバイトに出かける土、日には必ずこのスポーツ新聞を購入し、トルコの桃ちゃんのファンになり、トルコ嬢というのが、大阪・飛田遊廓の女の子のようにパンツを脱いでスカートを捲くりあげ、横を向きながら、「ハイ、どーぞ」という子ではなく、人生のいろいろを教えてくれるのだということを知ったのである。

ところで、私が手伝った劇団は〝運動の演劇〟の旗印をかかげる硬派な集団だった。

その頃、新劇ではないアングラ芝居をやる人たちは、大きく演劇を革命する〝演劇の革命〟派と革命運動の演劇を志向する〝運動の演劇〟派に分かれていた。私が友人の誘いで迷い込んだのはその後者の方だった。寺山修司&「天井桟敷」はというと前者の〝演劇の革命〟派。寺山に煽られて上京し四年目で、決して主体的ではなかったが、私は寺山修司と反目する立場に立って芝居をする人間になっていた。

何故そうなったのか？　一九六八年の政治の季節にあっても、寺山はデモとか集会に出ることには否定的だった。一方、〝運動の演劇〟派の立場に立って芝居をする者たちはというと、芝居をするのと同じスタンスでデモにも集会にも参加していた。

一九七二年冬〝演劇の革命〟派にも〝運動の演劇〟にも忘れられない時がやって来る。

まず最初に花火をぶち上げたのは〝演劇の革命〟派だった。一月三〇日、その前年からオランダ、フランス、ユーゴスラビアなどの演劇祭で上演して話題を集めていた「天井桟敷」の『邪宗門』が渋谷公会堂で上演される。この項の冒頭で唐十郎が無礼だといった芝居である。

この時私は、ペイペイではあったが〝運動の演劇〟派だった。だから隠れ寺山ファンであっても、さすがに渋谷に足を向けられなかった。当時は〝演劇の革命〟派と〝運動の演劇〟派はそれくらい対立していた。

もちろん、凄く気になっていたことはいうまでもない。だから翌日のスポーツ新聞で「天井桟敷」公演で観客が暴れたという記事を読んだことを、今もハッキリと記憶している。だが、私たちはそれから暫くして、客席で客が暴れるといったレベルではない、とんでもない芝居を観せられることになる。連合赤軍事件が勃発したのである。そして二月二八日、浅間山荘での銃撃戦が一日中テレビで生中継された。台本のない生のリアルな展開に、私たちはテレビに釘付けになった。〝運動の演劇〟を目指した劇団のみんなはさながら芝居を観るようにその一刻一刻に観入っていた。これが〝運動の演劇〟のピークだったと、私は思っている。

その後に、連合赤軍のリンチ事件が表沙汰になる。

このことを境に六〇年代後半から七〇年代前半にかけて燃え盛った政治の季節は終焉し、同時に〝運動の演劇〟派の熱も醒めていった。

行き場をなくした私は、劇団から足を洗い、競馬の馬券窓口のアルバイトを続けながら、寺山の競馬エッセイに登場したトルコの桃ちゃんの世界に傾倒していく。むろん、そうはいっても娼婦が登場する小説を読むくらいで、この時はまだその後本物のトルコの桃ちゃんを探してトルコ風呂探訪記者になるなどとは思ってもいなかった。

さて、渋谷公会堂での『邪宗門』であるが、この芝居を〝演劇の革命〟ととらえた寺山は、観客を煽ると同時に、演劇的に登場人物を黒衣が操るという手法をとった。

物語は、娼婦にそそのかされて姥捨てする息子とその母、そして性悪娼婦という寺山得意の母捨てモノである。

違っているのは黒衣が観客を挑発する始まりの部分とクライマックス。

ラスト近くになって、嫁にしたのにセックスをさせてくれない娼婦に息子が襲いかかろうとすると、この役の黒衣が止めに入る。

そこで息子役の役者が黒衣と対立し、黒衣の首を絞め、黒衣の衣裳を剥いてしまう。

ここで、息子役の役者が素の自分に戻ってこう叫ぶ、

「この黒衣を繰っているのは一体誰なんだ？」

これを受け、娼婦を演じてきた女優の新高恵子が、

「それは言葉よ」

と、返す。

「じゃ、その言葉を繰っているのは一体誰なんだ？」

これに、やはり娼婦の役を捨てて素になった新高恵子がそれは作者で、作者を繰っているのは、夕暮れの憂欝だったり、たばこの煙りだったり……。

そして、

「繰っているものの一番後にあるものを見ることなんて誰にもできない」

こう断言し、役者、スタッフに芝居を止めて素でここに登場するように呼び掛ける。舞台はガラガラと崩れ、芝居は終るのではなく、壊れてしまう。

これが、寺山の〝演劇の革命〟だった。

ところで寺山は一体いつからこんなことを考えていたのだろう？　決して思いつきではないはずである。

やっぱり！

二〇〇六年（平成一八）一〇月に観た「流山児★事務所」公演『狂人教育』（作＝寺山修司、演出＝流山児祥）で、これによく似たシーンを観ることができた。

この『狂人教育』は一九六二年に書かれた寺山修司の初期の人形劇の戯曲で、それを流山児祥が役者を使ってその頃やり続けていた。六人の家族の中にひとり狂人がいるという設定で、それを探すうちに、人と違うことをする者が狂人になってしまうという物語。

この戯曲で寺山は、人形と人形使いとの間でこんなやりとりをさせている。

人形が、

「わたしたちの人生を決めているのは作者の寺山修司さんなのね」

と聞くと、人形使いが、

「わかるもんですか。あの人だって、奥さんとのやりとりだの新聞記事だの、世の中の情勢だのによってどんどん本を作りかえてゆくんだ」

寺山の言葉の挑発による〝演劇の革命〟は戯曲を書き始めた時からすでに始まっていたのである。

そして、寺山の死後四半世紀を経た今、この寺山の〝演劇の革命〟の志はしっかりと後の世代に受け継がれ、花開いている。

(12) 無人島に行くな。ここに残れ！　のメッセージ
――『青少年のための無人島入門』

一九七〇年（昭和四五）三月三一日、赤軍派のよど号ハイジャック事件が勃発する。

この事件に関して寺山修司は、この年の『潮』七月号での三島由紀夫との「言葉が眠るとき、世界が目覚める」というタイトルの対談の中で、こんなふうに発言している。

〈**寺山**（前略）このあいだ赤軍事件のあとで、ぼくは取調べを受けましたよ（笑）。

三島　それはおもしろい。

寺山　カネは出してないだろうが、カネでないものを出してるだろうって、さんざんしぼられましたよ。〉

前の年、東大安田講堂での全共闘学生と機動隊の攻防戦に現地へ出向いて「東大なんて何だ」（『サンデー毎日』昭和四四年二月二日号）というルポを書き、「とめてくれるなお母さん、男東大どこへ行く」の東大生は保護過剰児で、東大闘争は過保護からの自立のための「内なる革命」だったといい切った寺山は、この時代の過激で非常に異色なオピニオンリーダーであった。

だが、こうした東大、あるいは全共闘の闘いは結局なんの結果も残すことなく瓦解していく。

誰も決起せず！

これに絶望した三島由紀夫が一九七〇年一一月二五日、楯の会会員四人とともに市ヶ谷の陸上自衛隊東部方面総監室を占拠し、自衛隊の決起をうながしたがままならず、自決するという事件が起きる。

「連帯を求めて孤立を恐れず」の全共闘運動も東大安田講堂の攻防戦以降、どんどんと孤立のほうへと向かっていっていた。

そんな時代にピッタリの、「世の中、右も左も、真っ暗闇じゃござんせんか」鶴田浩二の「傷だらけの人生」の歌がヒットし、一九七一年には映画化もされる。

こうして、一九七〇年から七一年にかけての時代、多くの若者は対峙すべき敵の姿を見失い、ハタと立ち停まって、「世の中、真っ暗闇じゃござんせんか」と、ニヒルに口ずさんでいた。

もちろん、私もそんなひとりで、この頃、なにをしていいのか皆目わからぬまま新宿駅南口にあった場末の映画館「昭和館」と「昭和館地下」に通ってヤクザ映画とピンク映画を観つづける日々を送っていた。

ちなみに日活ロマンポルノが誕生するのが一九七一年一一月。第一作目はピンク映画から日活に移った白川和子の『団地妻・昼下りの情事』である。

映画館を出、新宿の人混みの中にまかれると、この世の中で〝私はひとり〟を強く感じ、それに耐えられなくなると生身の人間に会いたくなり、私は劇場へと向かった。

千葉・西船橋のストリップ劇場。そこが、その頃の私の唯一の心のやすらぐ場所だった。

では、寺山修司と「天井桟敷」はこの時代、どのような活動をしていたのだろうか？

一九七〇年、寺山は篠田正浩監督のために映画『無頼漢〈ならずもの〉』のシナリオを執筆している。

寺山自身が書いた作品ノートをひもとくと
〈この台本は河竹黙阿弥の『天衣紛上野初恋《くもにまごううえののはつはな》』をもとにして、天保の権力政治と現代とのコレスポンダンスにおいて描いた戯画的なもので、（中略）当時禁圧されていた洒落本、歌舞伎、花火などの町人芸術は、現代のアンダーグラウンド・アートによく似た時代感情を内包しており、その反抗は解放をめざすものであった。（後略）〉

とある。

この映画は、右を見ても左を見ても、真っ暗闇の閉塞状況を打ち破るには、母を捨ててでも世直しをするのが一番という母捨ての物語で、いかにも寺山らしいシナリオになっている。

「天井桟敷」は一九七一年『邪宗門』『人力飛行機ソロモン』のフランス、ナンシー国際演劇祭での上演を機に、この年及びこの年以降、オランダ、ユーゴスラビア等でも公演を繰り返し行なっていく。

そんな中で、日本のオピニオンリーダーだった寺山の面目躍如たる作品が七一年一一月に大阪MBSホール、東京TBSホールで上演された〝東芝4chステレオのための〟とサブタイトルがついた『青少年のための無人島入門』（作・演出＝寺山修司）。

スポンサー付きの演し物ではあったが、これは七〇年安保闘争以降どこへ飛んでいいのかわからなくなってしまった〝心はいつも無人島〟の若者たちの気持ちをきっちりと押さえた作品であった。

『寺山修司の戯曲　7』（思潮社）に掲載されている、この戯曲を読んだ。物語はこうだ。

舞台はショーが終わった舞台という設定で始まる。

木の箱が一つだけ残されている。

そこへ映画『書を捨てよ、町へ出よう』で主演した佐々木英明が登場し、人間のいないところへ行って暮らしたいなと思うんだけど、今どきそんなところはないし……と客席に向かって語りかける。

やがて、音響、照明の力によって舞台は無人島になっていく。再び、男が客席に向かって語り始める。

「もし、無人島に、たった一冊だけ本を持っていくとしたら、何を持って来る？　何の本を？」

客席から、百科事典、旧約聖書、ヌードグラビア、などなどの答えが上がる。

中に、

「本なんかいらない」

と、いう人も。

それに佐々木英明が、こう返す、「そう、本なんかいらないかも知れない。でも、たった一人で無人島で暮らすのに、言葉がなくて生きられるだろうか？」

言葉にこだわる寺山ならではの展開である。

また、こんなことも――。

〈「目をつむる。自分の手で自分の体にさわる。自分のぬくみ、自分の輪郭、目をつむっていると何も見えないから、ことばで見るしかできない。ことばで見る。（後略）」〉

次に舞台に登場するのが、無人島に漂着したロビンソン・クルーソーの三〇〇年後という男。

この男、文明恋し、清潔第一主義の男に成り果てていて、その存在そのものが、無人島生活にあこがれる者たちへのアンチテーゼとなっている。

突如、客席からレインコートの男が立ち上がる。御存知、昭和精吾で、次のような寺山の〝ことば〟が昭和精吾の肉体を駆け巡り噴出してくる。

〈探検は疲れた都会人のおまえらが見る一番最後の夢だ。（中略）
「遠くへ行きたい」といって遠くへ行ったところで自由になれるものではない。（中略）
無人島に行くな。ここに残れ。ここに残ってよく考えてみろ。自由になるのに羅針盤はいらない。（中略）
東京のどまん中に住みながら、ガスも使わず、テレビを見ず、水道を使わず、四畳半のアパートにワリバシを立てて日時計がわりにし、ロビンソン漂流記を読み、ますます孤独と無関心、自分自身を追い払うための無人島をゆめみる、非力な、非力な、非力な、非力な理想主義者にも、死の翳はきざす。政治的な死の翳。連帯を軽蔑するものは、軽蔑すべき連帯しか持つことができないのだ！〉
そして

♪広い東京のまん中で　心はいつも無人島

「青少年のための無人島」の歌の合唱へとなだれこんでいく。

日米安保条約は自動延長され、あらゆる闘いは尻切れとんぼに終わってしまった。共に闘うこと、連帯することが、いかにむずかしいか、私たちは、時代からそのことを痛いほど強烈に教えられた。

そんな時代だったからこそ、新宿の場末の映画館に通い、義理と人情を計りにかけると義理のほうが重たいというヤクザ映画と、男と女がやり始めると画面が色を帯びるパート・カラーのピンク映画にのめり込んでいた。

私がそこで観ていたものは、暴力とエロと、描かれる世界は違っていても、その底に流れる思想は人と人とが結びつき、連帯していくことのむずかしさ、だった。

だからこそ今思えば、ハタチ、二一歳のあの頃が一番〝女が欲しい〟ときだった。しかしながら、そのときの私のまわりには、悲しいかな女はいなかった。

女を買うことは、一九歳の夏に飛田遊郭で夢も希望も奪われて、こりていた。

私は、淋しい男たちの集う場末のストリップ劇場へ、人の温もりを求めて足を向けるしかなかった。そこは、さながら私の無人島だった。その島では原色のライトに照らし出されたオ〇〇コが次から次へと現われて……。

これをいくつもいくつも観ていると、やがて、

（こんなものが世の中にあるから今オレがここにいる）

私の中の〝若きヴェルテルの悩み〟がうずき始め、オ〇〇コが地獄門に見えてきて、より一層淋しくなって四畳半のアパートへ帰りつき、右手の〝性春〟に浸るということの繰

り返しだった。

三島由紀夫が自決し、寺山修司と「天井桟敷」がヨーロッパへ旅立つことが多くなっていた一九七一年。私は〝まっ暗闇〟の中で土竜のように生きていた。たったひとりで！

(13) 高円寺の公園に新世界の入口が出現した！
――『地球空洞説』

『地球空洞説』（作・演出＝寺山修司）は一九七三年（昭和四八）八月、杉並区高円寺の児童公園を使って街頭劇として行なわれた。

戯曲の最初に、レイモンド・バーナードの次のような言葉が記されている。

〈地球というものは一般に考えられているように中味のつまった球体ではなく、また、その中心に灼熱した溶解金属からなる火が燃えている状態ではない。（中略）わたしは、地球内部空洞内には「新世界」が存在しており、そこは地球の陸地面積よりも広い陸地面積を有していると、信じている。〉

銭湯帰りの観客へのインタビューから始まるこの芝居は、その観客が銭湯から帰ったところ部屋が消えてなくなっていたという設定で、今ここにある世界と違う、もうひとつの新しい世界が、どこかに見え隠れするという仕掛け。

　その新世界の入口として「天井桟敷」が創立時さかんに使った見世物小屋の世界が公園内に立ち現われてくる。

　部屋がどこへ行ったのかを探している観客が、いつのまにか他人の夢の中へ入っていくという筋書きで、サーカスの女団長が、今ある世界をこんなふうに規定し、客を煽動する。

〈東京都つくりもの区南まぼろし、大字ゆめ、字おしばい！　さあ、人生は嘘をえらぶか死をえらぶか二つに一つー〉

　いかにも寺山らしい始まりである。また、この芝居の行なわれている世界がどこかについてこんな科白がある。

〈一つのヒントをあたえようか。今日の午後、一人の男が銭湯から帰ってきた。そして夜、一人の子供が銭湯へ行く途中で消えてしまった。この二人は、実は同じ人間だったのだ。少しばかりの時間のずれも、人びとが夕暮れという名の宇宙の中では、ほんの少しの誤差にしかすぎないだろう。〉

　かなりむずかしい。

一体、寺山はこの芝居でなにをしようとしたのだろう？　この街頭劇を見た中原祐介の批評があるので以下引用しておく。

〈寺山が『地球空洞説』で試みたのは演劇の街頭化ではなく、街頭を演劇によってその相貌を変えようとすることではなかったのかと思う。〉

またこんなことも――。

〈扮装、人形、歌、からくりなど、つまり演劇という人工の世界は人間を都市から想像的に解放する手段かもしれないのである。少なくとも、そういう手段として無能ではない。『地球空洞説』はそのことを示した演劇だったように思うのである。〉

尚、寺山修司と「天井桟敷」はこの日常を切り裂き演劇を街へ解き放つ街頭劇『地球空洞説』をやりつつ、一九七三年と七四年にこの芝居の対極となる演劇を密室に閉じ込めるための試みとして、見えない演劇の三部作『盲人書簡』を上演しつづけ〝演劇の革命〟を目指し疾走。そのパワーでもって七五年、銭湯での芝居が新聞の三面記事にもなった三〇時間の市街劇『ノック』の上演へと突き進んでいった。

さて、そんな時代に、寺山修司の「家出のすすめ」に煽られて上京して丸五年。大学五年生になった私は、目黒区柿の木坂にあったコマーシャル映画の撮影スタジオの照明部で働いていた。

前の年、「天井桟敷」の〝演劇の革命〟ではなく〝運動の演劇〟を志す演劇集団にひょんなことで入ったのだが、この手の集団にありがちな内紛が勃発。たとえば同じ〝吉本〟でも皆は吉本隆明なのに私だけ吉本新喜劇だったのだから、それは当然なのであるが、私はあっけなく集団からはじき出され、この集団で知り合った先輩のツテで、撮影スタジオでアルバイトを始めていたのである。

この先輩というのが、「天井桟敷」の創立メンバーの東由多加の早大時代の芝居仲間だった。かつて同じ劇団であっても、袂を分つと犬猿の仲。この先輩は「天井桟敷」アレルギーを持っていて「天井桟敷」あるいは寺山修司の〝て〟のどちらであろうと、この〝て〟の字を一言いおうものなら、すこぶる機嫌が悪くなってしまった。

そんなわけで、この時期私は「天井桟敷」とは一番遠いところに立っていた。しかし、そうはいっても私は寺山シンパ。今思えば、結局はこの頃もひたすら寺山的に生きていた。

当時、私の一番の楽しみは〝女番長〟映画——。

前の年、芝居絡みで東映京都撮影所へ行く用があり、そのとき一部で熱狂的なファンがいた鈴木則文監督『女番長《スケバン》ゲリラ』の撮影現場へ顔を出した。

杉本美樹がいた。池玲子がいた。ともに花のある女優だった。

私は、即、彼女たちのファンになり、封切り作品はもちろんのこと、場末の新宿「昭和館」「昭和館地下」へ足を運んでこの〝女番長〟映画の虜になっていった。

鈴木則文監督は、ヤクザ映画〝女番長〟物を撮ったあと〝トラック野郎〟を撮った東映娯楽映画の名物監督である。

たかが〝女番長〟映画であるがヤクザ映画のセオリー通りに権力のある者のゴリ押しに、我慢に我慢を重ねたスケバンが身体を張って、敵と対峙しこれを打ち破るというストーリーで、その頃なにをやっても思い通りいかず、むしゃくしゃした日々を送っていた私にとって、この映画は、若い女優陣の裸もふんだんで、それはもう壮快だった。

　　獣園に影を慕いて一本の美樹　〈昭和館〉内赤色炎上《エロス》

その頃作った、私の短歌である。

一九七二年、連合赤軍のリンチ事件が発覚し、若者の政治離れが急速に進んでいた。

私たちは、今いる世界から、どこか違う新しい世界へ行きたくて仕方なかったのである。

『地球空洞説』は、さすが寺山である、そんな時代の若者の心にしっかりと根差していた。

〝女番長〟映画も、今ある世界とは少し違う、『地球空洞説』ふうにいえば地球内部の〝新世界〟の出来事のようなストーリー展開だった。しかも、その根底には反権力の思想が脈脈と流れていた。

それ故、私たち、いや、私は、この世界にのめり込んでいったのである。

〝女番長〟映画にはもうひとつ〝恐怖女子高生〟のシリーズがあり、一九七一年から七四年にかけて、両シリーズ合わせて十数本のこの不良性感度抜群の東映映画は作られていく。

芝居の集団からはじき飛ばされた私はその頃、弱者の立場に立って、世の中からはみ出し、はじき出された人々の世界を見つめていきたいと考えていた。だからといって、生活のすべてを投げ捨てる勇気はなかった。

そんな私にとって〝女番長〟が世の中の不正に対し立ち上がるという設定は目からウロコの世界でもあった。

そうか、こういう視点があったのか。

こうして、私に風俗嬢の側から世の中を見て物を書いていこうと思うキッカケをこの〝女番長〟映画が作ってくれた。

さて、風俗現場をレポートすることを生業とする風俗ライターとなった私は、その後、この〝女番長〟映画に出ていた女優二人と奇妙な縁を持つことになる。

ひとりは良家のお嬢さんからスケバン女優になったM・J。一九八一年（昭和五六）秋、川崎・堀之内のトルコ風呂で働いているという情報をキャッチし、「芸名はイニシャルで」という条件で、女優からトルコ嬢に転身した事情をスクープした。

その後、彼女は吉原に移り、数年働いていたが、以降の消息は聞かない。

もうひとりは、巨乳で売り出し〝女番長〟物と〝恐怖女子高生〟物に出演したT・H。彼女とは、昭和五〇年代後半に吉原のトルコ風呂の社長と出向いた六本木のクラブで遭遇し、映画の話で盛り上がった。

その頃、彼女は離婚したばかりで、住むところがないという。たまたま、私は事務所用に部屋を借りたばかりで誰も住んでいない部屋を所有していた。そこを二年間安く彼女に提供した。

約束どおり二年で、彼女は部屋を出た。彼女が去った部屋には、子どもの五月人形だけが残されていた。

そして、それから半年後、彼女はすい臓を病んで、この世を去った。その五月人形は、帰るべきところをなくし、今も私の部屋にある。巨乳を曝した〝女番長〟映画のポスターとともに——。

人と人の縁も不思議だが、同時にどうして、人の人生はこんなにもドラマチックなのだろう。『地球空洞説』の解説で寺山はこの芝居についてこう記している。

〈どこからどこまでが現実かは、当人たちさえわからぬまま、いくつかのハプニングを内包して、ドラマは展開した。〉

私とM・J、T・Hとの出会いとドラマも、まさにこのとおりであった。その意味で、わたしは高円寺の公園での公演には立ち会えなかったが、しかし寺山シンパらしく、寺山が『地球空洞説』で意図した〝街頭を演劇によってその相貌を変えようとする〟企てのままの人生をこの時期から歩み始めたのである。

(14) 完全な暗闇の中で演じられた〝奇劇〟の中味

――『盲人書簡』

二〇〇七年（平成一九）二月三日、東京・下北沢の本多劇場で、原作＝団鬼六、脚本・演出＝高取英「月蝕歌劇団」公演『花と蛇』を観た。

この公演のチラシに団鬼六が次のようなコメントを寄せている。

〈寺山修司が亡くなる一年前、フランスから電話をくれて「花と蛇」を演劇化したいといっていた。寺山修司のスタッフだった高取英がこの上演を申し出た時、縁を感じた。なん

でも私の時代小説「無残花物語」とミックスし、女剣劇の展開もあるとか。期待したい。〉

『花と蛇』といえばＳＭである。その世界を高取はどのように演出するのだろう。期待で胸をふくらませて劇場へ足を運んだ。

幕が開き、時空を奔放に行き来する高取史観で読み解かれた『花と蛇』は、団鬼六の淫びの世界ではなく、カラッとした高取ふうエロスの物語に見事に仕上がっていた。

中でも、私を感心させたのはそのＳＭシーン。

ここで高取は寺山の〝見えない演劇〟の手法を取り入れた演出で、客の想像力をこれでもかこれでもかと喚起させた。

場内はまっ暗。その暗闇の舞台でＳＭの責めのシーンが繰り広げられていく。

「あっ、あ、あーっ……」

艶めかしい女の声だけが聞こえてくる。


どんな鳥だって想像力より高く飛ぶことはできない。

寺山が好んで使ったフレーズがわたしの脳裡をかすめる。なるほど、高取はこれがやりたくて『花と蛇』の舞台化を申し入れたのか。まっ暗闇の中で、女が嬲られる場面を頭の中で思い浮かべ、私は股間を硬くした。

そういえば高取は二〇〇五年一〇月、一九七四年七月に〝見えない演劇〟として天井桟敷が法政大学学生会館大ホールで上演した『盲人書簡・上海篇』を「月蝕歌劇団」公演として演出している。

これはあくまでも私の想像であるが、この『盲人書簡・上海篇』を演出しながら、高取は〝見えない演劇〟の演出手法を使えば、団鬼六のＳＭ小説の世界を舞台化できると思ったのだろう。

尚、念のためにいっておくが、高取は女優の裸を見せないためにＳＭシーンを暗闇にしたのではない。その証拠に東大大学院卒のアングラ女優である、この芝居の主演三坂知絵子は、その巨乳をおしげもなく曝し、赤いフンドシ姿を披露している。そして、映画『花と蛇』で杉本彩を縛った縄師、有末剛に縛られて劇場高く吊り上げられるラストシーンは生唾ゴクリで神々しいまでに美しかった。

さて、前置きが長くなってしまったが、『盲人書簡・上海篇』である。寺山は、この戯曲集（『地球空洞説』新書館）の解説でこう記す。

〈『盲人書簡・上海篇』は見えない演劇三部作の三番目の作品である。（中略）見えない演劇が、はじめに発想されたのは、市街劇の対極化として、演劇を「密室に断じ込める」ための企

みの結果であった。〉

それにしても〝見世物の復権〟を旗印にして旗揚げした寺山修司と「天井桟敷」は『書を捨てよ町へ出よう』で無名の若者たちを舞台に上げ、素人参加のミュージカル芝居を作り上げ、つづいて市街劇で芝居を劇場から街へと解き放った。そして次に〝見えない演劇〟と、立ち止まることなく次から次へと自己変革を成し遂げていった。

寺山の頭の中はどうなっているのだろう？　寺山に興味を抱く者は誰だってそう思う。

これに関して、高取は『寺山修司―過激なる疾走―』(平凡社新書)の中で、興味深いことを書いている。

〈実は、寺山修司というのは一人ではなかったのである。

さまざまなスタッフがいて、その総体が寺山修司だったのだ。それが寺山演劇の変化の秘密である。〉

なるほど寺山が自身を語るとき〝職業・寺山修司〟と名乗ったのはそういうことだったのか。

また、この高取の指摘に触発されて、私はこんなことを思った。

寺山と「天井桟敷」の歩みは、時代の空気を見事に反映していた。

『書を捨てよ町へ出よう』の頃、つまり六八年から七〇年にかけて、若者は自らの思いをしゃべりたくてウズウズしていた。それを寺山は舞台で爆発させた。やがて、若者はしゃべるだけでは物足りなくなり、街へ出て人とのつながりを求め始める。それが市街劇となった。

しかし、いくらつながりたいと思っても、事はなかなか思い通りには運ばない。若者は挫折し、世の中との関係を遮断して、引き籠もり始める。

そうした若者にとって、見えない演劇は、必然だった。

寺山は、こうした若者の心情を受け止め、それを形にしていった。

もちろん、だからといって寺山は若者に媚びていたわけではない。きっちりと、寺山流の演劇として提示しつづけた。そのあたりのことを『寺山修司―過激なる疾走―』で高取はこう記す。

〈『盲人書簡』では《暗闇の演劇》とうたい、暗闇の中で何分も演劇を上演している。完全な闇の中での上演。この演劇の主役は《闇》だったのである。(中略)『盲人書簡・上海篇』には、台本はなかった。すでに《演劇》のワクを越えようとしていたといってよい。〉

ちなみに『盲人書簡』では劇場の出口を釘で打ち込み、観客を外に出られなくするが、これは寺山修司が「家出のすすめ」で書いているように、日大の大学祭の芸術学部映画学科生(当時日大生の足立正生がリーダー)の『グロテスク博物館』で展開されたものがヒントのようだ。同書に〈会場に入ると、出口は封ぜられてしまいました〉〈そして、会場はまっくらでした〉とある。

さて、では、この頃私は何をしていたのだろう。

一九七三年一〇月二一日発行の短歌の同人誌『ブリュッケⅡ』の中で、こんなふうに書いている。

〈無言ながら前進します。

静脈管のなかへです。

この中原中也の詩句をもって未完のまま『早稲田短歌26』の「魂の闇しばり」を閉じてからすでに二年の月日は流れた。そして前進も退路もないままに僕の魂の闇しばりは、なお続いている。〉

なにか世の中が変えられるのではないかと、友と連帯したが、結局はなにも起こせず挫折した私は、世間との関係を切って、魂の闇しばりと称して引き籠もっていた。

やがて、七二年二月に起きた連合赤軍の浅間山荘銃撃戦のあとリンチ事件が発覚する。これで、多くの若者も私と同じように引き籠もる。

七三〜七四年というのはそういう年だった。

月日は流れ、ある者はそのまま社会へ出ていった。そのとき、私、及び私たちは、なにも見えてはいなかった。だからこそ、ひたすら働き、モーレツ社員と化すことができたのである。

私は、なにも見えなかったから動かなかった。結果、大学に七年もいることになる。そして、私は、

〈われわれ〉と〈われ〉とをわかつ鏡橋なみだ合わせののちのふしだら

こんな短歌を作り、ふしだらな世の中にこそ〈われ〉の生きる場所があると思い込んで七五年あたりから、その頃巷に出廻り始めていた自動販売機で売られるポルノ雑誌でエロい雑文を書く仕事に邁進していく。

つまりひたすら人々と連帯しようとしていろいろと言葉を発し、街へ出たわれわれだったが、結局は一度世の中との関係を断ち切って、私ふうにいえば「魂の闇しばり」、寺山修司ふうにいえば「見えない演劇」を通過してからでないと再び世の中との関係が作れなかったのである。

寺山と「天井桟敷」の演劇の変遷は、私たち団塊の世代の生きざまと、物の見事に一致している。

ところで『盲人書簡・上海篇』であるが、前述したように、客が入場すると、〈暗闇の苦力たちが現れ、彼らは、山高帽をかぶったり、支那外套をまとったり、松葉杖をついたり、片眼帯をかけたりしているが、いずれも黒ずくめである。軍の特務員のようにも見え、党の諜報員のようにも見え、阿呆船に乗り遅れたゴロツキのようにも見える。(中略) 場内のすべての出口、窓、通風孔は板を打ちつけられて、ふさがれる。灯りが一つずつ消されて、まっくら闇になる。〉

こうして始まるのは、いかにも寺山らしく、目の手術に失敗して盲人になった小林少年と明智小五郎の物語で、怪人二十面相は現れず、小林少年と明智探偵がホモであるという設定である。

そしてラストに、こんなアジテーションが──。

〈歴史的な過去は数学的法則の中にしか見出せないでしょう。闇を！　とわたしは思いました。よく見るために、もっと闇を！　どこまでも闇を！　もっと闇を！〉

あの頃、私、及び私たちは間違いなく〝引き龍もり〟だった。

(15) お母さんもう一度ぼくを妊娠して！
――『身毒丸』

てのひらに
百遍母の名を書かば
生くる卒塔婆の
手とならむかな

琵琶の演奏で、こんな歌が流れる中『身毒丸』（作・演出＝寺山修司）の幕が開く。もうこれだけで、寺山モノということがわかるオープニングである。

驚きなのは、この芝居が「天井桟敷」の初期のそれではなく一九七八年（昭和五三）六月二二日〜二六日、新宿・紀伊国屋ホールで上演されていることである。

寺山は、戯曲集『身毒丸』（新書館）の解説の中でこんなふうに記している。

〈説教節の主題による見せ物オペラ、というサブタイトルをつけられた、この『身毒丸』はいわば天井桟敷の初期作品『青森県のせむし男』『大山デブコの犯罪』などの系列に属するもので、日本の伝統芸能のなかの根強い《家》本思想ともいうべき、家族の三角形の

因果構造を、解体する試みの一つだったと言うこともできるだろう。〉

母権制をバックグラウンドにした農耕社会の祭りと、流浪の民、見せ物集団の祭りを対立させる物語で、『天井桟敷新聞』の惹句では、

〈まま母に憎まれ、父に捨てられた少年しんとく丸が、母の仮面をつけて母に化け、復讐をたくらむ歌篇〉

となっている。

身毒丸というのは『天下一佐渡七太夫正本集』の中に出てくる、まま母の呪いをうけて、「めずらしや、何たる因果のめぐり来て、かやうのいれいを受け、眼が見えぬ」となった少年〝しんとく丸〟。これに折口信夫が身体に毒を持つという意味で〝身毒丸〟という字を当てた。その字の持つ毒々しきに触発されたのだろう。

寺山はこの物語を、禍々しくも恐ろしい、ドロドロとした芝居に仕立てあげている。

一九六八年（昭和四三）に上京した私は、その前年に上演された『青森県のせむし男』も『大山デブコの犯罪』も観ることができなかった。もっともこの手のドロドロしたアングラ芝居の好きな私だから、この『身毒丸』は見るはずだった。

ところが人の人生というものは皮肉なものである。

一九七五年に大学を卒業し、フリーの物書きとなった私は、『身毒丸』が上演された七

八年に、当時の〝ネオ・ジャーナリズム〟に対抗して〝ネオン・ジャーナリズム〟宣言をし、風俗ライターとして、精力的にネオン街を徘徊し始めていた。

「あ〜、ソレソレ、チ○コマ○コ、チ○コマ○コ……」

こんないかがわしくも騒々しいBGMが流れるピンクサロンに夜な夜な出入りし（その頃の最先端風俗はこうしたピンサロだった）目の前で、男と女が恥ずかしげもなく繰り広げる、狂乱のセックスの地獄絵図を見ながら、

「これは、この世のことならず……」

心の中で呟き、どっぷりとその世界に浸っていっていた。

ついでに記しておけば、日本の週刊誌で初のネオン街情報コーナー「ピンク特報部」を、自称ネオン・ジャーナリストとして当時世話になっていた週刊誌で立ち上げたのは、この年の秋のことである。またこの年、ピンク映画の撮影現場に取材で出向き、そこで知り合った監督の口利きで、ピンク映画の助監督に挑戦し始めていた。

私が世話になったのは、業界の長老のひとり、関孝二監督。月一本ペースで、地方の旅館に泊まり込み、三日〜四日かけて一本の映画を仕上げていっていた。

現場が地方、内容がセックスものということもあって、日本の土着の性を扱うことも多く、私はその撮影現場に寺山的な世界を見出し、声がかかると嬉々として現場にかけつけ、

ピンク女優の裸の艶技を見て股間を硬直させていた。

そんなわけで、この頃には「天井桟敷」の芝居を観る暇はなく、『身毒丸』も観る機会を失くしてしまったのである。

さて『身毒丸』の芝居はというと——。

ジンタの高鳴る中、見世物小屋の呼び込み男の声が聞こえてくる。

〈先日お母さんのお腹から出てこの姉さん、花も恥らふ年頃なのに、体中びっしり鱗が生えました。顔はにんげん、からだは蛇。（中略）いま、生きた鶏をムシャムシャ食べてゐます。（中略）うそや出鱈目言ってるのじゃありません。正真正銘の蛇女です。お母さん、どんな悪いことをしたんでせうね。（後略）〉

この見世物小屋に客が入らなくなり、

「母のない子に母親をおわけします」

の、貼り紙が貼り出され、見世物小屋の娘が売りに出される。

しんとくの父は、件の蛇女を後妻に迎える。だが、しんとくとこのママ母はうまくいかない。

「ことあるごとに、わたしに楯つくあのしんとくは母の呪いで、きっと早死にさせてやるからね」

ママ母は連れ子に、こう誓う。

こうして鬼子母となったママ母は、卒塔婆に六寸釘を打ち付ける。

これで、盲目になるしんとく。そのとき、こんな歌が流れ出す。

♪いま頃どうしてゐるのやらまなこつぶれた　しんとくは真実一路の巡礼の　鈴を鳴らしてさまよふか　鉄道線路に身を投げて　なむあみだぶつ散ったのか　からくり
からくり　からくり　ばったん

やがてしんとくは、ママ母に化けて戻ってくる。そして、連れ子に石のおむすびを食べさせたり、つき飛ばしたり。

そんなことをしながら、しんとくは産みの母を探している。で、

〈「お母さん、もういちど、ぼくを妊娠してください！」〉

ラストシーンは、しんとく以外のすべての登場人物が母に化身し、裸のしんとくを食べてしまい、舞台の母の体内迷宮世界へ堕ちていく。いかにも寺山風、原色の母恋地獄の展開である。

しかしながら、寺山のこの手の土着色の強い、おどろおどろしい芝居は、これが最後と

なる。

この頃すでに寺山と「天井桟敷」は演劇的にはひたすら難解な方向へ舵を切り、そちらに向かって進み始めていた。

そのあたりの事情を戯曲集『奴婢訓』（アディン書房）の解説で、寺山の協働者のひとりでもあった岸田理生は、次のように記している。

〈闇の中での伝達を扱った見えない演劇『盲人書簡』疫病という名を借り、実体のないデマゴーグの伝染をテーマとした『疫病流行記』理性によって排除された狂気の連帯を呼びかけた『阿呆船』の三部作に通底するものは、不可視の内部による世界の再評価であるように思われる。〉

そして、こう結論づける。

〈見世物、畸形といったものの復権を試みて来た初期の演劇から、70年代初頭の市街劇を経て三部作に到るまでの軌跡の中には常に、現実と虚構の「間」が問われていたが、そうした「間」から一歩踏み出し、内部の空白をあらわし出すことによって、寺山修司の演劇は「意味とは何か」という始源的な問いを提出したのであった。〉

エログロの衣装をまとい、好奇心旺盛な人々の心をかどわかそうと、寺山修司と「天井桟敷」は、一九六七年（昭和四二）に旗揚げし、世間の人々をアッといわせた。寺山、三一歳のときである。

それから一〇年が経ち、寺山修司と「天井桟敷」は演劇プロパーの問題を演劇界に問題提起する、こむずかしい劇団へと、その貌を変え始めていた。

私はというと、前述したように一九七八年以降はピンク映画の押しかけ助監督の仕事も続けながら、風俗取材に明け暮れる日々を送っていた。こむずかしい世界へ足を向けることはなくなり、寺山からも「天井桟敷」からも遠くなっていっていた。

一九八三年（昭和五八）五月四日、寺山修司死去。享年四七。

私がこのニュースを知ったのは、当時飛ぶ鳥を落とす勢いだった筒見待子が主宰する愛人バンク「夕ぐれ族」の銀座にある事務所だった。

早いもので、寺山修司がこの世を去って四半世紀以上が経過する。しかしながら、この『身毒丸』をはじめとして、寺山の作品は新鮮で、私たちをドキドキさせてくれる。

その意味で、寺山と同学年のミスター・ジャイアンツ、長嶋茂雄ふうにいえば、

「寺山修司は永久に不滅です」

ということになる。

ちなみに『身毒丸』の上演と同じ一九七八年に、寺山が監督した映画『草迷宮』がある。

そこでは、もうひとりの母を探して旅を続ける青年が登場し、ラストで、大きな腹を抱えて登場する母親が、この青年に、

「ほら、おまえをもう一度妊娠してやったんだ」

という科白がある。

寺山は不滅であると同時に死して尚、私たちに謎々を出しつづけ、今も私たちの中で生きている。

参　戦後の娼婦小説の系譜と寺山修司の娼婦観

──寺山修司にとって桃ちゃんとは？

序　章　〝大正マツ〟から寺山修司の桃ちゃんを考える

寺山修司の描くトルコの桃ちゃんを知ったことをキッカケにして、身体を張って生きる女性に興味を抱き、娼婦とはそも何者なのかについての論考を書こうと思い、いろいろと娼婦を主人公にした書物を読んできた。

そして、いよいよ書き始めようとなって、書き出しを何からにするか、どの時代からにするかと悩みに悩んだ末、やはりそれも寺山修司で行こうと決め、寺山が「天井桟敷」の芝居で最初に描いた娼婦からこの論考の幕を開けることにした。

その女性は、一九六七年演劇実験室「天井桟敷」の旗揚げ公演『青森県のせむし男』に登場する大正マツである。

マツがはっきりと身体を売っている描写はないが、

若い男の旅人とみれば片っぱしから連れてきて御馳走してやっているんじゃないか。

という科白からわかるように、彼女は息子恋しやで身体を張って生きている娼婦性の強い前近代の女性として描かれている。

ところでマツが生きた『青森県のせむし男』の時代、大正末期の日本の娼婦はどんなふうだったのだろうか。

それは卑しい稼業の女に飽くまでも愛着している、その感情が十分満足されないというばかりではなく、どうして此方のこの熱愛する心持ちが向うに通わぬであろう。こちらの熱烈な愛着の感情がすこしでも霊感あるものならば、それが女の胸に伝わって、もっと、はき〳〵しそうなのに、彼女はいつも同じように悠暢であった。

これは大正一一年一月の『改造』に発表された近松秋江の「黒髪」[1]で、作者の分身でもある主人公の「私」が思いを寄せる女性のことを記した一文である。この女性は、

女はどこへ、どんな人間の座敷に招ばれていったろうか。まだ朝は早い。朝の遅い郭では今ごろまだ眠っているであろう。

と書かれているように、当時は貸座敷と呼ばれたところで春をひさぐのが娼婦だった。小説「黒髪」は主人公が京都のそんな娼婦に入れ揚げ、尽くしに尽くすのだが、結局裏切られてしまうという物語で、何人もの娼婦に惚れてその有り様をいくつもの小説に仕立てた近松の代表作である。その近松ですら卑しい稼業と書いた娼婦の世界。

作家がそのように認識し、そして卑しい稼業と記すのだから、この時代においては、一般大衆の身体を張って生きる女性に対する眼は、当然同様であったとみて差し支えあるまい。

『青森県のせむし男』でのマツに対する村人の眼も同様であった。

ところが、小説「黒髪」が書かれてから二十数年後の昭和二二年三月一日発行の『群像』第二巻三号に発表された田村泰次郎の「肉体の門」(2)で描かれた当時パンパンと呼ばれていた娼婦たちの姿は、その様相がガラリと変わって描かれる。

彼女たちのしょうばいは女衒や桂庵みたいな、あいだにはいつて儲ける手合いがいない。街の都指定の鮮魚直売所には新聞紙に下手な字で、「生産物と消費者との直結」とうたつてあるが、彼女たちのしょうばいのやり方こそ、それにあたる。（中略）銀河や星のきらめいている夜空の下で、あるいは蒸し暑い雨雲のたれ込めた下で、焼けビルの中、立ちかけのマアケットのなかで、埋められたじめじめした防空壕のなかで、彼女たちは、雑作もなく、仰向いてたふれる。さうして、野天の取引はおこなはれる。客の眼は、彼女たちの瞳が意外に綺麗に澄んでいるのを見て、とまどふ時がある。まだ情慾の神秘を知らぬ彼女たちは、まつたく生きんがための必至なしょうばいにだけ打ちこんでいるのだ。

ここで描かれた娼婦には近松が描いたような、娼婦が卑しい稼業というニュアンスは微塵も感じられない。彼女たちには、生きるためには身体を張ってもいいではないか、の思想が貫かれている。戦争があったとはいえ、四半世紀の間に日本人の娼婦観はかくも変わったのである。では、何がその変化を生じさせたのか？　それを考察することによって日本人の戦後の精神構造の変化が読み解けるのではないか？　そう思い田村泰次郎の「肉体の門」を初めとする戦後の娼婦が主人公の小説、娼婦小説の系譜を追いながら、戦後の日本人の娼婦の変化を追ってみることにした。

ちなみに娼婦を主人公にする小説が娼婦小説と述語されるのは昭和四八年七月一〇日発行の吉行淳之介編『幻の花たち娼婦小説集』(3)からで、吉行はこの編著の編集後記において次のように記している。

この出版社で、私は「奇妙な味の小説」と題するアンソロジーを編み、さいわい好評であった。つづいて、もう一冊といわれたが、テーマがきまらず、そのうち「娼婦小説集」ということになり気持ちが動いた。

ここで取り上げられている娼婦小説は石川淳「雪のイヴ」、安岡章太郎「肥った女」、川崎長太郎「抹香町」、水上勉「那智滝情死考」、田中英光「曙町」、八木義徳「運河の女」、野坂昭如「娼婦焼身」、和田好恵「おまんが紅」、吉行淳之介「暗い宿屋」、田村泰次郎「春婦伝」である。

続いて娼婦小説という述語がタイトルで登場してくるのが昭和五五年九月二〇日発行の『吉行淳之介娼婦小説集成』（湖出版社）。

ここには吉行が赤線の娼婦について書いた「原色の街『第一稿』」「ある脱出」「驟雨」「軽い骨」「髭」「追悼の辞」「娼婦の部屋」「手鞠」「倉庫の付近」「香水瓶」の一〇本の娼婦小説が集められている。

ところで、娼婦の概念であるが、法制史の大家である滝川政次郎の労作「遊女の歴史(4)」

に記された次の分析が正鵠を射ている。以下少し長くなるが引用する。

明治以降、芸妓は芸能を売るもの、娼妓は色を売るものと法律の上では定められていたが、芸妓（芸者）の売春は「公然の秘密」であって、芸妓もまた売笑婦の一種であることは間違いない。この明治以来の建前は、売春禁止法の施行に当たっても公認せられ、公娼（娼妓）は廃止せられたが、芸者の営業は存続せしめられた。しかし最近では芸者の裏口営業が多くなったと聞いている。明治時代の芸者の前身であった踊子・町芸者も、また色を売ったことは、当時の文学である川柳や洒落本に歴歴として描かれている。その歌唱管弦に勝るとまで称せられた平安時代の江口・神崎の遊女・白拍子も、また売春の徒であったことは、大江匡房の「遊女記」に「倡女群をなし、扁舟に棹さし、旅船に着いて、以て枕席を薦む。（中略）上は卿相より下黎庶に及ぶまで、牀第をせっし慈愛を施さざる莫し」

と、明記されていることによって明らかである。しかし、遊女・白拍子・傾城・太夫・芸妓と呼ばれたものは、また一面芸能人であって、彼女らを無視して日本の芸能史を語ることは出来ない。この芸能人としての一面を持っているものが、ここにいう「遊女」であって、彼女らは社会史の上から芸能を持たない単なる売春の徒と区別して考察されなければならない。貴人の宴席に招かれ、社交場裡に活躍したのは、遊女であって売笑婦ではない。傾国、傾城の語が暗示しているように、芸能史のみならず、政治の裏面史にも関係あるものは、遊女である。「飯盛りも陣屋ぐらいは傾ける」というが、売笑婦が政治の裏面史に活躍した例は殆ど皆無であるといってよい。売笑婦が歴史と関係する面は、国民の性生活史ないしは人権発達史であって、芸能史とは何の関係もない。女がいよいよ生活に窮すれば、売るものは決まっている。醜業婦という言葉はあるが、それは職業というに値しない。厳格な意味で職業というのは、それに従事するには特殊の技能もしくは特殊の知識をようするものをいう。遊女となるには、多少とも芸能に関する修練を必要とするから、遊女は一つの職業であり、職業婦人である。すべての職業が座、仲間なる職業組合によって統制せられた中世には、傾城になることも一つの特権であって、傾城職と称せられた。辻君・立君は織ではないから、誰でもなり得るが、傾城・遊君には誰もがなり得たわけではない。知名抄には、遊女の外に夜発なる名称が挙げられているから、社会通念の上では、日本史を通じて遊女と売笑婦との区別があったのであるゆえに日本史の上では遊女史と売笑史とは区別して述べられるべきであって、両者を混同することは正しい認識に立った歴史とは言えないと思う。

そんなわけで、本稿で娼婦と規定するのは滝川政次郎的にいえば売笑婦で、戦後の街娼であったパンパン、赤線・青線の女、トルコ嬢、ソープ嬢、風俗嬢たちである。彼女たちを筆者は着飾った労働者、ファッション・プロレタリアートとしてとらえ、その立ち位置で戦後の娼婦小説を読み解こうと考えている。

尚、ついでに記しておけば、売春というのは法律上の言い方で、中国、日本では売笑という言葉が長く使われていたと『遊女の歴史』には記されている。

江戸時代の花魁、太夫などの遊女に関する研究は多くの著書もあり、それがどのようなシステムだったのかを知ることは、さほど骨の折れる作業ではない。

また井原西鶴「好色一代男」、山東京伝の洒落本「通言総籬」などによって、当時の遊女がどのような衣装をまとい、どのような装飾品を身につけていて、いかに教養人であったかを知ることもできる。

ところが当時の娼婦である、新吉原のお歯黒どぶ沿いにあった羅生門河岸の切見世で春をひさいだ下等な切見世女郎の文献は少なく、この時代の娼婦の実態を知ることは至難の業である。

時代が変わり、明治時代の後半、近松秋江「別れた妻に送る手紙」、正宗白鳥「微光」、岩野泡鳴「耽溺」、大正時代の近松秋江「黒髪」、そして昭和初期の瀧井孝作「無限抱擁」などなどといった具合に、娼婦に惚れたり、娼婦を妻にした作家たちの書く娼婦あるいは元娼婦を主人公にした小説が登場するが、そこに描かれた娼婦は、例えば「微光」(5)において、

「名前なんかどうだっていいさ、時と場所で自分の勝手な名を付けますよ」

と、この小説の娼婦お国がいうように、この時代の娼婦たちは自分が娼婦であることを淡々と受け止め、有りのままに生きている。

寺山が脚本を書き、監督もした映画『草迷宮』で描かれている娼婦も、時代的には大正時代で、やはり淡々と娼婦として生きている。

さて、昭和二年に書かれた瀧井孝作の「無限抱擁」の主人公、吉原の娼婦松子は物書きに惚れられ結婚。物書きである、つまり作家の分身であるその夫のために髪結いになるのだが結核となり、母親と夫に抱きかかえられてなくなってしまう。その元娼婦と作家の生活が綴られたのが「無限抱擁」である。

平成一六年に、同じく松子というヒロインの娼婦小説が発表される。この松子は元中学教師で、売れない物書きに惚れられ、その男を食べさせていくためにソープ嬢になる。山

田宗樹の「嫌われ松子の一生」である。

彼女は結局人を殺め刑務所に入り、そこで美容師の資格を取って云々。「無限抱擁」に比べ、なんと波瀾万丈の生き方であることか。松子という名の娼婦。ン！　大正マツもまた〝マツ〟である。奇妙な縁を感じなくもないが、ま、それはさておき論を前に進めよう。

「無限抱擁」から「嫌われ松子の一生」まで七十数年。日本人の娼婦観はドラスチックに変化している。どこかにそんなことに言及した先行研究、あるいはそれに関する書物がないものかと探してみたが、江戸時代がそうであったように売笑・売春婦に関しての研究は難しいようで、娼婦小説をカテゴリーにして、それらを研究・分析するという形をとった先行研究、あるいはそうした書物は見つけることができなかった。

唯一、平成九年に上梓された北上次郎著『情痴小説の研究』[6]があり、ここで取り上げられている近松秋江「黒髪」、川崎長太郎「抹香町」は情痴の相手が娼婦ではあるが、その他の小説には娼婦は登場しないので、厳密な意味では娼婦小説の研究とはいいがたい。

そこで、まず戦後書かれた純文学から通俗小説まで幅を広げ売笑・売春婦の範疇に入る娼婦を主人公にした娼婦小説をできうる限り読み、その時代を代表する娼婦小説を選び出し、その系譜を作る作業に取りかかった。

註

（1）近松秋江『黒髪・別れたる妻に送る手紙』（一九九七年六月一〇日第一刷、講談社文芸文庫）
（2）田村泰次郎『田村泰次郎選集　第3巻』（二〇〇五年四月二五日初版第一刷、日本図書センター）
（3）吉行淳之介編著『幻の花たち』（一九七三年七月一〇日第一刷、立風書房）
（4）滝川政次郎『遊女の歴史』（昭和四〇年七月二五日、至文堂・日本歴史新書）
（5）正宗白鳥『現代文学大系12　正宗白鳥』昭和四一年一一月五日第一刷、筑摩書房）
（6）北上次郎『情痴小説の研究』（一九九七年四月二四日第一刷、マガジンハウス）

第一章　敗戦後の娼婦小説（昭和二〇年から二七〜二八年）
――再生する女の物語

戦後の娼婦である街娼（パンパン）を扱った小説で戦後最初に発表されたのは昭和二一年（一九四六）三月、雑誌『新潮』に載った石川淳の短編「黄金伝説」[1]である。

主人公の「わたし」が正確に時を刻まなくなった時計の直しと、新しい帽子の購入、それにある女性を探し求めて、敗戦直後の富山、福井、徳島と焼跡の日本を歩き回ったあと、虱と煤煙を風呂で洗い落とした年の瀬のある日、横浜で探し求めていた女性と遭遇するという物語で、その女性とは一年前、友だちの家で出会った友だちの妻。

丘の上に建てられた家に住んでいた人妻は「わたし」が帰ろうとすると丘の上まで見送ってくれ、下におりる近道を教えてくれた。この人妻に「わたし」は、こんな思いを抱く、

道ならぬ契を交わしてかえるきぬぎぬの恋人であるかのように、あやしく胸をおどらせながら、ふらつく足どりで、夢中で丘を駆けおりた。

戦争で友人は亡くなり、「わたし」はその妻を捜して焦土の日本を歩きつづけたのである。ところが、ようやく巡り合ったその人妻は、横浜のバラック造りの店でハンドバッグの中からラッキィ・ストライクを出して口にくわえる女性になっていた。当時、女性が外国製のタバコを口にくわえるのは娼婦と見なされていた。

そしてバッグの中を見ると、タバコの外にチョコレートやその他いろいろな外国製品が詰まっていた。どこに住んでいるのかと尋ねると、ハマよと応えた。その時の「わたし」の気持ちが小説では次のように記される。

ことばつかいといい、なりのこしらえといい、物腰恰好といい、良家の出のひととおもわれず、また火災で夫と家とを失った悲運のひととも見えなかったが、今ハマと発音したそのひびきの、おもいなしか、あたかもホンモクといったかのように、そしてそれが本牧の一部の特別地帯を意味したかのようにききとれたのに、わたしはどきりとして、わが眼をわが耳をうたがった。

「わたし」は、血の気が失せ、悪寒に震え、身体具合が悪くなってくる。

これにさらに追い打ちをかける事態が起る。店を出て、桜木町の駅の方へあるいていた

とき、

あやしいまでに色の黒い、一箇の頑強な兵士が立っていた。その黒い兵士はきれいな淡紅色の薄絹のマフラを小粋な恰好で頸に巻き付けていて、なにやらさけんだその口に、まっしろな硬い歯ならびが鉱石のように光った。

そして人妻は「わたし」に背を向け、この兵士に抱きかかえられたのである。「わたし」は、その場から雑多な人たちがいる方へ駆け出していた。そうすると、「わたし」の悪寒が止み、身体の具合もよくなってきた。

そのとき、さっきからかぶり具合が悪かった帽子も頭になじみ、時計のかちかちも元に戻り通常の時を刻み始めていた。

キリスト教の伝説的な聖人伝の物語を短編集のようにしてまとめた「黄金伝説」のタイトルを、そのまま小説のタイトルにした淑女（聖女）が娼婦（性女）に転化する石川淳のこの短編小説は、娼婦になることが堕落ではなく、再生であるととらえ、娼婦を肯定的に描いている。同じように戦後のパンパンを肯定的にとらえた娼婦小説を、石川淳はこの時期にもう一つ書き上げている。

昭和二二年（一九四七）六月一日発売の『別冊文藝春秋』に掲載された「雪のイヴ」[2]である。東京・有楽町を舞台にした、冬の二月、少女の街娼の物語で、実はラク町（有楽町）の街娼である靴磨きの少女が、外の街からやってきた街娼と喧嘩をする場面から物語は始まる。最初は傍観者だった。だが、他ゾーンからやってきた女がいった「パンパンのくせにさ」という言葉にカチンとくる。

「パンパンだって。なにいってやがんだい。パンパンならどうしたってんだい。男がみんないくじないから、あたしたちがはたらいてるんじゃないか。パンパンと泥棒とはちがうんだよ。お前たちみたいに、泥棒だなんて、古いんだよ。気をつけろよ。」

こう啖呵を切って五、六人のよそ者を放逐する。

その後、このとき彼女に靴を磨いてもらっていた男と、この少女娼婦とのやりとりがつづき、少女は男を誘ってやさへと向かう。

道すがら、エデンの園のアダムとイブの罪のことが俎上に載せられる。

人間といえば、男と女をもってできている。しかし、一般に女は罪の意識からいつもけろりとして解放されているようである。

そして、こんなふうにつづく。

実際に、例えば少女が林檎を十分の九まで食ったあとで残りの一きれを男にかじらせたとすれば、林檎を食ったのはすなわち男であって、ただちに代金を支払わなくてはならない。もし事の違法に属する場合には、咎を被るのはやはり男のほうである。女のほうから禁制品の林檎をうりつけたにしろ、その現場を押さえられたときには、哀れな女は一身に世の同情をあつめ、間抜けな男は遠く佐渡の金堀に送られるだろう。

売春防止法が施行されるのはこの小説が発表されてから一一年後の昭和三三年である。石川淳のこの指摘は的確で、その通りの法律が出来上がり、現在に至っている。苦しい状況のもとでしたたかに娼婦として生きる女を「雪のイヴ」でも石川淳は肯定的にとらえている。

昭和二二年（一九四七）『群像』三月号に掲載された田村泰次郎の「肉体の門」(3)もまた娼婦を肯定的にとらえた物語である。

昭和二〇年（一九四五）八月二八日、進駐軍の軍人から大和撫子の貞操を防衛するために正式発足したＲＡＡ（国際親善慰安協会）が音頭をとって各地に作られた慰安所だったが、性病がまん延して翌二一年三月一〇日にＧＨＱからオフリミットの司令が下りる。

その結果、ＲＡＡ施設の卒業生たちも街に立ち、兵隊相手に商売を始め、パンパンといわれるようになる。パンパンというのは、インドネシア語の女を意味する「プロムパン」が訛ったもので第一次世界大戦時、南洋諸島の日本軍が身体で稼ぐ女性のことをこういい、それが船乗りによって日本に輸入される。戦後は街に立つ闇の女、街娼がＧＩにこう呼ばれ一般化したといわれている。

そうした時代に有楽町から勝鬨橋に至るゾーンを縄張りに「小政のせん」こと一九歳の浅田せん、「ボルネオ・マヤ」こと一八歳の菅マヤ、「ふうてんお六」の安井花江、「ジープのお美乃」乾美乃という四人の少女娼婦の、名前も綱領もない秘密の党のようなグループの物語が小説「肉体の門」である。

リーダーは〝関東小政〟と入れ墨を入れることに熱中するせん。綱領はなかったが、正当な代価をもらわずに肉体を与える者にはリンチを加えるという掟はあった。

このグループに、硫黄島で夫を失くしたという二三歳の未亡人、菊間町子が合流する。まだ官能のなんたるかも知らない少女たちが、元人妻のよく手入れした肌や、お体裁ぶったつつましさを嫉妬した。

せんの刺青が完成した日、グループが住む地下の洞窟に拳銃の弾丸傷をおった一人の男、伊吹新太郎がころがり込んでくる。

男の存在が女たちに牝の感性を取り戻させた。そんなとき、お六とお美乃が町子がカネを取らずに身体を提供しているらしいという話を聞き込んでくる。元々、少女たちは成熟しきった元人妻の身体に嫉妬していた。伊吹の手前もあって少女の嫉妬心は、今まさにセックスを終えたばかりの町子の官能の火照りを残した身体に向けられる。

コンクリートの柱に縛りつけ〝関東小政〟の入れ墨を見せながら、せんは洗濯竿として使っていた箒の竹の柄で叩きつづけた。マヤも叩いた。

官能を知らない少女にとって、肉体を売ることは罪ではない。ただの取引にすぎない。罪はカネをとらずに肉体の秘密のよろこびにひたること。それを未亡人の町子が……。

少女たちには許せなかった。

リンチはエスカレートし、陰毛を刈ろうとする。

官能を知り尽くした元人妻には、それは耐えられない羞恥だった。ひたすらに拒絶する町子。その様子を見ていた伊吹は元人妻の肉体の魅力がそがれることをさせたくなかった。

伊吹が助け舟を出して、町子は解放される。

その後、伊吹と町子がつきあっているという話がグループの少女たちにもたらされる。

伊吹を巡る女たちの葛藤が始まった。

伊吹新太郎は、少女たちの中で太陽だった。

一匹の牡犬を真ん中にして四匹の牝犬が互いに牽制し、睨みあう緊張した時間がしばらく続く。

そんなある日、伊吹が洞窟へ牛を引きずり込み、その肉を捌いて大宴会が始まった。

酒が入り、マヤは伊吹の肉体を見ながら、自分の腰に、自分の意志ではどうにもならない爬虫の群が蠢いている感覚にみまわれる。そして情交。マヤは獣となって、肉体の哀しいまでのあやしさ、たのしさ、くるしさに、のたうちまわり、うめき、吠えた。

ことを終え、ひとり横たわるマヤ。

「マヤ、あんた裏切ったね」

せんがつめより、三人の少女はマヤを宙吊りにして責めたてた。

三人はマヤが仲間を裏切ったから責めたのではない。マヤの肉体が彼女たちのまだ経験していない、けれど本能的に感じとっている秘密のよろこびを味わったという事実を嫉妬したのである。

そのとき、マヤは脱落者であることの幸福を感じていた。地獄へ墜ちても、はじめて知った肉体のよろこびを離すまいと心に誓いながら……。

これが小説「肉体の門」のストーリーでラストは、

地下の闇に、宙吊りのボルネオ・マヤの肉体は、ほの白い光の暈につつまれて、十字架の上の予言者のように荘厳だった。


の美しいフレーズで結ばれる。

「黄金伝説」「雪のイヴ」「肉体の門」で娼婦として描かれた女性たちは、自らが置かれた状況の中で、撥剌として生きている。

そこには明治、大正、昭和の初期に卑しい女と語られていた娼婦の姿は微塵もない。それは男性作家が描いた娼婦だからだという人がいるかも知れない。だが、敗戦後の娼婦を女性作家もしたたかにたくましく生きた女性として書き記している。

昭和二四年『中央公論』二月号に発表された林芙美子の「骨」(4)がそれだ。ストーリーを追ってみよう。

極東国際裁判所の有罪判決によって、戦犯七人が絞首刑に処せられた。その際、彼らの妻が遺骨を受け取りたいと哀願したというニュースを、女は新聞で読んだ。その女は、夫を戦争でなくし、骨の入っていない骨壺をもらって人生がおかしくなったと思っており、彼女は元大臣の夫人たちはその骨をどうするのだろうと思いつつ、自分の置かれている今に思いを馳せる。

雨の夜、女はパンパンになって街に立ち、男を拾う。そのとき彼女はだれにともなく、

「ちょっと骨を頂戴よ」

と、怒鳴りたくなる。

身体を張り、男に抱かれているが、死んだ夫の骨を手にしていない女には、真に抱きしめるべき骨さえない。その空虚感が、そんな衝動に駆り立てるのである。

主人公の女は二六歳、元陸軍大佐の娘・道子。父親は退役後、保険会社に勤めた。そのツテで保険会社に入った道子は、そこで夫と知り合い、子どもが出来て結婚する。一八年、出産と時を同じくして夫は出征、帰らぬ人となる。

道子の不幸はそれだけではなかった。

二〇年三月九日、東京大空襲によって、本所石原町の家が焼け、東京を転々とする生活を余儀なくされる。現在の住まいは四谷荒木町である。母親は道子が女学校を卒業した年に死に、道子は胸を病んでいる。だが、療養できる身分ではない。七歳の女のコがいる上に、父親のリューマチ、弟は道子同様胸を病み、寝たきりで働けない。家族の生活は道子

の肩にかかっていた。
　そんな道子に夜の女になることをすすめたのは、保険会社時代の同僚、相澤ラン子だった。生きていくために、道子は街に立つ。
　客を取った一日目は、一晩中眠れなかった。しかし、女はたくましい。二日目になると、こんなふうに心と身体が変化する。

　道子はそっと男の腕に自分の手をからませた。誰かが自分のそばにゐてくれることは慰めなのだ。好きでもない男だけれども、一夜で道子は馴れたような気がした。

そして、やがて身を堕とすということが案外たやすいことだと思うようになり、ついには夜が待ちどおしくなってくる。作者はそのことを、

　一直線に泥沼の中へ堕ちて行った。

と書いている。
そんな道子も弟に街娼になっていることを知られて、激しく動揺する。

背に腹はかえられないと、自らにいい聞かせて夜の女になった道子だったが、その仕事を通じて性の悦びを知るようになると、自分の生きている立ち位置の揺らぎを感じるようになってくる。

その弟が死んだ。葬儀の日にも、

誰が悪いのかも解らぬままに道子は只現実の中に歩む。運命が悪いのだろうか？
此の様に生まれあわせた運命が意地悪くせめたててくるのであろうか。

という思いを胸に秘めて街に立った。

娼婦の生と性を見つめ、そこに女のたくましさを描きながら、その生きざまに運命論を重ね合わせる女性作家の目。

だが、こうした視点で敗戦から売春防止法へ向かう間の娼婦たちの生きざまを見つめたのは、この女性作家だけではなかった。敗戦直後の「黄金伝説」「雪のイヴ」「肉体の門」で描かれた娼婦たちは、生きていくためにただひたすらに身体を張った。そして、作家はそれを再生の物語として描ききった。

女たちはそうやって生きるしか方法はなかったのである。その時代を生きる男もまたそういう生き方しかできなかった。だからこそ、娼婦を卑しい稼業とはいえなかった。やがて暮らしが落ち着いてくるに従い、人々は、娼婦の生き方を再生の物語としてとらえられなくなってくる。

「骨」における主人公・道子の苦悩は、そこに芽生えた。

昭和二〇年代半ばから三三年の売春防止法施行あたりまで、娼婦として生きた女たちは「これがわたしの運命なの」と自分自身に言い聞かせ、春をひさいでいたようである。

その時代の典型的な娼婦として水上勉が描いた「飢餓海峡」（初出は昭和三三年一月五日号～一二月二八日号までの『週刊朝日』連載小説）の八重、「五番町夕霧楼」(5)（初出は昭和三七年九月『別冊文藝春秋』）の片桐夕子があげられる。八重の物語の設定は昭和二二年であり、夕子の物語は二六年となっている。

水上勉は、無理強いされて嫌々働いているという立場からではなく、そこで働くことを運命と位置づけ、世の中に恨みつらみをいうことなく、明るくたくましく生き、娼婦であることに誇りを持っている女性として描いている。

昭和二五年七月二日に起きた京都・金閣寺の放火事件を下敷きにして描かれた「五番町夕霧楼」の物語を見てみよう。

二六年初冬。京都の古い遊里、五番町の有名な妓楼・夕霧楼の主人である酒前伊作が疎開先の与謝半島の突端にある樽泊（架空の町である）で急逝する。

葬儀のために、これも京都の遊里である上七軒の元芸妓でこのとき伊作の女房になっていたかつ枝がこの町にやってくる。そこへ、樽泊の北、三つ股に住む片桐三左衛門が、一九歳の娘を連れてやってくる。この娘が夕子。母親が病気で、下に一六、一三、七歳の三人の妹がいた。

一家が生きていくために夕子は京都の遊里、五番町の夕霧楼へ身売りされる。その夕子を二万円で水揚げしたのは、西陣の帯問屋の大旦那、六三歳の竹末甚造だった。

やがて、夕子は他の客もとり始める。

そこへ鳳凰寺（金閣寺をモデルにした架空の寺）の小僧、夕子の幼馴染の櫟田正順が通い始めてくる。

正順は夕子と同郷の浄昌寺の子どもだったが、親が訳あり、さらにいえば強度の吃音ということもあり、暗くて陰気で誰からも相手にされていなかった。

そんな正順に同情した夕子は、夕霧楼に来たことを手紙で知らせ、揚代を夕子が持って、二人は異郷での逢瀬を楽しんでいた。

足繁く通ううち、正順のことは甚造の知るところとなる。

このとき、甚造は夕子に天性の娼婦性を見出し、以前にも増してのめり込んでいっていた。

ところが、ある偶然が甚造と正順を引き合わせてしまう。その結果、甚造が正順の修行する寺に告げ口をし、正順は夕霧楼へ通えなくなってしまう。

ちょうどそんなとき、夕子は喀血して入院する。

夕霧楼の女主人、かつ枝が甚造にそのことを知らせるのだが、つれない返事。不憫に思ったかつ枝は鳳凰寺に出向き、正順にその旨を告げる。

その夜、正順は鳳凰寺に放火する。

夕子は病院で燃えさかる火をながめていたが、正順の自殺を知ると病院を抜け出し、故郷で正順との幼い日の思い出を残す、浄昌寺の百日紅の樹の下で、服毒死を遂げる。

この物語は、金閣寺放火事件が謎だらけだったように、多くの謎を残したまま終っている。

しかしながら、この物語で昭和二〇年代の半ばから三〇年代に家のため、親のため、幼い姉弟のために身体を張ることを運命としてとらえ明るく生きる娼婦の姿が、女性を描かせたら天下一品の水上勉によって、実に活き活きと描き出されている。

もちろん戦後、娼婦として生きたのはこういう女性ばかりではない。

日本の敗戦によって、娼婦になることを余儀なくされた女性たち。それは再生のためであったはずなのに、十数年後に、運命論ではとうてい片づけられない悲惨な結末を招いてしまう。そうした女性がいたことも忘れてはならない。

そんな元娼婦の物語が、昭和三二年（一九五七）に筑摩書房から新しい型の綜合雑誌として創刊された『太陽』で連載が始まり、同誌の廃刊とともに『宝石』へ移り、三三年から三五年一月まで連載された、松本清張の長編小説「ゼロの焦点」(6)である。

この物語が何故書かれたかについて小説のラスト近くで、作者自身がこんなふうに記している。

　これは、敗戦によって日本の女性が受けた被害が、十三年たった今日、少しもその傷痕が消えず、ふと、ある衝撃をうけて、ふたたび、その古い疵から、いまわしい血が新しく噴きだしたとは言えないだろうか。

これが書かれたのが戦争が終わって十数年が経ち、まもなく売春防止法が施行される時代ということを念頭において、物語を追ってみよう。

二六歳の板根禎子は一〇歳年上の鵜原憲一と見合い結婚をする。憲一は広告会社の代理店北陸出張所の主任で、一ヶ月のうち二〇日金沢、一〇日東京で働くという勤務形態をとっていた。

結婚して一週間後、仕事の引継ぎのために金沢へ戻った憲一が失踪してしまう。禎子と、憲一の後任となった本多、それに憲一の兄の宗太郎が、姿を消した憲一の捜索に乗り出し、金沢での生活の調査を始める。その結果、憲一は金沢の室田耐火煉瓦会社の社長、室田儀作の世話になっていたことがわかってくる。

ところが、調査をし始めると、その関係者が次々と奇妙な事件に巻き込まれていく。憲一の失踪に関して何か知っているようだった宗太郎が青酸カリ入りのウイスキーを飲まされて殺されてしまう。

次に、憲一は失踪ではなく自殺であることが判明する。

さらに憲一は、金沢では室田耐火煉瓦会社の社員になっていて、名前を曽根益三郎と名乗っていた。また、三一歳の田沼久子という女性と内縁関係にあったこともわかってくる。

禎子の知らない憲一の生活は、まだあった。

憲一は、広告会社に入る前、東京・立川で刑事をやっていた。風紀係でパンパンを取締まる係だった。憲一が刑事だった頃、田沼久子も東京にいた。この事実をつかんだ本多が久子の履歴を頼りに彼女を追うと、彼もまた青酸カリを飲まされ殺される。そして、久子も投身自殺を遂げてしまう。

禎子は、憲一と久子の接点を探るべく立川へ向かう。久子は、予想通り立川で働いていた過去があった。

しかし、ここで意外なことがわかる。室田儀作も、そのことを調べに立川へやってきていたのである。そのことを知った禎子は、この一連の事件を裏で操作するのは室田社長ではないかと思い始める。

だが、とんでもないどんでん返しがあった。

室田の妻、佐知子は金沢の名士だったが、彼女も実は、田沼久子と同じように敗戦直後のある時期、立川で娼婦をしていた過去があった。憲一はそのことを知っていたために、室田耐火煉瓦会社の社員になっていたのである。

その憲一が禎子と結婚し東京へ戻ることになったとき佐知子は憲一に久子の元を去る方法として、自殺をアドバイスする。曽根益三郎の名前で遺書を書き、自殺に見せかけて姿を消し、東京へ戻れば、東京と北陸の二重生活は一気に解決するとすすめたのである。

そのとき、佐知子に悪魔が囁く。

（憲一を自殺と見せかけ、本当に殺してしまえば、わたしは自分の過去におびえることなく生きていける）

佐知子は、その囁きにのって憲一に遺書を書かせ、海へ突き落とす。計画通りに事態は運んだ。ところが、予想外のことが起きる。憲一を探して、兄の宗太郎が佐知子の前に現れたのである。佐知子は、第二、第三の宗太郎が現れることに不安を抱く。そこで憲一に関係している者たちを次々に殺していく。

やがて、夫の室田儀作と禎子が、この一連の事件の犯人が佐知子であることに気づき、彼女を追う。観念した佐知子は、ひとりで舟を漕ぎ、日本海へ乗り出していく。それを海岸で見つめる夫がようやくそこにたどりついた禎子に、声をつまらせてこう語る。

「家内は房州勝浦のある網元の娘なんです。幸福な時代に育ち、東京で、ある女子大にはいりました。それから敗戦が来たのです。得意だった英語が彼女にわざわいしたことも、終戦後の日本の現象として、私はそう深く咎めません。」

切ない終わり方である。

時代が変わったと錯覚し、そこで再生の物語を紡ぎ出そうと飛び込んだ街娼の世界が、アッという間に先祖返りしてしまって、戦前の卑しい稼業としてしか見られない時代がまたやってきていた。そうした、時代に翻弄された女性として「ゼロの焦点」の元娼婦は、社会派の松本清張によって描かれたのである。

敗戦から売春防止法に至る十数年の時代に身体を張って生きた女性の物語はこれだけではない。

昭和二五年（一九五〇）朝鮮戦争勃発。

多くの女性が、外国人相手の娼婦になって身体を張って稼ぐ時代がやってきた。敗戦時と同じように、その事態を再生の糸口にした女性もいたが、それによって運命を狂わされた女性も少なくなかった。

昭和二六年（一九五一）に「鈴木主水」で直木賞を受賞した久生十蘭が、二八年ニューヨーク・ヘラルド・トリビューン紙主催の国際短編小説コンクールに応募し、一等入選を果たしたのが「母子像[7]」である。

この小説の主人公は神奈川県厚木キャンプ近くにある聖ジョセフ学院中等部一年生、一六歳と二ヶ月の和泉太郎である。本来なら中学三年生のはずなのだが、東京女子大出の美人でサイパンの軍の嘱託として将校の慰安所を切り盛りしていた母親の仕事の関係で、少年は戦後カナカ人の宣教師に預けられサイパンからハワイへ移ったこともあり、一年生に編入していた。

この太郎少年が、学校でさまざまな問題を引き起こす。掩体壕の中で火をいじる。それ以前にも赤い服に赤いネッカチーフ姿で女の子に変装して銀座で花売りをしていた。また厚木にやってきた朝鮮戦争帰りの軍人をタクシーに乗せて客引き同然に銀座に連れていった。そして泥酔して徘徊するという事件も起こしていた。

一体、何故この少年はこうした行為を次々に行うのか？　教師たちは少年の過去にその原因を求めた。

彼は戦争中、母親によって殺されかけていたのである。とはいえ、だから母に迷惑をかけようと次々に事件を起こしていた、というのではない。事情は真逆で、母によって殺されかけたことによって、少年は母への恋慕の情を尚一層強めていっていたのである。その心情が小説ではこう記されている。

　この人に愛されたい、好かれたい、嫌われたくないと、おどおどしながら母の顔色をうかがうようになった……。

その母が銀座でバーをやっていることを知った太郎少年は、母の店へ花売り娘となって入り込み、母の店を繁盛させようと、厚木にやってきた朝鮮戦争帰りの軍人を客引きとなってその店へ案内していた。だが、なじみのタクシー運転手からとんでもないことを知らされる。

母は彼が連れて行った軍人といかがわしいことをしているというのである。

少年はその夜、母の部屋に忍び込み、ベッドの下でその一部始終を見てしまう。


汚い、汚すぎる……人間というものは、あれをするとき、あんな声をだすものだろうか……（中略）豚の焼け死ぬときだって、あんなひどい騒ぎはしない……母なんてもんじゃない、ただの女だ。それも豚みたいな声でなく女、いやだいやだ、こんな汚ないところに生きていたくない。今夜のうちにしんでしまおう。


こうして、少年は母の写真と手紙を塵とりですくい捨て、自らは警官から奪った拳銃で自死を遂げる。

母にとっては自ら再生のために身体を張って生きているという思いはあっても、その思いは子どもには通じなかった。

「母子像」の母とは裏腹に、この時代に外国人の軍人を相手にして奔放に身体を張って生きた女性たちも数多くいた。その実態を今ふうにいえばノンフィクション・ノベルふうに描いて高い評価を得た小説が登場する。

昭和二八年（一九五三）『文学者』五月号に発表され、この年の下半期、芥川賞の候補になった広池和子が書いた「オンリー達」[8]がそれである。

舞台は小説の中ではT市となっているが東京都立川市である。ここで駐留軍米兵の相手をする女性たちを住まわせる四部屋の貸間アパートの経営に乗り出した〝ママさん〟といわれる老いた女性がいた。

小説はこの老嬢の目を通して語られるアパートの住民たち、つまりオンリーたちの物語で、登場する女性の多くがカタカナ表記の洋ふうの名前で呼ばれている。

さて、最初にこのアパートに住むのがケリー。ラーリーという美男子のGIと付き合っている一九歳で、作者はこう記す。

> 紫色に凍った素足へサンダルをつっかけた女も多い中に、ケリーは赤い革靴をはいて、赤いバッグを肩から吊っていた。前には黒人と一緒だったと蔭口をきかれるほど頬は蒟蒻色だ。

つづいて、パパさんと呼ばれる誠実そうなGIを連れてくるケリーの親友のスージーが住み始める。二人はこう記される。

スージーもケリーに劣らない醜女である。

ケリーの母親は立川競輪の新聞売りで、一六歳の妹と一二歳の弟、九歳、六歳の妹がいる。一六歳の妹も身体を張って稼いでいる。

自分は長女として少しでも母を助けようと思って身を落としたのだけれど、あの子は何だっててんだろう。

と、妹のことを気にかけながらのオンリー稼業。五日後に、ケイとニーナという、ケリーが先月まで勤めていたバーの女がアパートにやってくる。

二人とも願をそらして煙草の煙りをふきあげながら、ママさんに、

「おばさんよ、このうち貸すんだろ」

と、ずかずかと廊下へ上がってきた。

「二人で、こっちとそっち借りたよ」
と大層鼻息が荒い。

ラーリーは元ニーナの男でケリーが奪ったのである。そんなわけで、ニーナがいやがらせにやってきたのだ。

この出だしの数ページの描写だけで、朝鮮戦争下、二七年暮れの立川市周辺の身体で稼ぐ女たちの様子が、おおよそ読み取れる。幸いニーナは、すぐに別のGIを見つけ、そのGIについて九州へ発っていって、この騒動は終止符を打つ。

スージーもケリ！とよく似た境遇で、無能の両親と弟妹が七人もいて、いつのまにか身体で商売をする女になっていた。しかも、彼女にはパパさんの他に日本人の愛人もいた。

この時代、立川ではパンパン狩りが厳しく行なわれ、路上で客を引くことはむずかしくなっていて、多くのその手の女たちはケリー、スージーがそうしたようにバーに勤めそこでGIを見つけ出して、オンリーになることがはやっていた。

オンリーといってもずーっと契約が続くわけではない。女たちはオンリーをしながらも、クリスマスの夜には、ホテルへ出向きアルバイトにも精を出す。その理由を、作者はこう記す。

寿命の短いこの稼業では、二度とないかもしれないかき入れ時なのだ。そしてまたどんな幸運が摑めるかも知れない。

オンリーといえば、一人の男性とだけ契約している娼婦のことだと思っていたが、どうやらそうではなかったようである。

そんなこんなの彼女たちの三ヶ月が、老嬢の目を通して、丁寧に描かれていくこの物語は、朝鮮戦争下の日本人娼婦の有り様がよくわかって面白い小説である。登場人物たちは上品ではないが、女たちの暮らしぶりはエネルギッシュで、どこか敗戦直後に描かれた田村泰次郎「肉体の門」に似た、訳ありの女の再生の物語として読めるのである。

だが、世間のオンリーを見る日は厳しいものがあった。

丹羽文雄が昭和二八年（一九五三）に朝日新聞から上梓した『恋文』(9)は現在の東京・渋谷109の裏手にあった恋文横丁で、オンリーと帰国した米兵の手紙のやりとりの仲介をする恋文代筆を生業とした真弓礼吉とオンリーになった（？）女性との恋の物語である。

オンリーに対して、かつて娼婦に人々が向けていた卑しい稼業という意識が心のどこかにあって、その意識と闘う主人公、礼吉の心模様がメインテーマとなっている。

礼吉は三重県四日市市の出身で、幼なじみの道子という女性に恋い焦がれていた。道子は礼吉の同級生、染川と結婚するが、その染川は戦死する。札吉と染川は海軍の同期生でもあった。

夫の死を知った道子は姑との仲がうまくいっておらず、戦災にあった四日市の嫁ぎ先の家を出る。札吉は、そんな道子のことを気にしながら東京で、やはり海軍の同期生だった山路直人に誘われ恋文代筆の仕事を始めていた。

手紙の内容はさまざまである。

札吉は、手紙を認めるとき道子を思い出し、彼女になりきって文面を書き上げていた。そんなこともあって、日ごとに道子への思いは募っていっていた。道子に似た人を見ると後を追ったが皆、他人の空似だった。

ある日、道子に似た声の主がやってくる。その声を札吉はカーテン越しに聞く。女は山路に手紙の代筆を頼んでいた。その内容は――。

クラウンというアメリカの金持ちの男と一緒になり、子どもも作った。
子どもがいる間は仕送りはあったが、子どもが死ぬと送金が途絶えてしまった。なんとかして欲しい。

というものだった。

女が帰ったあと、山路に女の名前を聞いた。ミッチー・久保田という。久保田というのは道子の旧姓である。札吉は後を追った。そしてふたりは再会する。

道子の話によれば、四日市から横須賀に出て、進駐軍の事務所に勤め、そこでクラウンと知り合い、子どもが出来たのだといい、オンリーではないという。

だが、恋文代筆でオンリーたちの内実を知る札吉には、道子が自分はオンリーではないという話を信じることはできなかった。その結果、せっかく出会ったにもかかわらず、二人は別れることになってしまう。

札吉は後悔する。周りが取りなし、ふたりはもう一度出会うことになる。

デートの日、日比谷公園近くで、道子は横須賀時代の知り合いの女性数人に声をかけられる。彼女たちは、道子が日本人の恋人と一緒であることに驚き、「転向したの？」とか「足を洗ったの？」といってくる。

女たちと別れたあと、札吉は道子に横須賀で何をしていたのか、真相を糺す

道子は、彼女たちはクラウンに連れていってもらったキャバレーで出会い、その後友だちになった女性たちだと説明する。そして、自分が関係した男性はクラウンだけで、決し

てオンリーではないといった。

礼吉はそれでもやはり、彼女のいうことを信じることができなかった。そんな礼吉に、道子は、

「怒りっぽくて弱くて、少しも寛大でない男」

といった。こうして、ふたりはその場で決別する。

だが、道子のことが気になって仕方がない。それにしてもどうして、あれほど恋い焦がれていた女性を礼吉はそんなにも責めたてなくてはならなかったのか？

何人もの外国人と身体を交えた女。そのような女を妻にむかえることの屈辱。だからといって道子を責めることは、とりもなおさず礼吉のエゴイズムである。彼女は戦争の犠牲者であるというのに……。そう思ったとき、礼吉は、彼女が住むという三鷹の下宿へと足を向けざるを得なかった。

そこで道子の慎ましやかな生活を知り、彼女がいっていたことが本当であったことを知る。そのとき、道子の下宿に警官がやってきて彼女が日比谷公園を出たところで車に轢かれたことを告げる。それが事故だったのか、自殺行為だったのか？　そして道子の命は助

かったのか否か？　小説は、そのあたりに触れることなく、礼吉の次のような思いを記すことで終わっている。

ゆるしてくれ、道子。ぼくという人間は、こんなおもいがけない事故でもおこらないかぎり、あなたをゆるすことができなかったのだ。

礼吉は、自身が明治、大正、昭和の初期の、娼婦は卑しい稼業という認識から一歩も、踏み出していないことを告白し、この物語は終っている。

娼婦として生きることが堕落ではなく、再生の物語となった「黄金伝説」「雪のイヴ」「肉体の門」の小説世界。そうした小説で描かれた娼婦観は、幻だったのか？

こうして「恋文」の礼吉の告白は、敗戦後の日本人の娼婦観への鋭い問いかけともなっている。

尚、この朝鮮戦争の時代に、日本のキャンプ近くで、外国人相手の娼婦だった菊栄の愛人である米兵の脱走兵とホモ関係になる兄弟の話を書いた、寺山修司と同年の生まれで六〇年安保の時代に寺山と「若い日本の会」に一緒に名を連ねた大江健三郎の「戦いの今日」(10)という作品がある。昭和三三年『中央公論』九月号に初出のこの物語は、その娼婦の名前が菊栄（菊は天皇と皇室を表す紋章であり、菊が栄えるという名前はつまりそういうことである）であることでわかるように普通の娼婦小説ではない。他にこの時期（大江の作家としてデビューした頃）、大江には米兵相手の娼婦のヒモになった大学生の話「見るまえに跳べ」等々の娼婦を扱った小説があるが、これらもいかにも大江の小説らしく、娼婦は何らかの寓意をもって登場し、やはり単なる娼婦小説ではないということを記して先に進もう。

もう一人、この時代に娼婦小説を書いた作家がいる。

昭和二五年（一九五〇）の『別冊文藝春秋』三月号に掲載された「抹香町」(11)をその代表作とする川崎長太郎である。この短編小説「抹香町」は、五〇歳の川上竹六（作者の分身である）がその前年の九月半ばに小田原抹香町の色町に出向き、二二、三歳の松という業界に入ったばかりの女に出会い、惚れるという物語で、文字通り娼婦を主人公にした娼婦小説である。なんだか娼婦街ルポのような小説であるが、そうしたジャンルがなかった時代、当時のそうしたところで働く女性の姿がリアルに描かれていて興味深い。

また、その手法が今のノンフィクションの読み物に似ている点に吃驚するとともに、ここで描かれている松という素人新人の娼婦の有り様が、現在の風俗業界に入ったばかりの女の子の心と身体の有り様に実によく似ている点にも驚かされた。ン！　ここでも娼婦の名は松。これは一体どういうことか？　単なる偶然と考えていいのだろうか？

ともあれもちろん、作者の川崎長太郎は、彼女を卑しい稼業の女と見ていないということを付け加えておく。

註

（1）石川浮『黄金伝説・雪のイヴ』（一九九一年一〇月一〇日第一刷、講談社文芸文庫）
（2）（1）に同じ
（3）田村泰次郎『田村泰次郎選集　第3巻』（二〇〇五年四月二五日初版第一刷、日本図書センター）
（4）林芙美子「骨」（昭和二四年二月一日発行『中央公論』二月号）
（5）水上勉『五番町夕霧楼』（平成一六年九月三〇日四八刷、新潮文庫）
（6）松本清張『ゼロの焦点』（平成一七年一一月一〇日一〇六刷、新潮文庫）
（7）久生十蘭『全集・現代文学の発見　第一六巻　物語の饗宴』（學藝書林）
（8）広池和子「オンリー達」『現代秀作集』（平成一一年八月二五日初版、角川書店）
（9）丹羽文雄『恋文』（昭和二八年五月三〇日、朝日新聞社）
（10）大江健三郎「戦いの今日」『死者の奢り・飼育』（平成二〇年五月五日七〇刷、新潮文庫）
（11）川崎長太郎「抹香町」『川崎長太郎自選全集Ⅱ』（一九八〇年三月二九日初版、河出書房新社）

第二章　赤線、青線小説（昭和二八年から四一～四三年）
――運命論を巡る女の物語

戦後、日本政府は占領軍のセックス処理のためにいち早く特殊慰安施設協会（ＲＡＡ）を作り、昭和二〇年八月二六日大森「小町園」を皮切りに、三ヶ月の間に東京に二五ヶ所の施設が出来上がり、慰安婦は一五〇〇人を数えた。だが性病が蔓延し、二一年三月一〇日にすべて封鎖される。以降、ＧＩの相手をするのはすべて、パンパンと呼ばれていた街娼となった。

こうした時代を反映し、二一年一月二四日、連合軍総司令部（ＧＨＱ）からの「公娼制度の廃止」命令が下り、公娼は一度は日本から消えた。

そんな時代の端境期に登場した娼婦小説が「黄金伝説」「雪のイヴ」「肉体の門」であった。

昭和二一年一一月四日、政府の次官会議が聞かれ、売春を社会悪と認め、その種の行為をする地域を〝特殊飲食街〟（特飲街）と認定する。警察は、その地域を地図に赤鉛筆で印をつけた。これが特飲街が赤線と呼ばれる由縁である。赤線は全国で六六二ヶ所。女性の数は四万九〇〇〇人。赤線以外で春をひさぐ女たちの集まる地域は青線と呼ばれた。そしていつしかこうした赤線、青線を舞台にした小説が登場してくる。

そこで第二章では主に昭和三三年四月一日の売春防止法の施行によって赤線が廃止されるまでの時代に描かれた、こうした赤線、青線を舞台にした小説にスポットを当ててみることとする。

もちろん、法が施行されたからといって即、そうした地域が無くなる訳ではない。その後もしばらくそうした地域は続き、そこを舞台にした小説も数多い。ここではそうした小説も俎上に載せた。ちなみに、第一章で考察した水上勉の描いた娼婦の世界もこの赤線を舞台にしていることを記しておく。

赤線小説の第一人者は吉行淳之介である。

その一作目は昭和二六年『世代』一六号に掲載された「原色の街」であるが、ここでは二九年（一九五四）上半期の芥川賞を受賞した「驟雨」[1]を読み、吉行の赤線小説における娼婦観を考察してみる。

小説の舞台は東京・向島と玉ノ井の中間にある下町の赤線カフェー街・鳩の街。

この町で娼婦らしからぬ女、道子に惚れた汽船会社に勤めて三年目の山村英夫は、出張先から道子に一方的にデートに誘う手紙を書き、待合せの喫茶店へドキドキしながら向か

う。喫茶店で道子は、

「今度お会いするまで、わたし、操を守っておくわね」

と語る。娼婦が唇、乳房を好きな男にとっておき、客に触れさせないという話は英夫も聞いたことがある。しかし操を守るとはどういうことなのか？

英夫は考える。女が男と行為をし、昇り詰めようとしたとき、脳裡には恋する男の姿が浮かぶもの。従って操を守るということは、他の男と行為をしてもそういう状態、つまりエクスタシーには達しないでおくということだと理解する。好きな男にしか気をやらないということである。

そんなことを語り合ったデートの後、ますます道子に惚れていった英夫は、彼女の元に通い詰める。

観察すると、娼婦らしからぬ娼婦と思っていた道子だったが、運勢暦に一喜一憂したり将来、花屋かお湯屋（銭湯）を聞きたいといってみたり、いかにも娼婦といった反応を見せることもしばしばである。

映画に誘い、その日をカレンダーに印をつけようとすると、

「あら、いけないわ、ほかのお客さんがヘンに思うから」

というかと思えば、英夫が友人の結婚の話をし始めると、結婚という言葉に敏感に反応し、涙する道子。それを見ながら、英夫はこう思う。

たやすく軀を提供するだけに捉え難い娼婦の心に、このとき触れたという陶酔に似た気持が彼の胸に拡がっていった。

だが翌朝、洗顔を終え櫛を探すために道子の鏡台をさぐると、使い古した安全剃刀の刃が四枚あった。そこに男の影を見て、英夫の心は大きく揺らぐ。

その日、駅まで送るという道子と朝陽の差し込む喫茶店に入った英夫は、わざと道子を陽光が真正面に顔に当たる所に座らせる。

彼は企んでいたのである。皮膚に淀んだ商売の疲れが朝の光にあばきだされて、瞭かな娼婦の貌が浮かびあがるのを、彼は凝っとみつめて心の反応を待っていた。

そのとき、英夫の目に、道路の向こう側に植えられた贋アカシアの激しい落ち葉が見えていた。

それは、緑色の驟雨であった。ある期間かかって少しずつ、淋しくなってゆく筈の樹木が、一瞬のうちに裸木となってしまおうとしている。

その風景に英夫の心が映し出されている。小説「驟雨」はこんな物語である。ここに娼婦を卑しいという見下した視線はない。春をひさぐ女性となんとかきっちりと向き合いたい。これが吉行の娼婦観である。作家のこの立ち位置が新しい。

この時代に、娼婦にきっちりと向き合おうとする女性作家が現れる。東京湾に面した埋め立て地にあった赤線地帯・洲崎を取材し昭和二九年（一九五四）に「洲崎パラダイス」(2)を書き上げた芝木好子である。

宿屋の払いを済ませて外に出ると、二人の懐中には百円の金も残らなかった。

で始まる小説のストーリーはこうだ。

有り金を全部使い果たし、行き場のなくなったこの物語の主人公・蔦枝が、会社の金を使い込み、クビになった義治と死に場所を求めてさまよい歩いた果てに辿りついたのは、蔦枝が以前働いていたことがある特飲街・洲崎の際にある飲み屋だった。

すぐに蔦枝は、飲み屋の女将に取り入り、この店で住み込みで働くことにし、義治の住み込みでの働き口を探して欲しいと頼み込む。どうしようもない甲斐性なしのダメ男、義治は蔦枝と一緒に住みたいとぐずるのだが、ともかく今は別々に働き、ゆくゆくふたりで部屋を借りようと義治を説得し、ソバ屋の出前の職につかせる。

特飲街の入口の橋に、遊郭時代の大門の代りのアーチがあって「洲崎パラダイス」と横に書いたネオンが灯をつけた。

この小説に記述されている赤線・洲崎の入口の情景である。そんな赤線地帯の際で、かつて洲崎、そして鳩の街で働いていたことを女将に隠して働き始めた蔦枝を、特飲街に遊びに来たがいい女に巡り会えなかった神田の医療器機販売商の落合と名乗る男が気に入り、口説きにかかる。

素人を装いながら、人生の瀬戸際で蔦枝は持っている女のフェロモンを全開にして落合を落とし、部屋を借りてもらう約束を取りつける。

落合にとって、蔦枝はもしかしたら明日赤線の女になるかもしれないが、今は赤線の女ではない。その際々のところに立った女のかもし出す色気がたまらなかったようだ。

一方、蔦枝が男とそういうことをしていると知った義治は、荒れ狂いやけを起こし、ソバ屋をやめて行先も告げずに洲崎から出ていってしまう。これでダメ男と切れて、万々歳。ところが蔦枝はなにもいわずに自分の前から去った義治を礼儀知らずとなじるのである。明日、部屋を見に行こうという日のこと。義治の使いで、ソバ屋の小僧が宿代を持って宿へ来て欲しいとやってくる。

蔦枝は激怒し、能なし、死にぞこない、阿呆と義治に対するあらん限りの罵詈雑言を口にするのだが、やがて義治が身体を張って生きていた蔦枝に愛の手を差し伸べてくれた最初の男だったことを思い、彼のやさしさ、目元、二五歳の若い肉体がいとおしく感じられてくる。そして、結局、

一心同体ともいえる鋳型のなかの自分たち。

と思い定めて蔦枝は義治のいる宿へと向かうのである。

元娼婦とそれに寄生する男の関係を、一心同体ともいえる鋳型と表現したこの作家も娼婦を卑しい稼業と見下してはいない。

さらにいえば、元娼婦と男の関係はイーブンである。いや、どちらかというと元娼婦の方が男を引っ張っている。

敗戦直後に再生の物語の主人公となった身体を張って生きた女性たちは、自分自身したたかに生きる術を身につけると同時に、敗戦によって生きる方向性を見失った男たちにも、そのしたたかな生き方を教えた。

「洲崎パラダイス」の蔦枝の生きざまはまさにそれに当たる。また五木寛之『青春の門　自立編』(3)に登場する、新宿二丁目の赤線で働く娼婦カオルの人生にも、それを見ることができる。

この物語の時代は昭和二〇年代の後半から三〇年代の初め。売春防止法施行の前のことである。福岡・筑豊から大学進学のために上京した伊吹信介が学生劇団の演出家、緒方と出会うところから『青春の門』の第二部はスタートする。

この緒方に、

「女を買う快楽には、それと比例するくらいの苦しみがともなうのだ」

と教えられ、信介は新宿二丁目の赤線へ連れていかれる。

ここで出会うのがインテリ娼婦のカオル。

有り金のすべてをはたき、おまけに学生証まで預けて遊んだ信介は、その後、売血したり、アルバイトをしたりの生活を余儀なくされる。

そんな中で、ボクシングの授業に出る。ここでスポーツから変な精神主義を取り払おうと目論む講師の石井と出会い、彼の書生となる。

この頃、筑豊時代の信介の恋人、織江が上京し、喫茶店に勤め始める。

石井には妻子がいたが、女医の卵の恋人もいた。この恋人が堕胎のために産婦人科へ出向くときに、石井の代理として信介が付き添った。それを織江が目撃する。その結果、織江は失踪してしまう。

織江を探す方法を信介はカオルに相談する。

カオルの口から、わたしはウエイトレスになるはずだったが、男たちに輪姦され秘部に入れ墨までされて娼婦にされたのだと、彼女の過去が語られる。放っておくと織江もその道を辿り、娼婦にされる可能性があるとカオルにいわれ、信介は動揺する。

織江は池袋の三業地にいた。カオルから金を借り、信介は取り戻しに出向く。ここで、人斬り英治と遭遇する。この男の世話で織江は苦界に入る直前で救い出される。このとき、栄治の女、お英がいう、

「誰かが浮かぶ為に、誰かが沈まなきゃなんない」

この言葉は意味深で重みがある。救い出された織江は、人間の生き方の真実を見るのにはいい場所だとカオルが提案し、赤線内に住んでカオルの世話をすることになる。

このとき、カオルが自分の仕事のこと、自分が働く街のことを次のようにいっている。作者、五木寛之の娼婦観がうかがえる科白なので、少し長くなるが全文引用する。

「そうよ。あたしは売春婦だし、あそこは女が男に体を売る街だわ。だけど、それがどうしたって言うの？

体を売るのは罪悪だけど、魂を売るのはかまわないとでも言うの？　学者も評論家も知識を売る、詩人は詩を売る。作家は小説を売るじゃない。

政治家が顔を売ったり、宗教家が神様の数えを売ったりするのもみんな同じことよ。

スポーツマンは技を売るんだし、あたしたちは体を売ってる。それが世間から汚らしい目で見られてることはしってるわ。でも、あたしはそのことをちっとも恥ずかしいなんておもってやしないのよ」

こんなカオルと信介は……。

それを織江が見て、また失踪する。

物語は石井講師がカオルに興味を示し、信介が石井をカオルの店に連れていく。二人は意気投合し、心中未遂事件を起こす。この事件がキッカケとなってカオルは赤線を離れ、池袋の知り合いの鮮魚店に勤め、やがて、石井とカオルは結婚する。

何故、石井とカオルは心中へと突き進んでいったのか？

石井もカオルも、世間からどう思われていようが、自分の生き方を恥ずかしいとは思っていない。プライドを持って生きていた。その心意気が、互いに共鳴し合い一瞬燃え盛って心中事件を引き起こしたのである。

人生堕ちるところまで堕ちて（所詮、わたしはこんなもん）となったら、もうなにも始まらない。その逆に、輪姦され、秘部に入れ墨を入れられ、堕ちるところへ堕とされながら、そうした行為をした男たちに対し、決してうらみごとをいわないばかりか、その与えられた場所で自らをより成長させる努力を惜しまないカオルの生き方。
これは、カオルだけのしたたかさではなく、敗戦というとんでもない事態を経験した日本人のしたたかさと、読み解いて差しつかえあるまい。
ところで、この『青春の門　自立編』の著者、五木寛之が、

無頼もどきの文学が趣味的にもてはやされる中で、真の無頼の魂の美しさとやさしさを凜々と語り続けてきた希有な作家が堤玲子である。

と『美少年狩り』(4) の裏表紙に推薦の言葉を寄せている堤玲子が書いた「わが妹・娼婦鳥子」(5) には、姉の玲子によって鳥子のこんな娼婦哲学が記されている。

この世の中で大学教授や弁護士ばかりで生きていけるか。あいつらはいないでも生きていけるが、肥取りと娼婦がいなくちゃ、この世、糞だらけの欲求不満の人殺し、大学教授にすたりはあっても、どんな青びろうどのような美人でも尻の穴にすたりはあるじゃなし。いわんや前の穴、前後の穴に何ですたりがあるものか。

ここには五木寛之がカオルの口をかりて吐露した娼婦観に似た娼婦の矜持がみてとれる。尚、この小説は、昭和九年にスラムに生まれた鳥子が、

小さいときから淫売婦があこがれであった。夜出て行って朝帰るお月様のような、ちゃらちゃらときれいなお姉様が好きであった。どうせまじめに生きてもたかあ知れたる人生。いうなれば不とう不屈の淫売精神、青酸加里女郎であった。だるまは七転び八起きであるが、これは七へん転んで八へん目もどたんと倒れる半生記である。

という前書きふう文章で始まるもので、それはもう凄まじい女の物語である。一四歳、中学二年で、女郎になればいいものが着られ、旨いものが食べられると、岡山駅の西口近くにあった売春宿へ友だちと一緒に出向き、その友だちに売り飛ばされ、女郎屋の主人に卯井一杯ごちそうになって女郎の道へ足を踏み入れる。そして、それからの彼女の人生が、こんなふうな記述で語られていく。

鳥子をとりまく人生劇場、すこやかに嫁に行き、ＰＴＡ杉の子会の副会長になる女は一人もなかった。なぜか涙が流れてならぬ、という人生ばかりで、もの書きのはし

くれである姉、玲子を狂気乱舞さす人生ばかりであった。正常位の人生はなく、背向位、屈曲位、後屈位のような、破れかぶれの人生ばかりであった。

また、こんなふうにも記される。

どうせ、おぎゃあと生まれた時から　まっとうな人生ではなかった。他殺か自殺か知らねども鳥子の最後は凄惨な血の匂いがした。尼になって神に仕えるというのもちゃんちゃんらおかしく、かえって神様を馬鹿にするようなものであった。鳥子は運命にピラニヤのように喰いついて甘え汁を吸って生きたかった。

『五番町夕霧楼』の夕子の生きざまで検証したように、この時代は娼婦が運命論で語られていた。

そのことを逆手に取って、生きるエネルギーにしようとしたすさまじい娼婦の底力が、ここには感じられる。このパワーがあったればこそ前述したような娼婦哲学が、鳥子の中ではぐくまれていったのだろう。

もちろん、だからといって彼女が幸せな老後を迎えたかというとそうではない。

やけくそのように運命と闘い、勝ったか、負けたか、わからぬうちに、安娼婦は、
とつぶやいて、椅子の上に登り、その綱に首をいれるだろう。
「ああ、しんど」
寝た男を思いだそうにも、多すぎて思いだしきれない。
老いて売れなくなった娼婦は、うすべったい尻をして、十月の部屋にゆあーよんと
ゆれるだろう。

運命に食らいつくことを闘うことと位置づけ果敢に闘い、そして敗れ去った女の生き方。昭和二〇年から三〇年代の日本のそんな娼婦の生きざまがこの『わが妹・娼婦鳥子』には、いささか下品ではあるがきっちりと描き出されている。

宮本輝の『泥の河』(6)に登場する娼婦は、売春防止法施行を前にした昭和三〇年代初頭に大阪にあった郭舟といわれた舟を使って、春をひさいでいる。

この娼婦も、二人の子どもを育てるために鳥子同様、運命に食らいついて生きている。人はそこまでしても生きていかなければいけないのだ。

そんな娼婦の姿が少年の目を通して描かれる。

主人公ののぶちゃんこと板倉信雄と、郭舟で春をひさぐ女の子ども、きいちゃんこと松本喜一と、その姉銀子が繰り広げる物語で、きいちゃんも、銀子も母親がそうした仕事をしていることを知っている。こんな記述がある。

「この子、お母はんの替わりに、ときどき客引きしとるちゅう話やで」

信雄が、きいちゃんの母親のとんでもない現場を見てしまうショッキングな場面は次のように記される。

闇の底に母親の顔があった。蒼い斑状の焔に覆われた人間の背中が、その母親の上で波打っていた。虚ろな対岸の明りが、光と影の縞模様を部屋中に張りめぐらせている。信雄は目を凝らして、母親の顔を見つめた。糸のように細い目が、まばたきもせずに信雄を見つめ返していた。青い斑状の焔は、微かな呻き声を洩らしながら、さらに激しく波打っていった。

ここでいう母親というのは、きいちゃん、銀子の母親である。またここで記されている波打つ焔は、信雄の心の揺らぎそのものである。

昭和三〇年の大阪を舞台にしたこの物語。半世紀前の日本には、まだこんな信じられない母子の物語があったのである。

信じられないといえば、昭和四一年（一九六六）に『オール讀物』二月号に掲載された野坂昭如の小説「マッチ売りの少女」(7)の世界も凄絶である。

アンデルセンの童話のパロディでもあるこの小説の主人公は極度のファザコンで、男に抱かれながら「お父ちゃん、お父ちゃん」と父親に抱かれている気分になり、心の安らぎを得る女だった。

ストーリーはこうだ。

師走の大阪・西成の公園に、タオルの寝間着に半天一枚の女が立ち「五円にしとくわ」と客を引く。

見た目は五〇歳過ぎに見えるのだが、この女、お安は二四歳。マッチ一本、燃えつきるまでの御開帳というわけである。

お安が男を知ったのは中二の七月。母親の情夫に手込めにされる。

そのとき、お安はこの男に父親を感じ「あんた、ほんまのお父ちゃんちゃう?」いいつつ「お父ちゃん」「お父ちゃん」と繰り返し、心安らかになっていく。

次に抱かれたのが、本当の継父。母親の情夫との浮気が継父にばれると、母親は継父にお安を抱かせてワビを入れる。中学を出て乾電池工場に勤めたお安は、三日に一度の割でこの継父に抱かれつづける。

この継父はケンカで刺され、その後、工場の同僚の「金持ちのおっちゃんようけおって、なんぼでも贅沢できるんや」という話を聞いて、東京に行けばまた「お父ちゃん」に抱いてもらえる、と母親に喘息の薬だといって睡眠薬を飲ませて殺し、上京する。

「家出してきたんでしょ」スケコマシの男が、即言い寄ってきて山谷のドヤに連れ込み、輪姦してお安のヒモになり、吉原のトルコ風呂へ働きに出す。

だが、お安にはそんなことは理解の外。トルコ風呂では犬のスピッツを使ってのスペシャル特訓。客が指の愛撫にうっとりする表情を見て、父親に甘えているような気分。ところが、求められれば誰彼かまわず献身的サービスをタダでした。ヒモは怒り、浅草のアパートにお安を閉じ込め、客を送り込む。この客の大半は中年だったから、お安は、

常に父親に抱かれているようで、客がないと、さびしくて寝られぬ。娼婦の自覚はまったくないのだ。

上京して三年目、警察の手入れがあり、客がつかなくなった。お父ちゃん恋しで街をフラついているとき男に声をかけられる。この男についていくと、これが大阪のエロ写真を撮るカメラマン。

大阪へ帰り、エロ写真の男モデルになった若いミシンのセールスマンに二万円で売り飛ばされ、この若者と所帯を持つも、ファザコンのお安には若い男は物足りない。半年でこの男の元を去り、梅田裏の雑踏をさまよい歩き、中年男の姿を見ると「遊んでいかへん」……。

そして結局、行きついた先が、小説の冒頭にある大阪西成の公園というわけである。父親の顔も知らず、男にだらしない母親に育てられ、お父ちゃん恋しで中年男に抱かれつづける女。次から次へとお父ちゃんを求め、そのぬくもりに心の安らぎを得る女。しかし、気がつけば身体はボロボロ。それでも尚「お父ちゃん」「お父ちゃん」のお安の物語は、メチャクチャ悲惨なのだが、何故か決して読み手を暗くしない。何故なのか？

それは、人（父親）とつながりたいと思うお安の熱い思いのせいだ。この熱い思いを、

野坂昭如の「マッチ売りの少女」は夜鷹的な娼婦が聖女の此の世における化身であることを石川淳にも勝って「メルヘン」的愛情をもって表出していないか。

このように評価したのが丸山眞男の弟子の思想家、政治学者の藤田省三である。藤田はその著書『精神史的考察』(8)に収録されている「戦後の議論の前提――経験について」で次のように書いている。

戦後の経験の核心としての、没落と明るさ、欠乏とファンタジー、悲惨とユーモア、混沌とユートピア等々の両義的結実もまた「受難」を引き受けた者の中にこそ在った戦後犠牲者としての死者、日本帝国の圧迫の下に悲惨な運命を強いられた植民地国人、日本国内の浮浪児、パンパンガールと呼ばれた娼婦、それらの「受難」の体現者の中にこそ戦後の核心的経験の結晶が存在していた。だからこそ、それらの「受難」の有りさまを描いて思想像にまで仕上げた作品が、学問的形式においてであれ、戦後の思考を代表し、人々が何程かずつ分有していた両義経験に食い入って人々を啓発させるものとなったのである。

「マッチ売りの少女」を書いた作家にも、娼婦は受難者という認識はあっても卑しい稼業あるいは醜業婦と見る視点はない。

いやむしろ、受難者であるが故に開かれた人間関係の重要性が見えていて、そのことを伝えようとしているのである。

小説、映画でさまざまにその実態が伝えられる大阪・飛田新地の娼婦の物語も、読めば読むほど、観れば観るほど娼婦が聖女の化身であることを暗示させる作品がある。昭和五五年に上梓された黒岩重吾の作品集『飛田残月』(9)に収められた同名の短編小説も、そうした一編である。

売春防止法施行前の昭和三一年（一九五六）頃、作者である「わたし」が飛田で出会った、顔に青い蛇の形をした痣のある薄幸の娼婦芳子の物語で、芳子は元はといえば、かつて旅回りの役者だった旅館の亭主が役者時代、金づるにしようと手をつけた巡業先の地主の娘である。

その亭主が脳卒中で身体が不自由になったとき、その旅館に春をひさぐ女として使ってくれといって芳子がやってくる。

亭主は、どうして今芳子が自分の目の届くところでそういうことをしようとするのか、その真意がわからない。

「昔の女がわしの傍で客を取っていると思うとやり切れん」

と、亭主。その亭主に頼まれ、真意を探るべく客となって彼女と会った「わたし」だったが、「わたし」の好みの女性でなかったこともあり、抱かなかった。

その後、亭主と芳子の関係を亭主から聞くと、劇団が倒産して解散するまでつきあっていたが、解散したところで故郷へ帰した。ところが芳子は亭主のところへ、しばしば顔を出した。亭主には旅館の女将をやっている女房がいるから相手をすることはままならなかった。

追い返しているうちに、彼女にヤクザのヒモがつき、春をひさぐ女になったのだという。このヒモが最低のヒモでやさしくない。そこで芳子はヒモから逃げ、身体をこわした亭主のところへ働きたいといってやってきたのだという。

そうこうしているうちに亭主の病気が一層悪くなり、入院することになる。するとどうだ。芳子は亭主の旅館で仕事をせず、別の旅館へ移ってしまう。

再び、亭主に頼まれ、「わたし」は芳子に客として会った。今度は、彼女と身体を交えた。予想以上になめらかな肌とテクニックで、満足するのだが、ではもう一回抱きたいかというと、やはり躊躇した。そのことを芳子はよく知っていて、「わたしは、一度だけの女」と、呟くのである。

痣のせいで、男は一度は好奇心で抱くのだが、二度三度とはやりたがらなかったと芳子はいったあと、何回してもやさしかったのは島田浩太郎だけと付け加えた。

島田浩太郎というのは亭主の芸名である。だから、彼女は亭主にどんなに冷たくされようが、亭主についてきたし、これからもついていこうとしているというのである。

ちなみに、芳子に春をひさぐことを最初に教えたのは、旅役者時代の亭主だった。もちろん、だからといって彼女はそのことで男を憎んだり、怨んだりはしていない。彼女は痣をもって生まれたことを運命として受け止め、そんな自分にやさしく接してくれた亭主に、ずーっとついていこうと心に決める。

この芳子の生きざまにも、運命に喰らいついて生きていこうとする女の行き方が見え隠れする。水上勉の『五番町夕霧楼』で考察したように、赤線で働いた多くの女性たちが持つ運命論者としての考え方がその根底にあるようである。

ハンセン病という重いテーマを扱っていることもあり、娼婦小説として読まれることはないが、昭和三八年一月〜一二月号『主婦の友』に連載され、翌年三月に文藝春秋新社から単行本として上梓された遠藤周作『わたしが・棄てた・女』[10]も運命に逆らうことなく生き、ついには春をひさぐ女にまでなっても尚、一人の男を思い続けた女の物語で、娼婦小説として読み解くことも十分に可能な作品になっている。

そして、この物語も聖女の受難ストーリーである。

この小説は、軽い小児麻痺で足が少し悪い「ぼく」（吉岡忍）の手記と、「手の首のアザ」という見出しの付いた「ぼく」が学生時代に身体を交えその後棄てたミツの生きざまが、折り重なって綴られていく。かいつまんで記せば、こうなる。

「ゼニが欲しい、オナゴがほしい」と、常々いっていた貧乏学生の「ぼく」は、在日韓国人の金さんの経営する、ちょっといかがわしい広告会社でアルバイトをしていた。

そんなぼくが古雑誌の文通欄で知り合った一九歳のミツと寝る。そして、犬ころのように棄ててしまうことから起こる顚末である。

ミツは経堂にある手製の石鹼工場の従業員で、

子供の時からなぜか、たれかが不倖せな顔をしているのを見ると、たまらなくなる。ましてその不倖せな顔が自分のためであると、もう耐えられなくなる。


そんな女の子だった。

吉岡に棄てられたとも知らず、その下宿をミツは訪ねる。だが、昭和二五年（一九五〇）朝鮮戦争勃発の年に大学を卒業した吉岡は、東京・日本橋の釘問屋に就職し、引っ越していた。この会社で社長の姪、三浦マリ子と知り合いになる。

ミツは己が欲望のままに寝て棄てた吉岡だったが、社長の姪に対して、そういうことはできない。欲望の高まりを鎮めるために、当時トルコ風呂といわれていた、今のソープランドへ足を向ける。

ここで相方となった女が、吉岡とミツが付き合っていた頃（ほんのわずかな期間だったが）渋谷の路上でミツが買った十字架を持っていた。その女の口から、ミツが以前この店で働いていたことが明かされる。また、これは出来すぎた話なのだが、マリ子の口からかつてミツと同じ石鹸工場で働いていたことも告げられる。

ところで、ではその後のミツはというと、川崎のパチンコ屋で働いているという。ちょうどそんなとき、前述の金さんが川崎でパチンコ屋をオープンさせる。そのツテで吉岡はミツを追跡する。

するとミツは、川崎の身体を張って商売するいかがわしい飲み屋に仕事を変えていた。探し当てたとき、ミツは当時不治の病とされていたハンセン病（今は特効薬もあり、完全に治る病気である）の疑いで、御殿場の病院に入院していた。

だが、ここで奇跡が起きる。ハンセン病ではなかったのである。

普通こういう事態となれば、人は病院を即引き上げる。ところが他人の不幸を見て、放っておけないミツは、修道女のしている患者の世話をする仕事を選びとる。

一方、「ぼく」はといえばマリ子と結婚して幸せだった。しかし、どこかでミツのことが気にもなっていた。ミツが病気でなかったことを知らない「ぼく」は病院へ年賀状を出した。

修道女から手紙がくる。それには、ミツは売上金が患者の小づかいとなる鶏卵を売るために御殿場市内へ出たとき、鶏卵を抱えたまま交通事故に遭って死亡したと、したためられていた。

患者にとって鶏卵は病院と娑婆とを結ぶたったひとつの手段だった。ミツは、命をかけてそれを守ろうとしたのである。そして、死ぬ間際に、「さいなら、吉岡さん」といったと、その手紙には書かれていた。

ミツは、病院の患者がポツリと洩らした、

誰からも愛されぬことに耐えること。

の苦しさを、誰よりも知っていた。だからこそ、犬のように棄てられても、その棄てた男を憎まなかった。

不幸な他人を見ると愛情を注いでみたくなってしまう、ミツは聖女である。それ故に性女に堕ちた。もちろんだから性女になったとはいえ、それは堕落には当たらない。

ところで、昭和三〇年代のこの時期に意外な人物が娼婦小説を書いていた。娼婦小説の系譜という意味で興味深いので、以下そのことに少し触れておく。

「鬼平犯科帳」「剣客商売」などの時代小説で知られる池波正太郎で、年譜によれば「錯乱」によって昭和三五年（一九六〇）上半期の直木賞を受賞した一年後、三六年『講談倶楽部』五月号に書いた「娼婦の眼」(11)がそれで、

九と書いて（いちじく）と読む。

という興味深い書き出しで始まるこの短編小説、赤線が廃止されて間がない三四〜三五年の話。

大阪でコールガールをする津村さとみは以前は浅草のストリッパーで、本名を九ひろ子という。

三年前（売春防止法が衆議院を通過した年というから一年のこと）に同棲していた白タクの運転手、羽田重一が東京へやってきて「しるこ屋」をやろうという。これには訳があって、同

棲していたときに、ひろ子が「しるこ屋」をやりたがっていたことを羽田が覚えていたのだ。羽田の亡くなったおばが「しるこ屋」をやっていたこともあって、ひろ子にその話を持ち込んできたのである。

しかし、どうして浅草出身のストリッパーが大阪でコールガールをしているのか？　これにも訳があり、ひろ子が親しくしていたストリッパーの男にヤクザがいて、ひろ子はトラブルに巻き込まれ、その男から逃げて大阪へ。その頃、大阪で白タクをしながら女を客に紹介していたのが羽田だった。

同棲するようになり、ひろ子は一旦コールガールをやめるのだが、羽田に内緒で羽田の上客に連絡を取り直取引をしたことによって二人の関係は終った。

そんなひろ子に「しるこ屋」の話が舞い込んできた。

ちょうどそんな時に、ひろ子がファンである力士がひろ子の客になりたがっているという話が持ち込まれると、ひろ子はふらりとそっちへ出向いてしまう。

かつては、娼婦になるということは苦界に沈むといわれ、一度足を踏み入れたら抜け出せない世界と思われていた。ところが今は……

池波正太郎は、その世界を〝一時苦〟の世界として描こうとしたのである。この〝一時苦〟の発想が新しくて面白い。

尚、単行本『娼婦の眼』には「娼婦万里子の旅」「娼婦すみ江の声」「娼婦の揺り椅子」などの〝一時苦〟の世界を描いた娼婦小説九編が収録されている。

註

（1）吉行淳之介『原色の町・驟雨』（平成七年一一月二五日四五刷、新潮文庫）
（2）芝木好子『洲崎パラダイス』（一九九四年九月二五日、集英社文庫）
（3）五木寛之『改訂新版　青春の門　自立編』（二〇〇三年一〇月一五日第一八刷、講談社文庫）
（4）堤玲子『美少年狩り』（昭和四九年一〇月二五日、潮出版社）
（5）堤玲子『わが妹・娼婦鳥子』（一九六八年六月一七日第一版、三一書房）
（6）宮本輝『川三部作　泥の河・蛍川・道頓堀川』（二〇〇六年八月三〇日第一六刷、ちくま文庫）
（7）野坂昭如『受胎旅行』（昭和四二年一〇月二五日発行、新潮社）
（8）藤田省三『精神史的考察』（二〇〇三年六月一〇日初版第一刷、平凡社ライブラリー）
（9）黒岩重吾『飛田残月』（昭和五一年三月二〇日初版、中央公論社）
（10）遠藤周作『わたしが・棄てた・女』（昭和四四年八月二八日第一刷、講談社）
（11）池波正太郎『娼婦の眼』（昭和四五年六月三〇日発行、東京文藝社）

第三章　ポスト赤線&トルコ風呂小説（昭和四三年から五七～五八年）

――自立を志す女の物語

全共闘運動、七〇年反安保闘争という時代を背景に、ポスト赤線小説ともいえる新しい娼婦小説が誕生してくる。

その魁は田中小実昌「ミミのこと」(1)で七〇年反安保闘争真っ只中の時代に起きた権力による過激派の学生狩りと敗戦直後の街娼狩りのイメージを重ね合わせ、この物語は紡がれていく。

小説「ミミのこと」は昭和四六年（一九七二）四月『オール讀物』に発表されたもので、昭和五四年（一九七九）年、やはり四六年に発表した「浪曲師朝日丸の話」との二作品で作者の田中小実昌は直木賞を受賞する。

物語は「ぼく」が、新宿・ゴールデン街とおぼしき路地裏の飲み屋でサングラスの女と出会うところから始まる。年代は小説には触れられていないが、行間を読めば発表年、もしくはその前年と考えられる。

女は二人の刑事に見張られていた。その女を「ぼく」は以前つき合っていたミミだと思う。そして話は四半世紀前の敗戦直後にさかのぼっていく。

「ぼく」とミミが最初に出会ったのは、海軍鎮守府司令部のあったところでミミはパンパン狩りから逃れて、英連邦軍の「ぼく」が働いていた食堂の宿舎となっている司令部跡の地下室へ迷い込んでくる。娼婦なのだから当然なのだが、最初ミミはこの宿舎で「ぼく」の同僚とコットといわれる小さなベッドで舟をこぐ。つまり性交するのである。

それが終って「ぼく」のコットに潜り込んできたミミの身体を抱きしめながら「ぼく」は心を癒されトロトロした気分になっていく。

「ぼく」の名前は幸夫で、皆からハッピィさんと呼ばれていた。

ろう唖の娼婦であるミミはハッピィさんと呼べず「アビ」と呼んだ。残酷なのは、ミミに惚れた「ぼく」がいるところで、彼女が宿舎の同僚に次から次と抱かれ、それを皆がそれぞれ実況中継するシーン。

彼女は娼婦なのだから、そうやって誰に抱かれでも当然なのだが、その現場に立ち会う「ぼく」はハッピィではなく悲しい気分に陥っていく。

ろう唖のミミは聖女。であるが故に性女になった。

物語はその後ストリッパーになったミミと「ぼく」の話が綴られていく。そこでも田中小実昌はストリッパーのミミを聖女とみなし、石川淳の「黄金伝説」「雪のイヴ」同様にどんな状況になってもたくましく生きる女性の姿を描いている。

そしてさらに、田中小実昌は全共闘、反安保の過激派の闘士と聖女を重ね合わせ、その姿にミミを見る。

どうして聖女が狩られなければいけないのか？　権力から追われなければいけないのか？　誰とでも寝るということはそんなにいけないことなのか？

話は形而上学的になっていく。

明治、大正から昭和の戦前まで、卑しい稼業といわれていた日本の娼婦たち。その娼婦のしんどい生きざまを権力と闘う闘士と重ね合わせ、その生を形而上学的に思考したところに田中小実昌の新しい、独自の娼婦観がみてとれる。

田中小実昌がその娼婦観にもとづいた娼婦小説「ミミのこと」を書いた同じ頃、娼婦の持つ心の闇に焦点を合わせた娼婦小説が発表される。

昭和四六年六月号の『文學界』に掲載された森万紀子の「黄色い娼婦」(2)で、四六年度上半期の芥川賞候補作になっている。

客が代金の代わりに差し出した睡眠薬を多量に飲んで自殺を図った娼婦が、収容された品川の警察施設の病院で眼が覚めるところからこの物語は幕が開く。

どこにも行き場をなくした娼婦の名前は森田慎子。翌日千葉にある身体を売って生きる女性の更正施設に入ることを受け入れ、住まいを整理するために警察を出る。ところが、彼女の足は住まいには向かわず、気が付くと東京都と埼玉県の県境まで歩いていた。

どういう町でもよかった。（中略）朝から町を歩く。疲れた所が一日の終わりになり、その町に広がった夜が、自分の夜になる。

これが慎子の生き方だった。モーテルへ入るも、ひとりでは泊めてもらえずタクシーで上野駅へ戻る。そのタクシー運転手から串島の話を聞き、そこへ行く気になる。その島のある北に向けた列車に乗り込むと、車内で偶然にもその島生まれで四〇年前に青森へ嫁に行くために島を出たという老婆とその息子たちと出会う。老婆は「あの島は一晩にいくらでも稼げた」といって昔を懐かしんだ。

島に着いた。島の岩礁地帯に群がる女たちがいた。船員を待つ娼婦だと慎子は思ったが、実は、前述の老婆を探す人たちだった。

老婆は青森へ帰るといっていたが、途中で息子たちから逃げ、死に場所を求めて串島へ向かったというのである。

ところで慎子は、鳥へ来たとき数千円しかもっていなかった。

では、どう生きたのか？　海の家へやってきたミュージシャン（ラッパ吹きと小説では書かれている）とこんな具合になる。


一人の男は背伸びをし、慎子の部屋の窓をのぞきこみ、札を持っていた手を差し出した。「ほら、これ、君が断るはずないだろ」


今まで数え切れないほど、繰り返された男たちの言葉である。差し出された札を慎子は眺めた。今と同じ状態がまた、何日間か、繰り返されることを思う。

そんな日常――。そして慎子にも老婆を探す役割が廻ってきた。

そこへ老婆がやってくる。慎子は老婆が袂に石を入れる姿を見、それを手伝う。こうして老婆は溺死する。そのことが罪に問われて、慎子は所轄署に拘束される。

ここで過去、身体を張って金を稼いだことが、そしてこれまでの慎子の生活が取締官にこんなふうに断罪される。

今までの君のように、いい自由な思いをすればする程、頑丈な痛い網に引っかかるんだよ。

そのとき、慎子の目に、護送車に乗せられていく、手と足を数珠つなぎされた人たちの長い列が映し出されていた。

奇妙な物語である。とりわけ、慎子がミュージシャンと身体を交えて、その重みを感じながら老婆と出会う場面は、寺山修司の見世物小屋的アンダーグラウンド（略してアングラ）芝居を観ているような錯覚を与えるに十分なおどろおどろしさを持っている。

道に屈み、又立ち上がり、同じ動作を繰り返しながら、老婆が近づいてきた。念仏が聞こえた。

腰に付けた懐中電灯の灯りが、身を屈めるたびに激しく上下に揺れた。それが、地面と、風に逆立った人の髪の毛のように、風に向かって狂舞する竹林を照らした。

この頃、寺山修司の「天井桟敷」、唐十郎の「状況劇場」と、アングラ芝居が若者の心をとらえていた。

寺山は昭和一〇年、唐は一五年生まれである。森万紀子は昭和九年の生まれで、寺山、唐と同世代。そう考えれば、この小説にアングラ芝居的な世界が描かれていても、何の不思議もない。

また、この時代は、全共闘運動、七〇年反安保闘争の真っ只中である。若者は自由な行き方を求めた。それはとりもなおさず自由な性の形を求める闘いでもあった。誰もが自由な性について考えていた。

この小説では黄昏れた元娼婦の人生の終らせ方、終り方で暗示的に示されるように、魂の自由、性の自由は死の闇と隣り合わせであるのだという形而上学的結論を提示している。

田中小実昌「ミミのこと」も結論は形而上学的であった。このことはつまり、この時代が、娼婦が運命論で語られる時代の終わりの始まりであることを示唆している。

もちろん現実には、まだまだ運命論でしか語られない娼婦がいた。

平成一〇年（一九九八）度上半期の直木賞を受賞する車谷長吉の「赤目四十八瀧心中未遂[3]」を読めば、そのことがよくわかる。

物語は昭和五四年（一九七九）に東京の一流大学を出た生島与一（作者の分身である）が、流れ流れてアマ（兵庫県尼崎市）の焼鳥屋に鳥の肉と牛豚の臓物を串に刺す〝働き奴〟として雇われるところから始まる。

元パンパンだったと語る焼鳥屋の女主人と入った喫茶店で、目がきらきらと輝き、光が猛禽のような女、アヤ子に出会う。

住まい兼仕事場として与えられたアパートは凄いところだった。

生島が鳥肉あるいは牛豚の臓物に串を通す向かいの部屋には、

「うッ。」「ううッ。」という一針ごとに、こちらの心臓に喰い入って来ずには措かない。人の肌に、いや、人の生霊に、目を血走らせて針を刺す業苦の息遣いである。

と記される彫師の仕事場があった。この部屋にアヤ子は出入りしていた。

またこんなふうに記される部屋もある。

今夜の隣室はまだ声が洩れて来ないが、いずれ亡者の女が、奈落感にさいなまれて、同じように孤独感に打ちひしがれた男を連れ込んで来るだろう。そして互いに生の慰めを求めて色餓鬼の交わりをし、はてたあとは、あの「おったいがなァ・うろたんりりもオ……。」という得体の知れない呪文を誦し続けるのだ。

こうした生活の中で、生島はアヤ子に心を引かれていく。だが、生島はアヤ子からこういわれる。

「生島さん、あなたここでは生きて行けへんよ。うちらと違うの。」

そんなアヤ子が、生島の部屋へやってくる。そして愛し合い、アヤ子の心と身体の虜になってしまう。折も折、生島の元へ東京から知人がやって来て、東京へ戻ってこいと促す。生島は「俺はもう自分を見捨てたんです」と、アヤ子の住むこの世の果ての世界へ潜り込んでいく。しかし、このときならまだ、作者が作中で「中流の生活」と記す元の暮らしに戻る道は微かながら残されていた。ところが、その微かな糸をぶち切る事態が発生する。

アヤ子から「この世の外」へ逃げてくれと哀願される。逃げなければ「生島さん、うちの名前、ほんまは李文蛍（イームンヒョン）いうね。朝鮮人や」というアヤ子は兄によって「娼婦」と書いて「じごく」と読む、身体を張って稼ぐ世界へ売り飛ばされる運命だった。

まるで泥絵の具で描かれたようなおどろおどろしい人物が登場する「赤目四十八瀧心中未遂」ではあるが、そこに描かれる世界は、かくも過激に生きても尚、運命に抗えない女がいたというとてつもなく悲しく、そして切ない恋の物語であった。

敗戦から三〇年経っているというのにである。

しかしながら娼婦が運命論で語られた「赤目四十八瀧心中未遂」のような娼婦観を基盤にした娼婦小説はこの本以降書かれなくなる。

それに替わって登場してきた新しい形の娼婦小説が昭和五三年（一九七八）に発売され、大ベストセラーになった吉行淳之介『夕暮まで』(4)。

主人公は四〇歳代半ばの中年男、佐々。彼は、年齢が二〇歳離れた二〇歳代前半の杉子という若い女性とつき合っている。そのつき合い方は、

佐々と杉子のあいだには、肉体関係があるといったらよいのだろうか。

いつも杉子は腿を堅く閉め合せて、防ぐ形になる。その隙間のない若い肌の合せ目に、佐々がオリーブオイルを滴らせて軀を合せると、ほとんど実際と同じ感覚が得られる。

しかし、杉子はまだ処女である。

と記されている。

二人の間にはなんらかの形で援助がなされていることがほのめかされている。

普通、こうした小説は、どこかにそのモデルになる店とか人物がいて、それがノンフィクションふうに書かれることが多い。だから『夕暮まで』がベストセラーになったとき、多くの人はこの物語を実話であると考えた。

ところがそうではなかった。

吉行が頭の中で考え、組み立てた観念小説だった。吉行は昭和四六年に出版した語り下ろし『生と性』(5)の中で、こんなことを語っている。

　ぼくは処女という問題を道徳的、つまり、純潔とかそういう問題ではなくて、もっと別の、美意識に絡まる問題として、あるいは、なんて言うかな、処女をやぶっていくというような、破る時のいろんな反応の具合とか、これは独特のもので、そういう意味で処女の価値を認めているわけです。

　今頃処女にこだわるのは時代遅れだなんていうけどね、あれはイイカッコしてるだけで、いわゆる「純潔、純潔」というこだわり方はぼくも古いと思うけど、別のこだわり方があると思う。ま、この問題については、大分前から小説に書いてみようと思ってますけど。

『夕暮まで』の一章は昭和四〇年に書かれ、二章が四六年、そして完成するのが五三年で、吉行は、実に一四年の歳月をかけて、ヴァージンにこだわる女の物語を書いたことになる。

これがベストセラーになり映画化もされ、この物語を実話だと考えた人の中に、それを真似た風俗店を出そうとする人が現れる。

昭和五六年に東京、新大久保に『夕暮まで』の杉子がするような擬似セックスを売りにする風俗店が登場し、五七年暮れには。中年男と若い素人女性が愛人契約を結んでつき合う、愛人バンク「夕ぐれ族」が登場、翌五八年日本中で大ブームを巻き起こす。素人女性が身体で稼ぎ始めたのである。

ことここに至って、そうした行為をすることを運命論で語る人などいようはずがない。

こうして日本人の娼婦観は全共闘、七〇年反安保闘争の時代に魂の自由、性の自由を求めて変わり始め、吉行淳之介の『夕暮まで』及びこれをヒントにして立ち上がった愛人バンク「夕ぐれ族」の誕生によって大きく変わる。

その「夕ぐれ族」を題材にした小説が昭和五九年五月二五日の『小説現代』に掲載され

る。

五回も芥川賞候補になったことのある純文学作家で、官能小説の第一人者として知られている川上宗薫が書いた『私版愛人バンク』[6]である。

「夕ぐれ族」は昭和五七年の暮にスタートし、翌五八年一二月八日に売春斡旋容疑で摘発されるのだが、川上は「私版愛人バンク」では「夕ぐれ族」の筒見待子を「宵待族」墨麻衣子とし、モデル小説として仕上げている。

もちろん、川上はこの小説で愛人バンクに登録し、身体を張って稼ぐ女性及び愛人バンクの主宰者を卑しい稼業とも賎業婦としても描いていない。

川上は、小説の中で麻衣子の名器を、子宮頸管とペニスの尿道がうまく接合していてお湯のようなものが侵入し、それが男に精気をもたらすと記している。

これは女と男を接合させる愛人バンクのシステムそのものの喩えでもある。つまりこの小説は、墨麻衣子のソレが名器であると声高に語りながら、実は愛人バンクというシステムが男に精気を与えるものであると、川上はいいたかったのである。

そして、そのシステムを身体を張って守り、広げようとする麻衣子に対する作家の眼差しは、終始一貫やさしさに満ち溢れている。そこに純文学を志しながら、心ならずも官能小説の大家になってしまった川上の、性にかかわる女性に対する屈折したやさしさが感じ取れる。

このように娼婦を運命論で語ることが少なくなっていっていた昭和四〇年代の半ば、娼婦小説は大きく変わった。

では実際に娼婦たちが働く性風俗の世界はどうなっていたかといえば、かつての赤線地帯を中心に個室付き浴場、通称トルコ風呂といわれる性産業が乱立し、トルコ風呂文化が形成されていっていた。

やがて、ここのトルコ風呂で働く女性を主人公にした娼婦小説が登場してくる。

昭和四七年、福岡県中洲のトルコ風呂に飛込んだことによってとんでもない一生を送ることになる女性の一代記が、山田宗樹の書いた『嫌われ松子の一生』(7)である。

本稿の「序章」でも触れたように、この小説の主人公の名前は瀧井孝作「無限抱擁」のヒロインと同じ松子であり、また主人公は娼婦のあと「無限抱擁」では髪結に「嫌われ松子の一生」では美容師になるのだが、これも決して偶然の一致ではない。

山田宗樹は瀧井孝作を意識し、昭和の「無限抱擁」を書き上げたはずである。ではそれはどんな物語なのか。ストーリーを追ってみよう。

昭和二二年（一九四七）生まれの中学教師、松子が四五年、修学旅行の下調べのために、校長に同行して旅館に泊まるところから昭和の松子の物語は始まる。

ここで、校長に犯される。

これがケチのつき始めで、修学旅行では生徒の窃盗事件の処理を誤り、退職に追い込まれてしまう。

福岡へ出た松子はパーラーのウェートレスになり、その店の常連で太宰治ファンの作家志望の男、八女川徹也と恋仲になる。そして彼を食べさせるために中洲のトルコ風呂「白夜」へ面接に出向く。だが、不採用。

八女川は鉄道自殺。その直後に八女川の友人で女房持ちの岡野健夫と肉体関係を結ぶも、わざと女房にわかるように仕向け、破局。

四七年五月、もう一度トルコ風呂「白夜」に面接に出向く。今度は採用され、雪乃という源氏名で働き始める。

ここで知り合った綾乃と、マネジャーの赤木にいろいろ教えられ、元中学教師のトルコ嬢として夕刊紙にも取り上げられ、月収は百万円。ナンバーワンの売れっコになっていった。一年後、赤木が店を解雇される。このときそれとなく赤木からプロポーズされるのだが、それを受け切れずその半年後、客として知り合った新しい男、小野寺と滋賀県の雄琴へ向かう。

北海道へ帰った赤木から電話が入り、「白夜」を辞め仙台に帰った綾乃がシャブで死んだと告げられる。このとき、松子も小野寺によってシャブ漬けの生活にはいっていた。小野寺は松子の稼ぎを一九歳の女子大生につぎ込む、とんでもないヒモ男だった。そんな小野寺を刺殺し、東京へ。

八女川のことを思い出し、太宰治が入水した玉川上水で死のうと徘徊していたとき、長崎県出身の理容店店主、島津に声を掛けられ、この男と同棲する。しばしの休息だった。だが、刑事がやってきて逮捕され、懲役八年をいい渡される。刑務所で美容師資格を取り、出所後、島津のところへ戻ろうと考えていたが、出所してその店に足を向けると、島津は新しい妻子と暮らしていた。やむなく、塀の中と少なからず関係のある、銀座の美容室へ勤め始める。

ここに塀の中で一緒だった女がやってくる。そのとき、AV女優の事務所を経営する沢村めぐみだった。

またこの店に、松子の中学教師時代、窃盗をした教え子、龍洋一がやってくる。ヤクザの姐さんの送り迎え役だった洋一は松子に「中学時代惚れていた」と告白し、二人は男と女の仲になり、めでたし、めでたしのはずがそうならなかった。

洋一はシャブの売人で、麻薬Gメンのスパイでもあり、松子との仲を続けるためには警察に捕まるしか道はなかった。彼は自らを警察に売り、松子ともども捕まってしまう。

昭和五九年八月、一年の刑を終えた松子は、洋一が入っている府中刑務所近くに住んで洋一の出所を待つ。

六二年八月、洋一を出迎えた松子。だが、彼には松子の愛が眩しすぎた。

洋一は、松子がなにが原因で人生を狂わせてしまったのかを考え、その元を断とうと一丁の拳銃を手に入れる。そして、松子を犯した校長（このとき県会議員になっていた）を射殺する。

校長の娘が「わたしは、あなたを許します。あなたのために祈ります」といって、洋一は聖書がらみの世界へ引きずり込まれていってしまう。

松子はというと、洋一の不在で心を乱し、生きていく意欲をなくしていく。それ故（?）四一歳での閉経。松子はそのときのことをこう語っている。

わたしの肉体はもう女ではないのか。では何なのだ？　ただ食って寝て生き長らえているだけの醜い何かなのか。

そして、校長を筆頭にこれまで自分に係わった人々に対して怒りを爆発させる。

精神を病み、正真正銘「嫌われ松子」に成り下がる。そんな松子に救いの手を差し出したのは沢村めぐみだった。ＡＶのヘアメイクの仕事を世話してくれるのだが、松子は意地を張り、一旦これを断ってしまう。さらには「気が変わったら、ここへ連絡して」と渡された名刺をも通り道の公園に捨ててしまう。

だが、夜になって気が変わり捨てた名刺を探しに公園に戻ったとき、男女五人の若者に袋叩きにあい、平成二二年七月一〇日、その生涯を閉じる。

「無限抱擁」の松子は身体を病み、結核になって夫と母に看取られて、その一生を終える。これに対し、『嫌われ松子の一生』の松子は心を病み、精神を乱してひとりで無惨な生涯を遂げる。「無限抱擁」から『嫌われ松子の一生』の間に娼婦を巡る日本人の意識が変わり、それがこうした小説の終わりの違いを生み出した。

松子がトルコ嬢になったのは男を食わせるためであり、決して卑しい稼業という認識はなかった。ただし昭和四七～四八年頃、中洲、雄琴のトルコ風呂街は大繁盛で、トルコ嬢は過酷な労働を強いられていた。その結果、この時期こうしたハードなトルコ風呂街で売れっ子だった女性の中で、身体を壊したり、心を壊したのは松子だけではなかったようである。

作者の山田宗樹は、そうした現実をも取材して、この昭和の松子の物語を紡いだのだろう。

ちなみに、この小説が単行本として上梓されたのが平成一五年（二〇〇三）二月のことである。

そうした過酷な労働を余儀なくされた時代から数年が経った昭和五五年（一九八〇）に、自ら仕事に対して卑しい稼業、醜業婦という認識のないトルコ嬢を主人公にしたユニークでエンターテインメントなトルコ嬢小説が上梓される。橋本忍『幻の湖』[8]がそれである。黒澤明監督の『生きる』『七人の侍』の脚本を手掛けた、日本を代表するシナリオライターである橋本忍が映画化を前提として書いたこの小説は、雄琴トルコ街がある滋賀県琵琶湖湖畔を、トルコ「幻の城」のトルコ嬢お市がシロと名付けた白い犬と走っているところから物語は始まる。

このときお市の耳にどこからともなく笛の音が聞こえてくる。

小説の中に、この時代の雄琴には四八軒のトルコ風呂があり、五五〇人のトルコ嬢がいると書かれている（三〜四年前には一二〇〇人いたとも記されている）。

お市が働く部屋は小谷城。

他に売れっ子の部屋持ち（優先的にその部屋が使えるトルコ嬢）としてあげられている源氏名と部屋の名前は、ナンバーワン淀君の大阪城、ナンバー2ねねの済州城。

時代劇ふうのこの源氏名と部屋の名前が実はこの小説のキーワードになっていることが、

後でわかってくる。

お市はかつては、雄琴のトルコ嬢だけが住む「湖畔荘」というトルコ嬢マンションに住んでいた。

ここへ毎日集金にやってくる銀行員の倉田がいたり、トルコ嬢が遠出するときのお抱えのタクシー運転手がいたりして、この頃の雄琴のトルコ嬢事情が詳しく記されていて、この小説の出だしは、定石通りのトルコ嬢小説の体裁をとっている。

ところがシロが何者かによって殺されるあたりから物語の様相がガラリと変わってくる。お市は本名の道子になってシロを殺した犯人を探し出し、その者への復讐に執念を燃やし始める。

アノ手コノ手を使い、彼女は犯人を割り出した。犯人は、

琵琶湖に沈んだ女の怨み節

を作詞するために、琵琶湖へ何度も足を運んでいた作詞家の日夏圭介だった。犯人がわかったところで、道子はいったん故郷へ帰る。彼女が同僚や親しい人たちに話していた故郷は北海道。ところが、小説の中ではほとんどなんの説明もないまま、熊本へ帰っていく。

トルコ嬢として身体を張って生きる女性は、本当の出自を同僚にも、親しい人にも隠して働いていることが多いということを知っていれば、この話は納得できる。だが、それを知らないと一体なにが起きたのか、戸惑ってしまう。

ともあれ、こうして彼女は生まれ故郷へ帰る。もちろん、故郷で雄琴のトルコで働いているとは話していない。京都市郊外、山科の電気会社に勤めていることになっている。

故郷でも、そして働く職場でも嘘をついてしか生きられないのがトルコ嬢なのである。本名も、同僚や銀行員に明かしている大井道子は嘘で、本当は尾坂道子。

これもトルコ嬢の内幕を知っていれば、それはそれで理解できるのだが、この小説では、そのことにあまり触れることなく物語が進行していく。その根底に何があるのか？　トルコ嬢という仕事が堂々と胸を張って人にいえる職業でないという認識があったようである。しかし、現実にはこの小説が上梓されたあたりからトルコ風呂の世界は市民権を得、そこで働くトルコ嬢の中に顔を出してメディアに登場する子が現れている。

さて話を小説に戻そう。この物語は中盤あたりから、いささか奇々怪々な方向へ進み始める。

シロを殺した犯人の日夏はジョギングが趣味で、東京のオリンピック公園を走っている。その後を、シロを殺した出刃包丁を袋に入れ、それを背負って道子が日夏を追うように走っている。そして琵琶湖にまつわる、結ばれなかった男と女の悲恋の伝説が書き込まれ、小説は奇想天外な方向に展開していく。

シロの仇討ちに執念を燃やす道子を心配しながら、やさしく見守るのが前述の銀行員の倉田。その倉田が転勤することになる。二人は別れの食事をするために、琵琶湖の湖東へ車を走らせる。道すがら小谷城へ向かう。

そこで雄琴から見えていた沖の島が、実は人がすんでいる島であることがわかる。そのときの道子のリアクションが、いかにもトルコ嬢らしい。沖の島は自分だと思っていたというのだ。その言葉を聞き、倉田がハッと息をのむようにして道子を見た。すると、こんなことを言う。

「一人ぼっちの淋しい、淋しい島だと思っていたのに……反対側……裏側には……あんなに……あんなに、家と、人が……」

世の中は決してひとりではない、数多くの人がいる、その人と人との触れ合いや、つながりこそすべて、そう思い道子は倉田にしがみついた。道子は身体がブルブル震え夢中で、自分でもなにをしているのかわからず堰を切ったように泣き出している。

こうして、ふたりは結婚を約束する。

この小説がここで終わっていれば、これまで愛犬しか信じず、他人が信じられなかったトルコ嬢と銀行員の純愛として完結する。ところがこれでは終らない。

物語の初めに道子の耳に届いていた笛の音は、幻聴ではなかった。やがて、笛を吹く男が登場してくる。長尾正信。琵琶湖に伝わる、お市の方に仕えた侍女おみつと結ばれなかった悲恋の主。小谷城を支え、織田軍の進攻に備えた一隊の将、長尾備前守吉康の末裔である。

長尾と巡り合って道子は、倉田と結婚を約束したことを後悔する。長尾は宇宙科学、宇宙線の研究者で、こんなふうに続く。

あれほど一緒になりたい長尾吉康との間を、無残にも大鉈で断ち切るように引き裂いてしまった信長。その信長に対するみつの怨念の粒子は宇宙を飛んで駆けめぐり、眼に見えない嵐で信長へ降り注ぎ続けたのではあるまいか。

それ故、信長は本能寺で焦熱地獄の中で焼け死んだのだとも述べられている。ここまで読めば、道子がみつの生まれ変わりであることがわかってくる。

ことここに至って、物語はほとんどSF的な展開を見せ始める。

それもこれも、元をただせば琵琶湖畔の田んぼの真ん中に、まるで龍宮城のように出現した雄琴トルコ街があったからこそなのだ。そんな雄琴に、日本映画の名作『砂の器』『八甲田山』のシナリオを書いた橋本忍が触発され、お市なるトルコ嬢を設定し、「小谷城」という舞台を作ってミステリアスな物語をふくらませていったのである。

さて、ではこの「幻の湖」の結末はというと、お市のライバル淀君が、こんなことをいって、お市に自分の常連客、日夏を廻してよこす。


「私達が綺麗なのはね、お市さん、泥の中の蓮の花みたいなものよ。ところがあんたはドロドロした、泥の匂いやイやらしさのない、これまでなかった新しい花を咲かせようとしている（後略）」


こうして小谷城で日夏と対峙したお市は源氏名を捨てて道子となり、日夏を追ってトルコ街を死に物狂いに走り廻る。そして、追いつき、

「お前、お前なんかが、琵琶湖の底へ沈んだ女の……女の怨み節なんて……水の底へ

沈んでしまうのは、お前のほうだっ」

こう叫び、出刃包丁を持ったまま体当りして、琵琶湖大橋から、突き落としてしまう。トルコ嬢が持つ〝暗い情念の源〟を、琵琶湖にまつわる伝説に求め、宇宙旅行ができるかもしれない近未来を見据えた上で描いたトルコ嬢小説は、こうして終わる。

出自には謎があり、さまざまに嘘を言って生きてはいるが、少なくともこの物語の主人公お市に、トルコ嬢が堂々と職業が名乗れないという思いはあっても、卑しい稼業という思いはない。

この時期、実際トルコ風呂で働いていた女性の多くが、このお市と同じ考え方だったようである。そのことは、昭和五六年の『別冊婦人公論』に佐藤愛子が発表したトルコ風呂で働くプロフェッショナルな女性をリアルに描いた「ミチルとチルチル」[9]を読むとよくわかる。

この小説は、かなりベテランのトルコ嬢が、内輪の話をいろいろと作家にレクチャーして出来上がっている。だからこそ、ペニスが内側に向き、勃起すると弓形に内へ曲り、挿入すると膣壁を下に向って突くために、相手をするトルコ嬢が痛くて、痛くて仕方がない。その結果、このペニスは業界で「クソガキマラ」と呼ばれ、こうしたペニスの持ち主は嫌われているという話や、

「どんなに長くトルコをやっていても、半年やめると、半年後に黒い出血があって、普通の女に戻れる」

と、この時代にトルコ嬢の間で言い伝えられていた話が記され、物語にリアリティを持たせている。

男に幻滅し、男ぎらいになったミチルと、男に裏切られでもだまされても男に尽くし、結婚を夢みるチルチル。

当時、日本各地のトルコ風呂街を渡り歩くトルコ嬢は渡り鳥といわれていた。ふたりは、その渡り鳥トルコ嬢で、たまたま水戸のトルコ風呂「夢の国」で出会い一緒に働いている。

この二人のトルコ嬢が繰り広げる、普通人には非日常的と思える彼女たちの日常が、面白おかしく、かつ切なく綴られていく。

メーテルリンクの童話劇『青い鳥』を意識して書かれた物語で、幸せを求めて男から男を渡り歩くが、なかなか思い通りには至らず夢見る夢子であることが浮き彫りになってくる。

小説に描かれるその日常からは、彼女たちの仕事がかつて卑しい稼業といわれ、醜業婦といわれていたとはとても思えない。

そんな時代の空気を素早く読んで、ミチルとチルチルと同じくトルコ風呂で働く女性に、さまざまに起きる事件の謎解きをさせる推理小説を書く作家が現れてくる。

ミステリー小説の舞台に、時代の最先端をいく風俗が設定されることがままある。そして、その舞台で難事件を解決していく探偵に、その最先端の職場で働く人が据えられる。その意味で昭和五〇年代後半に、現われるべくして現われたのが、都筑道夫が描いたトルコ風呂を舞台にしたトルコ嬢探偵の世界である。

昭和五五年（一九八〇）にノーパン喫茶が出現し、五六年マンションでトルコ風呂という意味で「マントル」、ホテルでトルコ風呂プレイから「ホテトル」という新しい業種の風俗が登場し、素人女性が平気でパンツを脱いでマスコミに出始め「わたし、身体を張って頑張ってます」という時代がやってきた。

そんな時代背景で前述した「幻の湖」が書かれ、そしてまた都築道夫のトルコ嬢探偵のミステリー小説が登場してくる。

それまでトルコ嬢といえばコワ〜イお兄さんのヒモがいて、なんか親しくしてはいけない存在と思われていたが、実は中には結構明るい子もいて、男と女が裸と裸でぶつかり合う、トルコ風呂の世界を楽しんでいる子も少なからずいた。

それにいち早く目をつけ、吉原のトルコ風呂「仮面舞踏会」の泡姫シルビアに謎解きをさせる短篇ミステリー小説を、昭和五七年夏から『小説新潮』『小説推理』『小説現代』『問題小説』などで執筆したのが都筑道夫だった。
それらの連作は、五九年に『トルコ嬢シルビアの華麗な推理』[10]、六一年に『泡姫シルビアの探偵あそび』（ともに新潮社）として単行本にまとめられる。『トルコ嬢シルビアの華麗な推理』に「仮面をぬぐシルビア」のタイトルで納められているのが、このシルビア・シリーズの第一作。初出の五七年八月号の『小説新潮』での原題は「仮面のシルビア」だった。
どこにでもいそうな女の子がトルコ嬢として働いているという設定で、もちろん彼女が卑しい稼業という設定ではない。

あたしは石鹸を手のひらで泡立てて、お客の前を洗いはじめた。三、四回つよくしごいて、膿なんぞ出ないのを確かめてから、ソフトに手をすべらせる。泡だらけの手で、ボールを揉んだり、お尻の穴をくすぐったりしても、おちんちんは大きくならない。こりゃ重労働になりそうですよ。

こんな記述があり、緻密に取材したトルコ嬢の生活が、熟練したミステリー作家の手によって丁寧に描かれていて、推理小説であると同時に、密度の濃いトルコ嬢小説にもなっている。

「推理小説史上はじめて、トルコ嬢探偵の登場！　トルコ嬢はベッドで推理する！」の帯コピーが踊る『トルコ嬢シルビアの華麗な推理』が出版された昭和五九年は、トルコ風呂業界にとっては激動の年だった。

トルコ共和国の留学生が、トルコ風呂の呼称を変えて欲しいと訴えたのがこの年である。その結果、同年暮れに東京都の特殊浴場の組合がソープランドと呼称を変更し、以降そう呼ばれるようになる。

ともあれ、そんな五九年の八月に生島治郎の体験小説的な色合いが強い『片翼だけの天使(11)』が出版され、スキャンダラスな話題を集める。

そこは、とても天使などいそうな街には見えなかった。

で、始まるこの物語は、主人公の四五歳のミステリー作家越路玄一郎が、カメラマンに連れられて川崎・堀之内のトルコ風呂へ足を運ぶところから始まる。

ここで越路は、韓国出身で二〇代半ばの赤城というトルコ嬢に出会い、恋仲になってしまう。彼女は亭主持ちだった。

やがて、赤城は店で客が女性に払うサービス料（小説ではチップと記されている）を受け取らなくなる。そのあたりの女性の心理を作者は次のように記している。

体を投げ出しても代償を受け取らない。それは娼婦の愛の告白である。ギリギリのところで身体を売り、それで生活しなければならない娼婦は、タダで身体を投げ出すことで、自分の愛情を示そうとする。それだけに、堅気の娘の愛情より切実であり真実がこもっているともいえる。

こうして、ふたりの関係はどんどん深間にはまっていってしまう。そして、

「あたしは、ミサオを捨てたくないんだよ」

赤城は、客の越路との間の操を捨てたくないと言い始める。

小説家と娼婦との恋は、近松秋江が、瀧井孝作が、川崎長太郎が描いているが、生島治郎が描くこの恋は、相手の赤城に亭主がいたことと、赤城の思いが一途だったこともあってすったもんだを繰り返す。そして結局、亭主は身ひとつで彼女を家から出す、といって

越路に引き渡し、この物語は終わる。

亭主に、彼女への愛情がなかったわけではない。それは彼女が越路の許へやってきて、身体を交えようとするときに発覚する。彼女の全身に、亭主のつけたキスマークが刻印されていた。

このキスマークの刻印の件で、小説『片翼だけの天使』は、越路と赤城の愛の物語であると同時に、赤城の亭主と赤城との愛の物語としても完結する。

この物語にも、彼女が韓国生まれの女性ということもあるが、娼婦が運命論で語られることはないし、作者が娼婦を卑しい稼業と見ているという記述はない。

こうして敗戦から四〇年。娼婦が普通に恋ができるまでに日本人の娼婦観は変化していた。

註

（1）田中小実昌『香具師の旅』（昭和五四年三月一〇日第一刷、泰流社）
（2）森万紀子『黄色い娼婦』（昭和四八年九月一日第四刷、文藝春秋）
（3）車谷長吉『赤目四十八瀧心中未遂』平成一〇年七月三〇日第三刷、文藝春秋）
（4）吉行淳之介『夕暮まで』（昭和五三年九月一〇日発行、新潮社）
（5）吉行淳之介『生と性——語りおろしシリーズ』（一九七一年四月五日初版、大光社）

（6）川上宗薫『私版愛人バンク』（昭和五九年一二月二五日第一刷、双葉社）
（7）山田宗樹『嫌われ松子の一生（上）』（平成一七年六月三〇日一〇版）
　　『嫌われ松子の一生（下）』（平成一七年一一月三〇日一五版、ともに幻冬舎文庫）
（8）橋本忍『幻の湖』（一九八〇年六月二五日第一刷、集英社）
（9）佐藤愛子『ミチルとチルチル』（昭和五十九年十月十日発行、中央公論社）
（10）都築道夫『トルコ嬢シルビアの華麗な推理』（昭和五九年九月二五日発行、新潮社）
（11）生島治郎『片翼だけの天使』（一九九九年一一月一四日第一四刷、集英社文庫）

第四章　現代の娼婦小説（昭和五八年以降）
――心に闇を持つ女の物語

昭和五五年のノーパン喫茶の大ブーム以来、日本列島は性産業が多様化し、その数も日増しに増えていった。

このまま放置すれば、青少年の教育上よろしくない。為政者はこう考え、風俗営業法を改正することによって風俗業界の規制にかかる。

昭和六〇年二月一三日、これまでの「風営法」は改正されて「新風営法」が施行される。それから二年たった六二年夏のソープ嬢と高校教師の奇妙奇天烈な恋の道行を描いて、平成一五年（二〇〇三）上半期の芥川賞を受賞したのが吉村萬壱『ハリガネムシ』(1)である。『片翼だけの天使』もソープ嬢と客として出会った作家との修羅であったが、ここの修羅は誰が陥ってもおかしくない修羅である。ところが『ハリガネムシ』における修羅は違う。

敗戦から四十数年が経ち、日本人の性意識、性産業にたずさわる人たちに対する人々の視線が変わってきたのである。

何がどう変わったのか？

『ハリガネムシ』の物語を追いながら考察してみよう。

主人公の中岡慎一は二五歳の高校教師で、副担任をしているクラスの女子生徒が他校の生徒の陰核切除に至ったリンチ事件に関与したことを巡って、クラス担任の女教師と意見が合わず、モヤモヤしていた。

この小説の底流に、倫理の高校教師として主人公が直面している高校生の暴力事件があることを忘れてはいけない。

物語の冒頭に、カマキリを握りつぶすと中からハリガネムシが出てくるシーンがあり、これがこの小説のタイトルになっているのだが、これはとりもなおさず主人公の心象風景でもある。

ハリガネムシというのはコメツキムシの幼虫で、カマキリなどの昆虫の体内で成虫となる。さらにいえば寄生された昆虫は生殖能力を失なってしまう。

ハリガネムシを寄生させた高校教師。その前に、M女のソープ嬢サチコが現われることによってハリガネムシが顕在化する。

サチコが気に入った慎一は、彼女の求めに応じてプレイ後、電話番号を教える。すると、半年後（それが昭和六二年の夏）に電話をかけてきて、五万円の無心にサチコがやってくる。

そしてそのまま鰻のように絡まり合ってこの奇妙でグロテスな物語はスタートする。

サチコは徳島県の生まれで、子ども二人が徳島の養護施設に入っている。ダンナは人殺しをして刑務所に服役中だといい、手首にはリストカットの跡がいくつもあるといった具合の、尋常ならざる経歴の持ち主で、普通の高校教師なら絶対につき合おうとしない女である。

だが、倫理の教師である慎一は、

陰核切除に至ったリンチ事件を裁けない学校当局は、国連の事なかれ主義と同根である。

と日記に書いて、自らすすんで、サチコとズブズブの関係へと入っていく。

夏休み、サチコから頼まれ四国旅行にも出かける。旅の途中、サチコは覚醒剤を打ち、混浴温泉では酔客の前でストリップまがいの痴態を披露するなど、シッチャカメッチャカ。出身地に戻ると、何らかの落し前をつけるために、誰かに身体中が痣だらけになるほどボコボコにやられるのだが、その姿を見ながら慎一は、駄目だ、とその時思った。どんな酷い目に遭わされてもこの女は決して生まれ変わる事はなく、いかにも不完全に見えたとしてもこの女はこれで完成体らしい。

それを見ながら、

サチコのことをこう規定する。その後のサチコはさらに奇行をエスカレートさせていく。

人間の体に何かもっともっと酷い事をしてみたいと、四六時中考えるようになっていた。

そして、工事現場では慎一はサチコを縛って吊す。そこへ若者集団がやってきて、サチコの股間に数十個の石を詰め込み、慎一をボコボコにぶっ叩く。しかも慎一は、若者たちの見つめる中でサチコの股間から石を引っ張り出す作業をさせられるのである。

この若者集団の中に慎一の教え子がいた。グロテスクの極地といっていい展開である。これでも尚、主人公慎一の体内のハリガネムシは鎮まらない。サチコの首を締め、とろけるような気分になりながら、さらに強く締めつづけると、その顔が弥勒菩薩になっていた。

だが、こんなキレイごとでこの小説は終わらない。慎一がサチコを発作的に蹴り飛ばしてエンディングを迎える。これが愛だとすれば、それはなんと名付ければいい愛だろう？ソープ嬢が卑しい稼業だから、これだけ酷いことができるのか？　否、そうではない。この物語においては、肉体への加虐がソープ嬢が卑しいとか卑しくないの問題ではなく、人間の生きざまを考える上での形而上学的な問題として提起されているのである。

念の為にいっておけばこの時期、性風俗の現場では性の問題を形而上学的に考える風潮が出来上がりつつあった。

そして、六一年に『ＳＭぽいの好き』というタイトルのアダルトビデオがヒットし、このビデオに主演した黒木香が知的なＳＭブームを巻き起こし、性を形而下ではなく形而上学的にとらえる気運が高まっていた。そんな流れの中で六三年秋、

風俗産業に生きる女の子達は、ある何かを象徴している。それは、女性全体の問題であるし、また都市全体のことでもある。私は、はっきりした意識を持たずに、いつの頃からか、彼女達の短いストーリーを書き始めた。

こんなあとがきがついた村上龍の短編小説集『トパーズ』(2)が出版される。

そのトップに収められ、全体のタイトルにもなっている小説「トパーズ」はこの年の『小説すばる』夏季号に掲載され、作者自身の脚本、監督作品として二階堂ミホ主演で映画化され、平成三年（一九九一）に公開される。

さて小説「トパーズ」はSMクラブで働く「あたし」が嫌なタイプの客とのプレイの後、作曲家であり歌手であり、小説も書いていて、以前からあこがれていた四〇歳をちょっと越えた芸術家と、青山でスレ違うところから始まる。

その芸術家が出てきたイタリア料理店の隣りに、宝石店があった。彼女が芸術家のことを思いながら宝石店に入ると、店員から「トパーズが似合う指」といわれる。その言葉が、あこがれていた芸術家の言葉のような気がした彼女は、「あなたがすすめたから買ったのよ」と芸術家の情婦になった気分で、嫌な客からもらった札でトパーズを購入する。そのとき、

シャワーを浴びてから三十分も経っていたけど、あそこが濡れているのがわかった。

と、「あたし」の気分は記される。

ついさっきまで、嫌な男にバイブを突っ込まれていて食欲がなかったが、あこがれの芸

術家が食事をした店だと思うと、イタリア料理店に足を向けていた。

席に座り、芸術家とのセックスの妄想にふける彼女。そのときポケベルが鳴り、ＳＭクラブのママから「次の客がついた」という連絡が入る。客はヤマギシという男で、三〇歳代前半の男だった。

そして、こんなプレイが繰り広げられる。


暗くして下さい。とあたしが言うとヤマギシは笑いながら灯りを消したが、そのかわりにカーテンを全部開いてニューオータニタワーのゆるくカーブした窓から差してくる夕陽のちょうど真中にあたしが立つように命令して、あたしは首都高速にびっしりと渋滞した車やトラックの群れを見てそれが毛虫とか芋虫とかいろいろ気持ちの悪いものに見えた。


ハイヒールとブラとパンティとストッキング姿で恥ずかしくなり、彼女が笑うと、ヤマギシは「人格ないんだ。笑うな」、Ｍ女はオッパイとアソコの肉でしか考えるな、と厳命する。

「人格ないんだ」といっても、それは大正期に娼婦をさしていった、娼婦が卑しい稼業だからではない。ここでのこの言葉は、あくまでもゲーム感覚。

大正から昭和に時が移り、敗戦を経験して四〇年が経ち、いよいよ昭和が終わろうという時になって、日本人の性意識は西欧並みに娼婦との行為をゲーム感覚で楽しめる時代になっていた。小説「トパーズ」はそのことを小説という形で提示したものである。

やがて、そんな時代をきっちりと描いた娼婦小説が登場してくる。

平成二年（一九九六）度の文藝賞優秀作になり、ベストセラーとなった「ボディ・レンタル」[3]で、作者の佐藤亜有子は東大仏文科を卒業したインテリである。そんな才媛までが身体で稼ぐ女性を題材にした小説を書く時代がやってきていた。

物語はハタチの東大生らしき「わたし」と、二七歳の医学部の女子大生、それにやはりハタチの同じ学部の同級生と先輩の政治学専攻のその恋人、そして印度哲学を学ぶ野獣くんといわれる奇妙なキャラの同じ大学の男子学生が繰り広げる、かなり難解で観念的な生き方を巡る論議と、その「わたし」が、今書いている「ボディ・レンタル」という、身体をバラ売りしているマヤという、やはり東大生とおぼしき女子大生の小説が入れ子のように入り組んで構成されている。

もちろん、ふたつの話は互いに連鎖している。

この小説の中の小説に関して、「わたし」は次のように語っている。

ボディ・レンタルっていうコンセプトで、モノとしての自分を楽しんでしまう女の子がメインなんだ。

そういいながら、「ボディ・レンタル」を書き進めていくうちに、やがて、

わたしの心と身体と頭脳の間には、龍安寺の白砂よりもずっと殺伐とした空白がある。

というふうに記し始める。

そんな「わたし」に野獣くんが興味を示してくる。そして、自分の心と身体のバラバラ感に悩む「わたし」に対し「そんなに自分を責めるなよ」と忠告し、「わたし」を抱こうとするのだが、それもままならず結局、「わたし」の前から永久に姿を消してしまう。

つまり、この物語はじっくり読めば、「わたし」と野獣くんの恋の物語として読めなくもないのだが物語の七割を占める「ボディ・レンタル」の小説部分は、この時代のハタチのインテリ女性が持つ身体を売ることへのこだわり、あるいは娼婦観が詳細に書き込まれていて、興味深い。そこには、

わたしの体は誰のものでもない。だったら誰に貸し与えたっていいわけだ。

のポリシーで、「わたし」は娼婦マヤとなってクラブに勤めながら、これはと思う男を見つけると、

「ボディ・レンタル？」

と書かれたカードを渡し、客を募っていく。そして、マヤはさまざまなプレイとしてのセックスを体験するが、そのプレイの醍醐味が次のようにしたためられる。

昔から、富豪に買われた女奴隷や娼婦の出てくる映画を見るたびに、うっとりするようないい気持ちになった。女奴隷の倦怠、富豪を憎みながら玩具の地位に甘んじて、彼の財産を食いつぶすほどの宝石や調度に囲まれながら物憂げなため息をつくその顔はどうしょうもない空虚感を抱えているようで美しかった。

そのような美しい顔になるために、マヤは心と身体をバラバラにし、ひたすら身体をオブジェと化そうとしてもがきつづけるのである。尚、ついでに記しておけば、富豪に買われた女奴隷や娼婦の出てくる映画に寺山監督作品『上海異人娼館』が含まれているだろう

ことは容易に想像がつく。

かつての娼婦は百パーセント、自分自身をかけるしかなかった。結果、その人生は運命論でしか語られなかった。ところが、平成の時代になって、心と身体をバラバラにして、つまり自分の半分だけ娼婦という生き方をしようと企てる女性が現れ始めた。

近代的自我に目覚めて尚、性女として生きようとする。そんな日本の娼婦の形がこの作品には見え隠れしている。

半分だけ娼婦といえば、昭和五五年のノーパン喫茶の出現後に登場してきたファッションヘルスといわれる新しい形の風俗は手と口、あるいは素股といわれる身体の一部だけを使ってサービスする性産業で、そこで働く女性の意識はさながら、半分娼婦、三分の一娼婦ともいえるものである。

その半分娼婦、三分の一娼婦の働くファッションヘルスの世界を小説にしたのが平成二年（一九九〇）『海燕』一二月号に発表された佐伯一麦の「一輪」[4]で、ファッションヘルス嬢と客の恋の物語である。

主人公の「おれ」が、渋谷のファッションヘルスのリンリンという源氏名の女のコに一目惚れして通いはじめ、物語が動きはじめる。

二回目で名前を名乗り合う。「おれ」は沢田英介。リンリンはわけあって苗字はいえないが名前は佳子と書いてけいこと読む。彼女が「おれ」を気に入った理由をこんなふうにいう。

「あなたって、お馴染みさんになっても、どうしてこんな仕事をしているの、なんていうことを聞かないから好きよ」

また彼女は風俗で働いていることを隠すためにアリバイ屋に登録していた。その理由を聞くと、この時代の風俗で働く女性の気質がよくわかる。

「自分がこの仕事をしていることを隠している人から電話がかかってきた時に合わせてくれるところがあるの。ちゃんと名刺も作って、わたしは広告代理店のアルバイト社員だということになってるの。」

「おれ」はアスベスト（石綿）の後遺症に悩む電気工で、彼女が勤める店の改装工事にやってきてリンリンと知り合う。一方リンリンはといえば腱鞘炎のヘルス嬢であり、また結婚していて離婚調停中の身で、子どももいた。

しかし、リンリンが腱鞘炎のヘルス嬢であるというのは半分娼婦の身の上話で、ここまでなら話すことができる。しかし、離婚しているとか、子どもがいるとかは、触ってもらいたくない身の上なのである。

ところが彼女に恋をしている「おれ」はそのことを忘れて、触れられたくない部分にまで踏み込んでしまう。それによって、この恋は終わる。

全身をかけて娼婦をする女性同様に、半分娼婦、あるいは三分の一娼婦として生きる女性との恋も大変に困難である。この小説はそのことをきっちりと教えてくれている。

ことここに至って、日本人の娼婦は運命論からも卑しい稼業論からも解き放たれ、風俗嬢は自らが自らの責任において自らの仕事を選びとっていることを、多くの日本人は知るようになっていた。

ではこの時代に、全身娼婦として生きる女性はどのように描かれていたのだろうか？

花村萬月が平成七年から八年にかけて『小説現代』に連載した、時代設定も執筆時とほぼ同じ時代の「皆月」[5]と、同じ花村萬月が平成一五年に上梓した昭和四〇年代の滋賀・雄琴トルコ街を舞台にした「惜春」[6]を比較対照しながら考察してみよう。

「惜春」は雄琴で働くこととなった二〇歳の童貞少年の生きざまを純文学ふうに描いた作品なのに対し、「皆月」はバイオレンス作家花村萬月色全開で娯楽性に富んだ作品である。

「惜春」でトルコ風呂で働く童貞少年の佐山が、業界に入ったばかりでどうしてもまだ客とのセックスになじまない百合という女のコと交わり、童貞を捨てるシーンがある。


「佐山君のしるしをあたしのいちばん奥にちょうだい。あたし、ね。客にはちゃんとゴムをつけさせたからさ。佐山君だけだよ。こうして直接なのは」

僕はこらえきれずに泣いてしまった。

百合さんも泣きだした。

なにが悲しいのかわからない。

ただ、悲しい。


娼婦と泣いて抱き合う男。身体を張って生きる女の気持ちがわかる花村萬月ならではの記述である。

この花村が「皆月」では、ソープランドで働く女性を次のように描く。物語はコンピュータおたくの四〇男、諏訪徳雄の妻、紗夜子が、

「みんな月でした。がまんの限界です。」

という謎のメモを残して、コツコツ貯めた一〇〇〇万円の貯金とともに蒸発してしまう。

妻も仕事もカネも希望も、すべてを失った中年男を救うのは、ヤクザの義弟アキラと、ソープ嬢由美。

ここまでが序章で、次に展開されるのがバイオレンス作家花村萬月の面白躍如たる小説世界で、ソープ嬢時代の由美をだまして二〇〇〇万円を詐取した男をアキラは探し出し、諏訪と由美の見ている前で惨殺してしまう。

やがて、紗夜子が一緒に逃げた男が判明し、行き先も判る。能登半島の皆月だった。

殺人犯になったアキラは、自首する前に沙夜子を捕まえなくてはいけない。

諏訪は、由美を愛してはいるが、どうしても沙夜子に自分の元から逃げた理由を聞きたかった。由美を含めた三人の皆月へ向かう旅が始まる。

さて、沙夜子をようやく探し出した諏訪は、彼女に「みんな、月でした」の意味を問いただす。これに沙夜子は、男と逃げた理由を、男の故郷が皆月だと聞いたからだといい、さらにつづけて、

「わたしも、あなたも、アキラも、あのころわたしのまわりにいた人間は、みんなお月様だった。自分で光ることができず、他人の光を反射するのがやっと」

こんなふうに答える。

そう、この、物語に登場するのはソープ嬢の由美をはじめとして皆、生身の人間でありながら自らどう輝いていいのかわからない人間たちばかり。それがこの物語の中でさまざまな出来事、事件に出くわして、いつしか自らが輝く方法を知って、生き返っていく。

小説「皆月」はそんな物語なのである。

昭和から平成へと時代は移り、人々の暮らし向きは変わったが、いつの時代でも自らどう光り輝いていいのか判らず、もがき苦しむ人たちがいる。

敗戦後の「肉体の門」に描かれた少女娼婦たちがそうだった。

そんな彼女たちも、人との出会いがあって、再生し成長していった。

ＩＴ化の進む平成の時代に入っても、やはり自分をどう輝かせていいのかわからない人たちがいた。小説「皆月」の主人公諏訪も、そのパートナーとなる元ソープ嬢由美もそんな人たちであった。

そんなふたりが出会い、そしてともに再生し成長していく物語は、平成版・肉体の門と読める作品なのである。

敗戦直後の「肉体の門」と「皆月」の違いは何か？

訳ありでもなく、ソープランドで働くことに特別の意味があるわけでもなく、ごく普通のそこにある仕事をする女性としてソープランド嬢が描かれていることである。

でも、本当にごく普通の女性なのだろうか？

否である。

由美が諏訪に、
といい、

「あたしを棄てたら、いやだよ」

「棄てるわけないだろう」

のあと、

「なあ、由美。おまえは太陽なんだよ」

というシーンがある。

これに対し、由美は、

「あたしは太陽なんかじゃない」

と返す。　そして、

「月か？」

「ちがう」

「なんだ？」

「道におちてるゴミみたいなものかな」

「そうかもしれないな。ただし、かなり大きなゴミのようなきがするが」

「粗大ゴミ？」

「私はそこまで言っていないよ」

「せめてあたしも月になりたいけど」

「言ってるだろう。おまえは太陽なんだよ」

「オッサンはやさしいよね。あたしみたいな汚れた女に」

「汚れって、なんなんだ？」

「……言いたくない。オッサンにもわかるでしょう」


皆が月である。そんな中で諏訪にとって元ソープ嬢の由美だけは太陽である。しかし、本人は汚れた女だと……。むろん、汚れた女は卑しい稼業の女という意味ではない。

では、汚れた女とは？

ちなみに、この「皆月」が書かれた翌々年あたりから、娼婦のとらえ方が大きく変わり始める。

キッカケとなったのは平成九年（一九九七）三月八日、東京・渋谷のアパートで一人の娼婦が殺された事件である。

その娼婦が慶應大学出身で、東京電力の総合職のインテリ女性だったことが波紋を呼ぶ。ひとりの女性が娼婦になることによって保つ心の均衡。そんな娼婦が抱えていた心の闇。これに多くの作家の心が共振し、さまざまに物語を紡ぎ始める。その心の闇は花村萬月が「皆月」で描いた自分のことを「汚れた女」といいつつ、しかし、それでもやはり春をひさがざるを得なかった元ソープ嬢由美のそれと同一である。

娼婦となった東京電力の総合職のＯＬが殺される事件が起きる前に、その事件の本質を見抜いていて、それを「皆月」という小説に仕上げていた花村萬月の先見の明に敬意を表しつつ、次にでは何故、この時期に汚れた女の心の闇が、多くの作家の心に共振をもたらしたのかについて、個々の作品を読み解きながら考察してみる。

いち早く反応を見せた作家が藤沢周だった。

事件が起きて間もない時期にこの昼間ＯＬ、夜娼婦というふたつの顔を持つ女性のファザコン部分に着目し「スミス海感傷」(7)を書き上げ『すばる』四月号に掲載する。

女がひとりで生きていくにはこれが一番と、娼婦になった「わたし」。幼い「わたし」に月の地名、スミス海を教えてくれた父親の面影を追うように、男たちのいるホテルの部屋を訪れて抱かれ、父親のぬくもりを感じていた。その「わたし」に腹違いの弟がいた。弟の名前はトシヤ。突然その弟から連絡が入る。そんな物語である。こんな記述がある。

わたしはただ、どこにも所属していたくないだけだ。男にも、家にも。女が本気で一人で生きていくなら、フリーの娼婦か、浮浪者しかわたしには思いつかない。だから、わたしは横浜のメリーさんを尊敬している。あんなに年老いているのに白いドレスを着て一人で生きていたのだ。小学校で習ったジャンヌ・ダルクよりもすごいヒトだと思う。

横浜のメリーさんというのは平成に入っても横浜の街に立ち続けた元オンリーである。この一文でもわかるように、「スミス海感傷」の作者の娼婦に向ける視線に卑しい稼業という認識はない。いや、むしろ、一人で一生懸命生きる女性に対する尊敬の念すら感じさせる記述である。

次に書かれた、この東電OLを扱った小説は久間十義の「ダブルフェイス」(8)。

初出は一九九八年八月二五日～一九九九年五月二一日発行の『日本海新聞』の連載小説で、その後、いくつかの新聞に掲載され単行本になっている。

渋谷で絞殺されたホテトル嬢は、超一流企業のエリート社員。彼女は何者だったのか？

この本の帯に書かれた惹句である。

タイトルの「ダブルフェイス」でわかるように昼間は一部上場の証券会社の総合職（この小説ではこう描かれている）で夜は娼婦という、大都会に生きる女性の持つ心の闇が警察の捜査本部を揺るがせる。

この物語はその一部始終を描いた警察小説であるが、同時に現代における娼婦とは何かをも問いかけている

娼婦はかつてのように、経済的貧困だけでなる仕事ではないことがよくわかる。

新聞記者の目を通して、エリートOLと娼婦というダブルフェイスの女性を描いたのが一九九八年暮れに書き下ろし作品として上梓された鳴海章の「鹹湖――彼女が殺される街(9)」。

物語の主人公は、妻とうまくいっておらず、仕事上も壁にぶち当たっていた、三七歳の新聞記者の上沢広之。

ちょうどそんなときに、三六歳の斉藤貴実子が新宿区大久保のホテル街にある雑居ビルの空き部屋で殺される。

斉藤貴実子は、大手都市銀行のエリート行員で、自分と同世代でしかも自分同様地方出身者であること、その経歴への興味から上沢は事件に引きつけられていく。

一体、彼女は何のために東京へ出てきたのか？

貴実子への問いは、上沢自身への問いでもあった。

そのことは、こんなふうに記される。

それは十八歳で東京へ出てきて以来、ひたすら肩に力を入れ、東京に食い殺されまいと必死だった上沢自身の姿である。

圧倒的な人の波に流されるまい、巨大な街につぶされるまい。自分だけは自分らしい人生を全うするのだと歯を食いしばって生きてきた。そして気がつけばたった独りだ。残されているのは、年齢相応に疲れ果て、さらに徐々に老い、弱っていく肉体だけで、それを癒してくれる人も場所もない。

嘘をついてしか生きていられない三十路後半の上京東京人の孤独を、エリート銀行員と娼婦というダブルフェイスの女性の姿を描くことによって際立たせている。

ちなみに、鹹湖というのは塩湖ともいわれ岩塩を含んだ湖のことであり、単行本の表紙

タイトルの次頁に、

　鹹湖に迷い込んだ魚は、純粋な存在となり、悲哀の眼差しを投げかけたまま、溶ける。


という言葉が書き込まれている。

作者の目に映ったダブルフェイスの娼婦は、鹹湖に迷い込んだ魚だったのである。

さて、つづいて書かれた東電ＯＬ殺人事件を扱った小説は二〇〇一年二月一日号から二〇〇二年九月一二日号まで『週刊文春』に連載された桐野夏生の「グロテスク」[10]。

物語は恵まれた家の子が集まるＱ女子高の同窓生四人を中心に展開する。その四人とは、語り手の、これといった取り柄のない「わたし」。「わたし」の妹で美貌の誉れの高いユリコ。学業は学生の中で一番のミツル。勘も要領も悪く、全ての努力が裏目に出るいじめられっ子の和恵。

悪意にみちた「わたし」の語り口はミツルに対してはさほどでもないが、他のふたりに対しては冷酷そのもので、女性が女性に向ける凄い陰口、悪口が、これでもか、これでもかという具合に書き連ねられる。

その四人の人生はというと、Ｑ女子高を追われたあと転落していったユリコ、最高学府の医学部に進学するのだが、そこでトップがとれず挫折してしまうミツル。そして、徹底的に堕ちること、つまり身体を売ることによって人生を極める和恵。作者はそのことを次のように記す。

　ユリコは生まれついての男好きですから、長い発酵を経て腐敗した。ミツルは結婚して道を誤って腐敗し、和恵は歳を取るに従って自分の生活になかった潤いが欲しくなって腐敗して滅んだのです。

恵まれた家の子たちが抱える心の闇。古いいい方をあえてすれば売笑婦になることでしか、その闇を晴らせない女性がいるのだと、この物語はいっているのである。そんな物語だから女性の作家、桐野夏生の斬新な娼婦観が垣間見える記述が数多くあった。

　以下そのいくつかを記しておく。

　娼婦になりたいと思ったことのある女は、大勢いるはずだ。（中略）性なんてなんの意味もないのだということを自分の肉体で確かめたい者。

魂は売春なんかで汚れません。

物扱いされる痛み。でも、それがいつしか甘味に変わることもある、という予感。あたし自身が物になってしまえばいいのだ。

体を売る女を、男は実は憎んでいるのよ。そして、体を売る女も買う男を憎んでいるの。だから、お互いに憎しみが沸騰した時に殺し合いになるのよ。

貧困故に娼婦になった、娼婦になるのは運命という古い時代の娼婦観はここにはない。これらは自立した女性の娼婦観で、今後の日本人の娼婦観に多大なる影響をもたらしそうな予感を感じさせる。

案の定、これ以降実にユニークで斬新な発想でもって娼婦を描く娼婦小説が登場してくる。

もちろんそこには、近松秋江が「黒髪」で記した、娼婦を卑しい稼業としてみる目は一切ない。

平成一五年（二〇〇三）一一月七日号から翌一六年五月二一日号まで『週刊ポスト』に連載された重松清「なぎさの媚薬――敦夫の青春　研介の青春」(11)に登場してくる娼婦なぎさもそんなひとりで、こんな娼婦がいたら、誰だって……と思わせる、本当にいい女である。「敦夫の青春」ではこんなふうに登場してくる。


なぎさは娼婦だった。

仕事ぶりは、きわめて気まぐれ――何ヶ月も姿を見せないことがあったかと思えば、たてつづけに幾夜も現れるときもある。

誰彼かまわず誘ってくるというわけではない。客は厳しく選ぶし、客のほうからもアプローチはできない。


この娼婦のモデルは、間違いなく、平成九年三月に東京・渋谷の古びたアパートの一室で絞殺された、昼間は東電の総合職ＯＬで、夜に円山町の街に立って春をひさいでいた慶應大学出身のインテリ娼婦である。

男には、あのときあの女とそういう関係になっていたら、今どうなっているだろうという思いを描く女性が、誰にだって何人かはいる。

この小説『なぎさの媚薬』は娼婦なぎさが媒介となってそうした男の夢を見せてくれるというストーリーで、いわば大人のメルヘンである。

媚薬とは何か？　男の精液となぎさの愛液が蜜壷の中でとろけ合う。そのジュースを舐めると、男は深い眠りに落ち、その気になっている性の現場が立ち現れるというもので、娼婦はこれら一連の物語では天使の役割を担っている。

作家が卑しい稼業と書いた、その同じ内容の仕事が八〇年後に天使の仕事として描かれるのである。

その娼婦観の変化は一体どこに起因しているのか？　探ってみる価値は大いにありそうである。

「グロテスク」以降、多くの女性作家も斬新な娼婦観を吐露して、新しい時代の新しい娼婦の像を提出してくる。

以下、ふたりの女性作家による、ユニークなソープランド嬢小説を読み解き新しい娼婦観について考えてみる。

『小説新潮』で平成一五年（二〇〇三）二月号から一二月号に隔月連載された中村うさぎの「イノセント」[12]。

ソープ嬢香奈がガソリンをかぶり、火をつけて死んでしまう。

牧師の父が上京し、生前に香奈とつきあいがあった人たちを訪ね、生の声を集めて死の真相を探っていくという物語で、前半は話し言葉の記述と香奈の日記で構成されていて平易に読み進めることができる作品である。

だが、テーマは、

犠牲者となるべき人間の資質。

という、とてつもなく観念的で、これを解き明かすべく物語は宗教的な論議へと突き進んでいく。

身体を売って生きる女、ソープ嬢に、無垢なる者の犠牲者の姿を見て、このストーリーを立ち上げたのだろう。文中に自ら体験取材を敢行し風俗嬢の心の裡を探った作者ならではの、身体を張って生きる女の寂しい心が吐露されている。

例えばこんな具合だ。

キャバには心の汚れた女がいっぱいいたけど、ソープには心の壊れた女がいっぱいいます。汚れた女と、壊れた女……。どっちが人間的にマシなんでしょうか。汚れもせず、壊れもせず生きていくのが一番なんでしょうが、そんな女、この世にいるのかしら？

どうして私の心は、誰とも繋がってないんだろう？　みんなの心は、どこかに繋がっているんだろうか？　その疑問を父親にぶつけたら、「人の心は神様に繋がっているんだよ」と言われた。（中略）人の心はどこにも繋がってないから、だから、人間は「神様」なんてものを作り出したんでしょ？　私に「神様」はいない。

こうして風俗嬢は心を壊し、他人との関係を壊し、自分自身をますます淋しい方へと追い込んでいって、心の闇を拡大させていく。

さて、平成一三年（二〇〇一）九月一日、新宿・歌舞伎町でビル火災、四四名の焼死者が出る。

その一〇日後の九月一一日、ニューヨークの世界貿易センタービルに旅客機が突入。これによって世界はエロからテロの時代へ変わり、戦争状態へ入っていった。

そして、この日を境に世界の性都といわれてきた新宿・歌舞伎町も、大きく変わり始める。ビル火災だけでは、おそらくこんなにもドラスティックに進まなかったであろう歌舞伎町の浄化が、目に見える形で進み始める。

そんな時代の歌舞伎町を舞台にした、ソープ嬢の物語が二〇〇三年度の第九回「小説新潮長編新人賞」を受賞した女性作家、清野かほりの「石鹸オペラ」(13)。

この物語は、新宿・歌舞伎町のソープ「ブルーフィッシュ」でリカという源氏名で働く女の子の本名・生方利夏が主人公で、歌舞伎町から歩いて通える百人町の安アパートに住んでいる。


「セックスが好きだからやってんのよ」

「自分の好きなことを仕事にして稼げるなんて、最高じゃない」


というリカ。しかし、自分のこともよくわかっていて、山手線内の車内で乗り合わせた行商の老女と自分を比較して、こんなふうに分析する。


老女はシートの上で、電車が揺れるたびに傾けた躰を起こす。眠っているような、穏やかな顔だった。

老女の笑い顔。それは個人の顔ではない。ある種類の顔なのだと利夏は気付いた。

自分とは正反対の顔。

そして、こうも書く。

自分が手にする一万円札と老女が手にする一万円札は、全く価値の違う別物のような気がした。嘔吐するときのように、胃が強く収縮した。

彼女は好きなことをしているといいながら、どこかに後ろめたさも感じている。そんな彼女の元に臓器売買をしている男、エイズに感染した少年、実の娘に似ているからといってリカを抱く男等々さまざまな客がやってくる。

そうした客に抱かれながらリカはこう思う。

制御しきれなくなった愛情。背徳の性欲。（中略）男はリカの全身を愛撫した。長い長い愛撫だった。男は、みんな悲しい。なぜ男は、こんな悲しい存在なのだろう。

作家が娼婦を卑しい稼業といった時代から八〇年が経過したとき、娼婦が、娼婦を抱く男を悲しい存在と思う時代になっていた。

この八〇年間に日本人の娼婦観はどう変わったのか？　そしてそれは何故なのか？　次章では、昭和一〇年の生まれで西欧の娼婦小説、戯曲に多大な影響を受け、その著作の中に多くの娼婦を登場させた寺山修司の娼婦観を中心に据えて、日本人の娼婦観の変化について考えてみる。

註

(1) 吉村萬壱『ハリガネムシ』（二〇〇三年八月三〇日第一刷、文藝春秋）
(2) 村上龍『トパーズ』（一九八八年一〇月五日初版、角川書店）
(3) 佐藤亜有子『ボディ・レンタル』（一九九七年二月二五日、河出書房新社）
(4) 佐伯一麦『一輪』（平成八年三月一日、新潮文庫）
(5) 花村萬月『皆月』（二〇〇〇年二月一五日第一刷、講談社文庫）
(6) 花村萬月『惜春』（二〇〇三年四月二四日第一刷、講談社）
(7) 藤沢周『スミス海感傷』（一九九八年八月一〇日第一刷、集英社）
(8) 久間十義『ダブルフェイス』（二〇〇五年五月二五日第三刷、幻冬舎）
(9) 鳴海章『鹹湖——彼女が殺された街』（一九九八年一二月二一日第一刷、集英社）
(10) 桐野夏生『グロテスク』上下（ともに二〇〇六年九月一〇日第一刷、文春文庫）
(11) 重松清『なぎさの媚薬——敦夫の青春　研介の青春』（二〇〇四年七月二〇日初版、小学館）
(12) 中村うさぎ『イノセント』（二〇〇四年二月二五日、新潮社）
(13) 清野かほり『石鹼オペラ』（二〇〇四年二月二〇日、新潮社）

第五章　寺山修司の娼婦観

――前近代と近代のごった煮の世界

寺山修司が昭和三八年（一九六三）に上梓した『現代の青春論――家族たち・けだものたち』[1]の「家出のすすめ」のなかに「だれのための娼婦」の小見出しのついた一文がある。その中で親のために吉原に売られてきた女を唄った『吉原エレジー』にふれ、寺山は次のように書き始める。

ところで『吉原エレジー』などといっても赤線禁止のいまでは、ピンと来ない人も多いかもしれません。しかもこの唄のなかの「これもぜひない親のため」という部分が売春婦のかなしみを本質的にとらえているか……といえばけっしてそうでもないようです。

どうして自分のせいだとは考えないのだろう！　いや、もしかすると、これは売春婦、娼婦たちが自分たちで作った唄ではなくて、はたの人たちが勝手にうたっている唄かもしれないぞ、とおもわれても無理のないところです。

ジュールス・ダッシンの「日曜はだめよ」という映画にはデブっちょのギリシアの売春婦たちが、イッパイ出てきますが、どの一人もけっして眼に涙などうかべていない点に特色があったようにおもわれます。だいたいにおいてヨーロッパの娼婦たちはユーモアにえがかれており、少々血のめぐりのわるい女はいつも「月を眺めて眼に涙、あける年期を待つばかり」と詠嘆などはしません。

おなじ映画でメリナ・メルクーリが演じた娼婦にいたっては、自分がたった一人の男にではなく、より多くの男たちに自分の肉体を与えたいがために娼婦になったのだ……ということになっています。

彼女にはプリミティブなものへのあこがれが強くあって、日曜には「自分の男」たちをアパートに集めてギリシア劇の話などをするのが大好きなのです。

そこで「日本の娼婦は、暗い星の下に泣いているのに、ギリシアの娼婦はなぜ明いのか」ということを考えてみましょうか。

そして、吉原の女たちが、いやな娼婦になるのは本当にさけられない事態だったのかどうかを問う。本稿ふうにいえば、果たして娼婦になったのは運命だったのか否か、という

問いと同じである。結論はというと、

彼女たちは、実は売られる前に家出することもできたはずですし、親に栽培されたじゃがいもではないのですから、市場にだされるのを拒むこともできたはずです。

となり、家を出ることをすすめるのだが、この論以外にも寺山はさまざま、娼婦について言及している。以下、日本人の娼婦観の変遷を考える上で重要と思えるその娼婦観を中心にピックアップしてみよう。

寺山は『不良少女入門　ぼくの愛した少女』[2]の「娼婦に関する暗黒画報」のなかで「私の選んだ娼婦ベストテン」として、次の一〇作品をあげている。

1　ジョルジュ・バタイユ「マダムエドワルダ」
2　映画『望郷』のギャピー
3　ポーリーヌ・レアージュ「O嬢の物語」のO嬢
4　ジャン・ジュネの「バルコン」の娼婦諸嬢
5　映画『8½』のサラギーナ
6　久生十蘭「母子像」の母

7　芥川龍之介の「南京の基督」の少女娼婦宋金花
8　映画『あなただけ今晩は』のイルマ
9　映画『日曜はダメよ』の港の娼婦
10　田村泰次郎「肉体の門」のボルネオ・マヤ、関東小政など諸嬢
少女娼婦がベストテン娼婦の中に何本か入っているところがいかにも寺山らしい。
では、寺山は少女と娼婦をどのように考えていたのだろう。昭和五六年刊の寺山修司芸術論集『月蝕機関説』(3)の「少女耽奇」の章で、

少女と人形と娼婦とは、本来同じものであると書いたことがある。

というくだりを読み、どこに書いたものかを探してみた。
昭和五三年、初版の角川文庫『さかさま文学史　黒髪篇』(4)の竹久夢二の項に、次のように記されている。

夢二は、女を人形のように扱った。人形は着せ替えられ、化粧され、そして飽きがくると捨てられるのである。

こうした傾向は、少年時代すでに目覚めていた。

夢二は、最初のうちは浅草の十二階下で遊んでいたが、吉原好みに変わり吉原に飽きると神楽坂、そして向島、新橋と移っていった。

　浅草十二階下も吉原も、そして向島も新橋も娼婦の街である。そんなことから、寺山が、

　　少女と人形と娼婦とは、本来同じものであると書いたことがある。

と書いた著書はこの『さかさま文学史　黒髪篇』であると理解した。ところが、そうではなかった。

昭和五二年に渋谷西武劇場で上演された寺山の作・演出『中国の不思議な役人』の台本を『寺山修司の戯曲　9』[5]で読むとそこにははっきりと科白として、

　　少女と人形と娼婦とは、いずれも同じものだ。

と書かれていた。

さらにいえば、この物語には寺山が「私の選ぶ娼婦ベストテン」としてあげた内外の小説、映画に登場した魅力的なキャラクターがきっちりと書き込まれている。例えば、それは「マダム・エドワルダ」であり、「バルコン」の娼婦だったり、また「南京の基督」の少女娼婦であったりする。

誤解を恐れずにいえば、この『中国の不思議な役人』で、寺山は時間をかけて自らが学習してきた娼婦の有り様の全てを吐き出し、その結果を、

少女と人形と娼婦とは、本来同じものである。

としてこの物語のヒロイン、少女娼婦花桃に託して舞台で形にして提示した。

上海租界の洋館に押し入った無頼漢が少女人形に火を放つと、その人形がけたたましく笑い出すという、意味深なシーンから舞台の幕は開く。

ストーリーは一言でいえば、上海の裏通りにやってきた兄妹が行きはぐれてしまう。そして、妹は娼婦にされる。この少女娼婦とあるパーティで出会った中国の役人が、彼女の虜になって足を踏み入れたところは、地獄のような迷宮の世界。そこには侏儒、人間犬、赤糸で限を閉じられた少女娼婦、西瓜男などなど寺山的世界の住人が次から次へと登場す

る。

処女の真実の愛を得ることによってしか死ぬことができないという（従って数百年、死ぬことができずに生き続けている）中国の役人は、死ぬために少女の愛を求め続ける。つまり、その少女（娼婦花桃）と出会ったときが役人の死のときでもあったという物語。

しかし、この役人が死ねる場所は、無垢な少女の腕の中と決まっていた。そのために、少女の腕の中ではなく、花桃の兄に青龍刀で首を斬られたこの役人は、首がとんでも死ぬことができない。

わたしは死んじゃいない。起き上がって一人で帰っていく。そして、あしたまた、同じ頃にこの娼婦宿へ通ってくる。娼婦宿でしか手に入らぬ自由のために……（と、半身起き上がる）近頃、わたしはだんだん不安になってきた。それは、おまえがわたしを嫌がらなくなったということだ。（後略）

この科白のあと、少女娼婦から「おじさん、好き」といわれ、ようやくこの役人は自死を遂げる。

尚、少女と人形と娼婦の共通項は何かについての答を寺山は、この芝居の科白の中にち

りばめている。いわく

　　囚われながら老いてゆく身

寺山はいかにしてこのような娼婦観を持つようになったのだろう?

寺山が娼婦のベストテンにあげる「マダムエドワルダ」「バルコン」「O嬢の物語」の世界を覗いて、そのどこに寺山が影響を受けたのか、考察してみることとする。

まずは「マダム・エドワルダ[6]」。

ポワソニエール広場からサン・ドニ街にいたる通りで「おれ」は屹立した器官を片手で握りしめ、「鏡楼」を目指した。そこにマダム・エドワルダ。

その彼女が「あたしのぼろぎれが見たい?」と声をかけてきて、片脚を高々と持ち上げた。桃色の、毛むくじゃらの、いやらしい蛸。これを見せたあと「ああ、気がいっちゃった」とエドワルダ。

「おれ」は、その傷口に唇を押し当てた。「おれ」は、奇妙な宙づりの状態におかれていた。その卑俗な部屋入りの儀式が、「おれ」には限もくらむばかりに厳粛なものに思われた。

　ほんの些細な動作にも、おれたちの心臓は張り裂け、虚空へ向って開き、おれたちの無限の反射のなかに踏み迷い。

詩編にも似た短編小説で、娼婦マダム・エドワルダとの性の快楽がこれでもかこれでもかという具合に濃密に、詩的に描かれていく。

「彼女」つまりマダム・エドワルダは「神」だというフレーズもある。もちろん、だから作者のジョルジユ・バタイユに娼婦が卑しい稼業だという認識はない。

ジャン・ジュネの戯曲「バルコン」[7]は、今の日本の性産業でいえば、ＳＭクラブもしくはイメージクラブ（略称イメクラ）にあたる娼館で、倒錯の劇にふける客の物語。

客は娼婦を相手に司教、裁判官、将軍を演じている。

その時、娼館の外の世界、つまり街では革命が起きていて、街の半分が叛乱軍の手に落ちていた。

娼館の主、イルマのパトロンは警視総監。警視総監にとっては、その役をやりたいと申し出る客がいないことが不満である。

一方、叛乱軍は「民衆を率いる自由の女神」のイメージの女性を前面に押し出そうとしていた。

それを知った警視総監は、娼館の主であるイルマをその女神役にした偽のパレード(仮装行列)を組織し、革命を鎮圧させるという物語で、娼館の性的なイメージのゲームと、革命における共同幻想との間には通底するものがあるという発想で書かれたこの戯曲に登場する娼婦に、卑しさは微塵も感じられない。

イルマが娼婦たちにいう、次の科白が面白い。

「お客さんがお前たちをはらますことは決してない。」

娼館での性は、生殖を伴わない。それはイコール少女の性であり、人形の性でもある。

「O嬢の物語」(8)にはこんな記述がある。

脱がされた衣服は戸棚のひとつに丁寧にしまい込まれた。Oはふたたび手首を縛られた。

そして縛られたまま車で運ばれ裸にされ、ふたりの女性に全身を洗われるO嬢。前はもちろん、後のホールまで女の指は伸びた。さらに、こうつづく。

洗い終わったあと極めつけは、性器への化粧。

これらの描写はO嬢が人形として扱われていることを示している。

そのあと、次のようにしてO嬢は娼婦に仕立て上げられていく。

「きみは今後、ぼくとぼくが逢わした人の間で共有されることになる。」

「ぼくはずっと前から、きみに淫売をさせたいと思っていたんだ。」

ちなみにこの小説では、主人公の女性はO嬢というふうに記され、固有名詞さえ与えられない存在として描かれている。ついでににいえば、

「わたしは、ルネの道具に過ぎないのだもの……」

こんな科白もある。つまりこの小説では、無垢な少女であったO嬢は人間ではなく、人形もしくは娼婦として終始一貫扱われている。

寺山が『中国の不思議な役人』で提示した少女娼婦花桃は、間違いなく寺山が「マダム

・エドワルダ」「バルコン」「O嬢の物語」に登場した娼婦のエキスを混ぜ合わせ、組み立てたキャラクターなのである。

囚われながら老いてゆく、人形のような少女のような娼婦、これこそが寺山の理想の娼婦像？

ところがそんなふうにストレートにいかないところが寺山の寺山たる由縁で、これと対極にある娼婦像をもまた寺山は理想の娼婦として提示している。

例えばその娼婦は、昭和四九年製作された映画『田園に死す』(9)に登場してくる。この映画は寺山の原作・脚本・監督作品で、

大工町寺町米町仏町老母買ふ町あらずやつばめよ
新しき仏壇買ひに行きしまま行方不明のおとうとと鳥

寺山の歌集『田園に死す』の恐山の章にあるこの二首がスクリーンに刻字され、詠まれるところから始まる。やがて、二〇年前の「私」に現在の「私」が、スクリーンの中で、

作り直しの出来ない過去なんてどこにもないんだよ。

と、いかにも寺山ならではの科白を吐く、前衛的な作品である。だが、描かれている世界は青森県の恐山であったり、サーカスであったりと極めて土着性が強い。

土着と前衛の混合という寺山的作劇術。

寺山ワールドを〝前近代と近代をごった煮にした世界〟と評する向きがあるが、この映
画はまさにそれで、前近代（土着）と近代（前衛）の混合した世界そのものである。

寺山の映画というと、イメージが先行するものと思いがちだが、しっかり映画を観、じ
っくりシナリオを読み解いてみると、きっちりと計算されたストーリーがある。

順を追って、この映画の物語を追ってみよう。

まずは「もういいかい」「まーだだよ」、寺山の得意技かくれんぼのシーンで幕が開く。

次に登場するのが、これまた寺山流、少年と母の物語。

白塗りの少年が母に包茎手術をしたいと告白する。この少年の隣に住むのが八千草薫扮
する新嫁、この嫁に少年は惚れていく。

「汽車に乗ってみたいと思わない？」

嫁にそそのかされて、少年は駆け落ちの準備にかかる。

一方、村はずれの馬小屋では新高恵子が演じる若い女が、てなし子を産もうとしてい

る。

この村にサーカスがやってきていた。ここの花形、空気女と一寸法師が三角関係でもめている。

そんな中で、映画は少年と嫁との駆け落ちのシーンへと続いていく。

ところが、ここで突然フィルムが乱れ始める。

そこは映画の試写室で映画評論家と現在の「私」が登場し、「私」がこんなことをいう。

「ぼくはいろんな意味で行き詰まっていました。自分の子ども時代を扱かって書いてきたつもりの詩が、実際には子ども時代を売りに出したという感じになってしまった。風土でもそうなんだけど、書くと書いた分だけ失うことになる。書くつもりで対象化したとたんに、自分も風景も、みんな厚化粧した見世物になってしまうんだな」

そして、ここから「私の少年時代は私の嘘だった」という「私」の声とともに、この映画の中に、現在の「私」が入り込んでくる。

少年と隣家の嫁との駆け落ちは大嘘で、彼女は原田芳雄が演じる共産党員の愛人とねんごろになっていた。

そして、彼女は叫ぶ。

「わたしは焼跡の巡礼女、うしろ指の夜逃げ女、泥まみれの淫売なの。『母さん、どうか生きかえって、もう一度わたしを妊娠して下さい。わたしはもうやり直しができないのです。』」

人生のやり直しをしたがっていたのは「私」だけではなかった。
この映画に出てくる身体を張って生きている女たち（美しい嫁も、てなし子を産んだ若い女も、サーカスの空気女も）みんながみんな人生のやり直しを願っていた。

「母さん、どうか生きかえって、もう一度わたしを妊娠して下さい」

これは、前近代の娼婦の魂の叫びである。
娼婦は自分自身の力ではどうにもならないところで生きている。しかし、それ故に美しく、かつ聖である。
ここに寺山の娼婦観がみてとれる。

昭和五三年（一九七八）に製作された映画『草迷宮』は泉鏡花の原作を寺山が脚本を書き監督した四五分の中編映画である。

少女が手鞠を運んでいる。

まーるい手鞠が海に落ちて行く。

その衣装と手鞠が吊るされている。

寺の本堂の柱に全裸で縛られた少年僧が号泣している。

こんなシーンから始まるこの映画は、次にパラソルを差した女のうしろ姿、それにかぶさるように、

ひとつ重箱
ふたつはつづら
みっつさらさら
お振袖

という手鞠唄が聞こえてくる。

縁側でまぐわう男と女。この女の元へ、ひとりの少年が母親の唄っている手鞠唄の文句

を教えて欲しいとやってきたと告げ、この物語が、少年の手鞠唄の歌詞探しであることが明らかにされる。

女は、以前に少年の家に奉公していた。

だが、次に登場する伊丹十三が演じる校長から、なぜ母親に聞かないのか？　という質問が少年に浴びせられる。

母親は死に、その母と一緒に手鞠唄を唄っていた叔母は今は精神病院に入っていて、唄を覚えていない、と少年は答える。

原作の『草迷宮』は修行僧の小次郎法師が、旅先の茶屋で聞いた奇妙な話という設定で、死猫が憑いた川流れの手鞠や、物の怪にとり憑かれて犯人になる青年の話が幾重にも幾重にも重なり合い、読者を迷宮の世界へ引き込んでいく。

では寺山版『草迷宮』はというと、手鞠唄の歌詞を探して旅を続ける少年が、母の分身である娼婦にもてあそばれる話と、母親と一緒に暮らしながら、前述の旅を続ける少年の姿を夢想している青年になった、もうひとりの少年の話が、原作の小説同様に幾重にも入り組んで、観る者を、これまた迷宮の世界へ誘っていく。

少年が土蔵の中に入っていくと、そこに閉じ込められた女がいて、少年に襲いかかってくる。

この女との情交が母に知れる。母は激怒し、あの女は魔性の女だといい、「こうすれば、どんな魔性の女でも近づけない」と手鞠唄の歌詞を少年の身体に書き記し、少年を木に縛り付けて川へ出向いていく。

それを木に縛られたまま、見つめる少年。

新高恵子が扮した母親が振り返る。その表情が神々しいまでに美しい。

では、土蔵の中の女は？　そして、母はどこへ出向いていったのか？

村の噂では、女は海軍士官だった少年の父が手込めにした奉公女で、これを知った母が怒り、一〇年間蔵の中に閉じ込めているというのだ。

母は、浮気相手を求めて町へ出向いていったという。

木に縛られた少年は、その状態で夢を見る。

その夢で、母は娼婦になっていた。

娼婦の母から産まれた子というのはててなし子。

ててなし子の不安。

それは「私」が何処から来たのか、何者であるのかわからないことへの不安である。

実は、この物語は母が唄っていた手鞠唄の歌詞を探す旅であると同時に、母の昔を知る者を探しながらの少年の父親探しの旅でもあり、そのことはとりもなおさず少年の「私」

探しの旅でもあった。

娼婦になった母を探し求めて、少年はさまざまな娼館を訪ね歩く。

さて、物語はやがて、夢幻の中に海軍士官となった少年が現れる。これはどう解釈すればいいのだろう？

少年の父は海軍士官だった。ということは、母は少年と寝て、少年を身籠ったのか？

また、こんな場面も登場する。

母の情事を見つめる少年。恍惚の表情を浮かべる母。じっと見つめると、相手は青年になった少年だった。母子相姦である。

極めつけは、母が大きく膨らんだ腹を突き出して立ち、

「ほら、お前をもう一度妊娠してやったんだ」

というシーン。

映画『草迷宮』は少年の「私」探しの旅であるとともに、また少年の母親探しの旅でもあるということになる。

寺山には元特高警察の刑事だった八郎という父親がいた。ところがその父親のことに、寺山は自らの作品の中で全くといっていいほど触れようとしない。

どうやら、寺山は作品を作るとき、自らをてなし子と規定していたようである。

てなし子故に「私」探しはすなわち母の娼婦性へと向かう。その代表的な作品が映画『草迷宮』ということになる。

そう考えると、寺山の娼婦観を考える上でこの作品は極めて重要である。

寺山にとって娼婦は母でもあり、母はまた娼婦でもあった。

この『草迷宮』と対をなす作品が『青森県のせむし男』である。この芝居で老いた花嫁の大正マツの吐く科白に次のようなのがある。


私は仏様においのりした。

「生まれてくる赤ちゃんの背中にあたしの肉のお墓を立てて下さい」


そしてその願いが叶って生まれてきたのが、せむし男松吉。そんなせむし男を大正マツは、こう規定する。


アレはあわれな男！

永遠に他人になれない男！

いつまでもいつまでも

お墓を背中からおろすことのできないせむしの男
ふるさとびとのおばけですよ

松吉とマツの関係は、いわずもがな寺山と母との関係であった。

寺山は、ふるさとびとのお化けからの脱却をはかろうと「家出のすすめ」を書き、アジテーションをすることになる。

どうやらこの論考、ぐるっと廻って、また大正マツに戻ってしまったようである。

ところで、この『草迷宮』はパリでも上映され、好評だった。これを観た大島渚監督作品『愛のコリーダ』のプロデューサー、アナトール・ドーマンが「O嬢の物語」を書いたポーリーヌ・レアージュの短編小説「城への帰還」をハードコアとして監督をして欲しいと寺山に依頼してくる。

それが、

「ここはどこ」

「どこでもないね、まだ」

「きみは、だれ」

「だれでもないわ、まだ」

こんな寺山節で始まる映画で、一九二〇年代の中国を舞台に、ひとりのフランス人少女がO嬢という少女娼婦になる『上海異人娼館』[11]。

昭和五五年（一九八〇）寺山の監督作品である。

これもまた寺山の娼婦観が色濃く反映された娼婦映画である。

物語を追ってみよう。

O嬢が連れていかれた娼家は「春桃楼」。この娼家を紹介しながら、俳優ピーターが扮する黒蜥蜴と呼ばれる主人によって、娼家の掟が禍々しい映像で描き出される。

寺山の娼婦観が垣間見えるので以下紹介しておく。

一、客の選り好みをした娼婦は、その尻に百一回の鞭の刑を受ける

一、客の相手をしているときに、しのび笑いを漏らしたり、服従心を失したりした娼婦は百一回体を洗ってはいけないという罰を受ける

一、なぶり者の分際で、神にすがったり、宗教上の行為をしようとした者は、トラホームの苦力、阿片中毒の流氓などと交わる罰を受ける

一、勝手に自分の体を洗ったり拭いたりして、清潔にしようとした娼婦は〝人間犬〟に噛まれる罰を受ける

この娼家にO嬢を送り込んだのはステファン卿。

その理由をこう語る。

「ぼくは他人の手を借りてきみを愛撫する。ぼくは自分のものであることを確かめるためにきみを他人に貸す」

もちろん寺山の映画であるから、ただの娼家の物語だけで終るはずはない。

タイトルでは上海となっているが、

「香港の借りものの場所と借りもののじかんの上に乗っている虚構の市だ」

ステファン卿が、作者の言葉をこんなふうに代弁する。

そして、この娼家には新高恵子が演じる、そこを映画のセットだと信じて疑わない美人

の狂人娼婦がいたりして、何が現実で、何が虚構なのかわからない時間が刻まれていく。一九二八年の中国――。

この映画にも、これはしっかりと描き出されている。

さて、ステファン卿によって娼婦にされたＯ嬢。

両手両脚を拘束したＯ嬢の目の前で別の女を抱くステファン卿。Ｏ嬢は、そんなプレイを悦びと感じるようになっていく。

そして、ステファン卿への愛の証しとして娼家で多くの他人と性交させられるＯ嬢はこんなことをいい始める。

「ああ、あたしの体を、あたしの自由にならないようにしてちょうだい。あなたを裏切ることを考える暇さえないように、あなたの名前をあたしの肉体に焼きつけてちょうだい。鞭や鎖の痕で……あいつがステファンのものだと、だれの目にもわかるように」

そんなＯ嬢の痴態を覗く貧民街の少年がいた。彼は革命兵士である。いつしか少年はＯ嬢に心を寄せ始める。それを知りつつ、ステファン卿はこの少年にＯ嬢を譲る。

O嬢を抱く少年。

物かげからその時のO嬢の姿を見つめるステファン卿。O嬢は少年のキスの求めに応じる。それを見たステファン卿は、

「許せん」

と、吐き捨てる。

O嬢は、少年の愛撫に、人形から生身の人間となり、笑みを洩らす。これにステファン卿は激怒して、少年兵士を銃殺する。

そして、少年兵士のいた部屋のドアを蹴破ると、そこは香港でも、上海でもない虚構の海。

映画『田園に死す』で東北の田舎の家の板の間のセットが、バンと倒れると、そこは新宿の雑踏となる展開と同じである。

ラストシーンは、タイガーバームでのパーティ。ここで娼館の主人である黒蜥蜴がいう。

「さあ、あなたはもう解放されたのよ。O！　どこへでも好きなところへ行ける。だけどO、もし、アナタが望むなら、いつまでもここにいていいのよ……」

Ｏ嬢はそこを立ち去ろうとはせず、凛として立っている。

カネのためでもなく、愛のためでもなく、ただ囚われつづけることによって、世界と対峙しようとする、娼婦。その娼婦の姿に、寺山の娼婦に対する畏敬の念が見てとれる。

寺山にとって娼婦は、少女とそして人形と同じで囚われて老いていく身でなくてはならない。

その意味で、このＯ嬢のラストシーンに寺山の理想の娼婦像が明確に示されている。

しかし、寺山が作品化した娼婦が全て理想の娼婦だった訳ではない。

映画『田園に死す』に登場した、人生のやり直しをしたがっている娼婦と同じように、人生のさまざまなしがらみを背負い、父親のため、母親のために身体を張る悲惨な娼婦をも登場させている。

昭和四五年（一九七〇）一一月二〇日〜三〇日、高田馬場・新宿一帯で上演された、寺山が台本を書いた市街劇『人力飛行機ソロモン』[12]の上演台本に、とあるアパートの一室で娼婦として生きる女、美那が次のような身の上を話す。その科白部分だけを以下引用してみよう。

あたしがこの商売をしないと、おとうさんをやしなっていかれないのです。

お父さんはもう、足腰が立たないんです。

どうしてあたしにお客がつかないかというと、それはあたしが病気持ちだからなの。


この芝居では、アパートの一幕劇のあと、この娼婦も芝居の観客としてやってきた客と一緒に市街劇本体と合流する。

そこで寺山はこの娼婦を、芝居のタイトルにもなっている人力飛行機ソロモンで、

「飛ばしてやりたい」


つまり、自由にしてやりたいと、メッセージを送る。

てなし子の娼婦は、自らすすんでその性の現場にとどまることを良しとする寺山ではあるが、父のため、母のために娼婦になり、病気持ちになった娼婦には、そこから「飛び出せ」「飛び立て」と繰り返しアジテーションを送るのである。

「マダム・エドワルダ」の自らを解放しきった、神々しいまでに眩しい性、「バルコン」「O嬢の物語」における、生殖をともなわない、またゲームとしての性に生きる娼婦たちは、その仕事に矜持を持ち、堂々と生きている

だが、誰々のために身体を張る娼婦には、その衿持は見当たらない。これはいけない。「娼婦たちよ、誰々のためといわず、自分のために、ここで、こうやって性を楽しんでいると言い放つ衿持を持て」

寺山はさまざまな評論、エッセイで『人形の家』のノラを例に出しながら、自分のために娼婦になるのであればそれはそれでいいではないか。と、語りかけた。

しかし、その作品には自立とは対極の娼婦ばかりを登場させた。

ここにも近代（前衛）と前近代（土着）をごった煮にする寺山世界が垣間見える。

どちらが寺山の理想の娼婦像なのか、白黒ハッキリさせろといっても詮無いこと。

なぜなら、近代と前近代が混合し、ごった煮の中にいる娼婦という考え方の中にこそ、寺山の娼婦観があるからである。

昭和五七年（一九八二）に寺山が監督し、映画として遺作となった『さらば箱舟』[13]がある。この映画には寺山の近代（前衛）と前近代（土着）に関する考え方がよく現れている。それは、とりもなおさず娼婦観にも関係するので、少しだけこの映画に触れておく。

老人が子どもを引きつれ、リヤカーに村中の時計を積んで海辺にやってくる。

海辺に穴を掘り、そこに時計を投げ込んで、

「坊ちゃん、これで時間は本家だけのものになりましたよ」

と、告げるシーンから始まるこの映画のテーマは時間。

少年は本家の時任大作。これに分家の捨吉、そして本家から捨吉の嫁になったスエ、映画は概ねこの三人の物語である。

捨吉とスエの結婚に反対だったスエの父が、彼女に貞操帯を付けさせたために、ふたりはいつまでたっても肉体関係が持てないでいる。

ある日、大作がふたりの関係をからかったところ、かっとなった捨吉が大作を殺してしまう。

捨吉はスエを連れて村を出、何日か放浪するが、結局どこへも行けずまた村に戻ってきてしまう。村に戻った捨吉は、ものを忘れていく奇病にかかり、ついには自分が誰であるのかもわからなくなってしまう。

そんなとき、冒頭で村中の時計を運んできた老人が、またリヤカー一杯の時計を持って現れ、

「これで自分で好きに時間をコントロールできる」

と、村人たちに時計を売る。

これはたった一つの時計を皆で見ていた時代（前近代）から、一人ひとりが時計を持つ時代（近代）へ移るということの象徴である。しかし、そのとき、捨吉は自分が誰であるかわ

からない奇病にかかってしまうのである。

近代とは、一人ひとりが自分の時間を持つ時代であり、それを近代的自我という。それはまた個人主義ともいわれ、自分で責任が持てればなにをしてもいい時代である。

そんな時代に、自分が誰だかわからないという奇病とはなんのたとえなのか？

物語の終わりに、自らの時計を持った村人たちは皆、土地を離れ、あたかも東京のような隣町へと出ていってしまう。

そして、誰もいなくなった村でスエがあの世へいった捨吉に語りかける。

「隣の町なんて、どこにもない……神様トンボはうそつきだ。両目とじれば、みな消える……隣の町なんかどこにもない……百年たてば、その意味わかる！　百年たったら、帰っておいで！」

誰かのために身体を張るのはバカバカしいからやめなさい。

でも自分のためだったら、それはそれで良しとしよう。

ただし、それで全てが解決したりなんかしない。

この世は前近代（土着）と近代（前衛）のごった煮の世界。

自己責任で全てが解決する町なんでどこにもない。百年経ったら、そのことがよくわかる。

『さらば箱舟』は寺山のそんな世界観の映画なのである。

そしてそれは、まさしく寺山の娼婦観にも、実にぴったりと重なり合っている。

註

(1) 寺山修司『現代の青春論　家族たち・けだものたち』(一九六三年四月八日、三一書房)
(2) 寺山修司『不良少女入門——ぼくの愛した少女』(二〇〇四年四月五日、大和書房)
(3) 寺山修司『月蝕機関説』(昭和五六年一〇月一五日発行初版、冬樹社)
(4) 寺山修司『さかさま文学史　黒髪篇』(平成四年三月一五日改版初版、角川書店)
(5) 寺山修司『寺山修司の戯曲　9』(一九八七年六月一日、思潮社)
(6) ジョルジュ・バタイユ/生田耕作訳(平成一五年五月一〇日二〇版、角川書店)
(7) ジャン・ジュネ/渡辺守章訳『女中たち・バルコン』(二〇〇二年一月三〇日第二刷、白水社)
(8) ポーレーヌ・レアージュ/千草忠夫訳『O嬢の物語』(平成一六年八月三〇日第一刷、日本出版社)
(9) 寺山修司『寺山修司全シナリオ　1』(一九九三年三月二〇日初版、フィルムアート社)
(10) 寺山修司『田園に死す・草迷宮』(一九九〇年二月一五日第四刷、フィルムアート社)
(11) 寺山修司『寺山修司全シナリオ　1』(9)と同じ
(12) 寺山修司『寺山修司の戯曲　7』(一九八七年一月二〇日初版、思潮社)
(13) 寺山修司『寺山修司全シナリオ　2』(一九九三年四月三〇日初版、フィルムアート社)

終章　平成の今、寺山修司になって桃ちゃんを考える

寺山修司の『青森県のせむし男』に登場する大正マツを前近代的な娼婦の原型に据え、しかし、それから脱却して、自立して生きる戦後の娼婦を着飾った労働者、ファッション・プロレタリアートという立ち位置でとらえ、そうした娼婦を主人公とする小説を娼婦小説と規定、敗戦後すぐに書かれた石川淳の「黄金伝説」「雪のイヴ」から、二〇〇一年九月一一日アメリカ・ニューヨークの世界貿易センタービルへの旅客機突入を契機に世界が戦争状態に突入した後の新宿・歌舞伎町のソープランドを舞台にした清野かほり「石鹸オペラ」までを読み解いて、敗戦後の日本人の娼婦を見る眼の変化を追った。

昭和二〇年、敗戦で自信をなくし、何をしていいのかわからなくなっていた日本の男たちを尻目に、女たちは溌剌と生きた。そうした女たちの生き様を描いた「黄金伝説」「雪のイヴ」「肉体の門」は、日本人の再生の物語として喝采を浴びる。

その四半世紀前、身体を張って生きる女性たちは卑しい稼業とも、醜業婦ともいわれて

いたのに、である。

これだけでも日本の男にとって、敗戦のショックがいかに大きかったかがわかる。

だが、世の中が落ち着いてくると、娼婦たちへの喝采は止み、彼女たちを見る眼はまたぞろ、卑しい稼業、醜業婦に近いものになっていく。

昭和三三年四月一日、売春防止法施行。

その結果、ある時期、身体を張って生きることが人間として再生の道だと思って生きた女性にとんでもない災難が降り掛かる。

松本清張が書いた「ゼロの焦点」は、そうした女性の物語である。

もちろん、世の中が豊かになっても身体を張って生きる女性はなくならなかった。そうした女性は「これが、わたしの運命なの」と、自らにいい聞かせ働いた。

この頃、西欧から明治時代に入ってきた近代的自我の思潮が日本人の中に根付き始めていた。

一九六三年四月八日第一刷発行というから昭和三八年の春である。寺山修司が『現代の青春論　家族たち・けだものたち』[1]を上梓する。

第一章は「家出のすすめ」で、その中に「『人形の家』の家出人」という見出しのついた一節がある。

『人形の家』のノラが家を出て、金がなくなったら売春婦になってもいいではないかという論で、さらに寺山はこんなふうにつづける。

ノラが町角で、きわめて陽気な売春婦に、自発的になっていたのだとしたら、何しろ彼女は美人です。町ゆく男は放っておかないでしょう。


寺山は、この論を持って全国の大学を講演して廻る。

寺山の「家出のすすめ」はイコール近代的自我の確立のすすめであり、その自我を持ったものは身体を張って生きても、それはそれでいいではないか、という論でもあった。

寺山が競馬エッセイにさかんに登場させたトルコの桃ちゃんは、それを具現化させたキャラクターである。

また寺山は、古今東西の娼婦を扱った小説、映画、芝居に興味を示し、生殖をともなわない、ゲームとしての性、プレイとしての性に注目し、少女と人形と娼婦の関係について言及した。同時に自身のさまざまな作品に娼婦を登場させ、日本人の娼婦観に揺さぶりをかけた。

やがて、寺山の「家出のすすめ」のアジテーションに煽られた人たちの中に、家を出て、金がなくなったら身体を張っても、それはそれでいいではないかの娼婦観を持つ人も現れる。

当然ながら娼婦を取り巻く環境にも変化が生じてくる。

娼婦小説といえばこの人と誰もが思い、また多くの赤線小説を発表していた吉行淳之介が書いた、若い女性と中年男性との持ちつ持たれつの関係を描いた小説「夕暮まで」をヒントにした愛人バンク「夕ぐれ族」が出来て、大ブームが巻き起こり、日本に多数のノラが出現したのは、奇しくも寺山が死去した五八年のことだった。

娼婦小説にも、寺山の影響は現れてくる。

全身ではなく、半分娼婦、三分の一娼婦の発想で書かれた佐藤亜有子の「ボディ・レンタル」もそうした作品である。

性風俗も多様化し、日本の娼婦も西欧並みになった。人々がそう思い始めた。

そんな平成九年に、昼間総合職のエリートＯＬ、夜娼婦という女性が東京渋谷で殺されるという事件が起き、彼女が抱えた心の闇が注目を集める。そして、いつしかそれは娼婦とは何者なのかという問いにまで及び、日本人の娼婦観はここでまた大きく変化することとなる。

ところで、本稿に関してであるが、課題であった戦後の娼婦小説の系譜に関しては、ほぼ満足できる形で言及できた。また寺山修司の娼婦観に関する論及も、おおよそ達成できた。

だが論を進めるうちに自立した娼婦が抱える心の闇という問題が浮上し、これに関しては戦後というカテゴリーと、筆者が娼婦をファッション・プロレタリアート、着飾った労働者と見なして対峙しているだけでは前近代と近代の狭間で「肉体の門」のボルネオ・マヤのように宙吊りにされた日本の娼婦の心の闇は解き明かせないことがわかってきた。

今後は、五章で考察した、現在の日本の娼婦は、寺山の提起する大正期に金のためではなく自らの癒しのために身体を投げ出した『青森県のせむし男』の大正マツをも含めた前近代の娼婦と、「ボディ・レンタル」で語られた半分娼婦、三分の一娼婦の近代の娼婦がごった煮の世の中に存在しているという認識に立ち、前近代である江戸期の娼婦をも視野に入れ、曽根ひろみ『娼婦と近世社会』(2)、小谷野敦『日本売春史——遊行女婦からソープランドまで』(3)なども読み込みながら日本人の娼婦観及び娼婦の抱える心の闇の問題を考え、娼婦とは何者なのか？　女性が身体を張って生きるとはどういうことなのか？　を論じ、尚かつ前近代と近代のごった煮の中から立ち現れてくる娼婦、平成の桃ちゃんとは誰なのかを、もちろん娼婦に関してのみという限定付きではあるが、寺山修司になって世の中を見つめ、考えていく。

註

（1）寺山修司『現代の青春論　家族たち・けだものたち』（一九六三年四月八日、三一書房）
（2）曽根ひろみ『娼婦と近世社会』（二〇〇三年一月一日第一刷、吉川弘文館）
（3）小谷野敦『日本売春史――遊行女婦からソープランドまで』（二〇〇七年九月二〇日、新潮社）

肆

伊藤裕作という生き方——産土神に守られて

一　芸濃町にどうして水族館劇場の幟が立つことになったのか？

明日一八歳になるという、昭和四三（一九六八）年二月二四日、一旗揚げようと芸濃町椋本の地を発ったとき、四八年後の平成二八（二〇一六）年五月に、その椋本の地で水族館劇場の小屋掛け芝居をするようになろうとは、私も、また町の人たちも誰も予想してはいなかった。

だが、こうなることは、どうやら天命だったようである。

水族館劇場との出会いは二五年前に遡る。

私が二〇〇〇年から一〇年間連載した『映画芸術』の〝二〇〇〇年にアングラ芝居を探して〟の連載第一回目（二〇〇〇年夏号）「アングラ芝居の王道」の中で、こんなことを書いている。

寺山修司の「家出のすすめ」にアジられて上京。早稲田にもぐり込み、寺山のすることは何でもしてみようと、短歌を作り、芝居に興味を持って、ハタと気がつけば三十数年がたっていた。（中略）

これまで三十数年間観てきた芝居の中で、今スグに思い起こせる劇的シーンを三つ挙げろといわれれば、一つは、上野・不忍池で観た「状況劇場」紅テントの芝居で大久保鷹が背中に机を背負い池からズブ濡れで登場したシーン。

二つ目は「天井桟敷」の市街劇。紀伊国屋書店前で地図を受け取り、その地図を頼りに、四谷あたりのアパートを訪ねると、今思えば、あれは鈴木いづみだったろうと思える女優が演じる労咳病みの娼婦が蚊帳の中にいて「わたしを抱いて」とせまってくるシーン。

そして、もう一つは、十年近く前に観た「水族館劇場」。舞台が瞬時にくずれ落ち、すさましい量の水が噴き上げるスペクタクルなラストシーン。

また、その年の冬号、連載第三回目で「今が旬！　水族館劇場」と題して、次のように綴っている。

「水族館劇場がおもしろい」

いつの頃からか、ボクは芝居の話をするとき、こういうようになっていた。（中略）いまから十年ほど前、杉並区のお寺の境内で水族館劇場を観た。その芝居のタイトルも忘れたし、話のストーリーも今はもう思い出せないが、最下層に生きる人々の物語でそこで描かれる世界は、ボクには何故か無性になつかしかった。ラストで舞台がくずれ、天高く水が噴き上げるシーンは、美しくかつ感動的だった。（中略）昭和にこだわり、棄民にこだわるこの劇団の芝居をアングラではなく、アナクロだという人がいることも知っている。しかし、その芝居を観ているとき、どこのどんな芝居を観ているときより心が安らぐ自分がいた。と、いうことは、ボクも、とんでもないアナクロ人間!?　だが、去年亀有名画座の閉鎖公演をやったあたりから、水族館劇場のスタンスがいささか変わってきた。

世の中の動きと、水族館劇場が描く世界が妙に一致し始めてきたのである。そして、森首相が「神の国」発言をした、そんな矢先の「廃墟の森のディアスポラ」（作・演出桃山邑）。

昭和にこだわり棄民にこだわり、時をさまよううちに、アナクロが旬になった。（後略）

ディアスポラというのは「離散」という意味である。

私が心安らぐ芝居を観たと、書いている演目は二〇一三年に桃山邑氏の編で出版された『水族館劇場のほうへ』（羽鳥書店）の上演年表に照らし合せると一九九〇年に東京・高円寺、堀之内妙法寺駐車場での「GETDOWN IN THA DARKNESS 漂流都市―亜細亜の戦慄　第四部―」である。

ちなみに私と、そんな水族館劇場が急接近するのは一昨年、二〇一三年の夏。

この年は、昭和を代表するストリッパー、一条さゆりの一七回忌の年だった。

その話の前に、ここ一〇年の私の生きざまを記しておこう。文筆業を生業として寺山修司の書いた〝トルコの桃ちゃん〟を探す旅を続けてきたが、五五歳になって、その過程をキッチリ整理しておこうと、法政大学の大学院に社会人入学し、二〇〇九年三月「戦後の娼婦小説の系譜と寺山修司の娼婦観」というタイトルの修士論文を書いて修了。二〇一〇年、還暦の年に、この修士論文を含めた『私は寺山修司・考　桃色篇』（れんが書房新社）を上梓。この年からハーフターンと称して、東京（都）と故郷の三重（鄙）とを行ったり来たりする生活を開始する。それは、私的には、どう生きていくかの旅から、どのように死んでいくのかの旅への転換を意味していた。

翌二〇一一年三月七日、母死亡。一一日東日本大震災。故郷、絆が日本中で盛んに語られるようになる。だが私にとって、故郷とは東北のことではなく私が生まれ育った三重のことであり、絆とはその故郷の人々との関係を意味していた。五月、津あけぼの座で流山児★事務所公演『夢謡話浮世根問《うたはゆめうきよのねどい》』（北村想・作、小林七緒・演出）の勧進元になり、私の大好きなアングラ芝居を、故郷で上演する試みに着手する。そして、それが二〇一三年へとつながっていく。

ストリップのプロデューサー、ジョージ川上氏から一条さゆりの一七回忌を、彼女が亡くなった大阪・釜ヶ崎でやりたいが、何かいい知恵はないかという相談を受けた。水族館劇場の別働隊である「さすらい姉妹」が一条さゆりの物語を『谷間の百合』（作・演出　桃山邑）として上演していることを知っていた私は、そのことを川上氏に伝えた。そして二〇一三年八月三日の釜ヶ崎での上演が決まる。一条さゆりといえば思い出すのが、彼女のことを小説に書き、その売出しに尽力した作家であり、中国文学を教える大学教授でもあった故駒田信二氏。この人は、芸濃町多門の出身である。ならば、津でも上演しよう。こうしてこの年の七月三一日、津あけぼの座スクエアで『谷間の百合』を上演し、前述した『映画芸術』での私の水族館劇場評を読んでいてくれていたという桃山氏と気脈を通ずる仲となる。

帰京し、桃山氏と津での公演のお疲れ会を催したとき「今度は三重県で、水が噴き上げる水族館劇場の本公演をしたいですね」と、酔いにまかせて口走った。そのとき私の脳裡には、芸濃町の雨乞いの行事をテーマにした水族館劇場のスペクタクルなラストシーンが思い浮かんでいた。しかし、この話は酒席での与太話で実現性は極めて低いものだと両者で確認し、私は、その後一〇月八日、九日同じく津あけぼの座スクエアでの、流山児★事務所公演『花札伝綺』(寺山修司・作　青木砂織・演出)に集中し、この公演を多数の観客に観てもらい成功させる。

さて次、何をしようか？　二〇一四年以降の津での芝居興業計画の参考にしようと、上記三本の芝居を観てくれていた、中学校の一学年下、バレー部で一緒に頑張った駒田製瓦所社長の駒田仁志氏に、その感想などを聞きたくて会った。そのとき仁志氏が、我が故郷の椋本神社で三年に一度、正月に執り行われる獅子舞の保存に力を注いでいることを知る。同時に獅子舞の存続が後継者不足で危機的状況に陥っていることを聞かされる。少年時代、獅子舞の後をついて廻ったことが甦ってきた。口取りの〝タンタンシュ、タンタンシュ〟

という音が耳底から聞こえてもきた。今は東京の芝居を津へ呼んでいる時ではない。椋本の獅子舞を何とかしよう、そう思った。

芝居をする友人も多いが、映画に携わる友人も少なくない。東日本大震災以降、宮城県の石巻に入り、ドキュメント映画を撮っている青池憲司監督のことを思い出した。『琵琶法師山鹿良之』というドキュメント映画を撮り、阪神淡路大震災以降はコミュニティの絆に重きを置いて映画を撮っているドキュメント映画の監督である。椋本の獅子舞もその切り口で撮ってもらおう。そう決めた。

二〇一四年五月二八日、水族館劇場『嘆きの天使』を三軒茶屋　太子堂八幡神社境内で観る。その時の「Ｆｉｓｈｂｏｎｅ」六四号に桃山氏の友人である金田恒孝氏の「伊那谷の祭り考」という一文があり、そこに産土神についての記述があった。

うぶすな神は、そこで生まれたいのちがその地を遠く離れても、地を離れて守り続ける、言い換えれば、働きが地に縛られない神である。

目から鱗であった。私は椋本神社の産土神に守られ、故郷を離れた四十数年間、元気に過ごせてきたのである。その感謝の意味においても獅子舞映画を完成させよう。私の決意は確かなものになっていった。

七月二〇日、椋本神社祇園祭。青池監督を椋本に招き、映画作りはスタートした。秋、映画で芸濃町を紹介するために『芸濃町史』を読む。その過程で、二〇一六年が芸濃町になって六〇年になることを知る。また日本に「げいのう」という地名は津市芸濃町だけだということが解る。「げいのう」という、この地名でもって町おこしが出来るのではないか？〝町の名も、また財産である〟そんなフレーズが、脳裏を走った。

二〇一五年正月元旦、獅子舞のクライマックスシーンを撮り、二日青池組椋本を去る。三日、私も帰京し、水族館劇場「さすらい姉妹」の『ｕｎ　ｇａ　ｙｏｋｅｒｙａ』を上野・科学博物館前広場で観る。このときの案内に〝水族館劇場は長い活動停止状態に入りました〟と記されていた。終演後、桃山氏と一杯酌み交わし、二〇一五、二〇一六年に本公演がないことを知る。

何もないところに小屋（劇場）を建てて芝居をする〝小屋掛け芝居〟は芸の濃い芸能である。芸濃町に打ってつけ！　二〇一五年は獅子舞映画の上映会などがあり無理だが、二〇一六年なら……。芸濃町が六〇歳になる二〇一六年に、水族館劇場の〝小屋掛け芝居〟で芸濃い祭、という企画が私の中で浮上した。

どんな芝居をやってもらうのか？　雨乞い？　いや、それより、文久二年（一八六二）の日照りが続いた年に一念発起して、椋本に横山池を作った駒越五良八翁の物語の方がいいのではないか。安濃川から灌漑のために水を引き、池を作った物語なら水のスペクタクルを得意とする水族館劇場に似つかわしい。そう思い、幕末から明治の時代の椋本の歴史の勉強に取り掛かった。慶応二年（一八六六）工事期間五年、工費二万両、人夫数一〇万人をかけて、横山池は完成する。ちなみに椋本出身者で、この頃注目を集めていた人がもう一人いた。明治一四（一八八二）年に、製茶輸出会社を起こし大成功した人物で、明治二八年（一八九五）に四七歳で亡くなった駒田作五郎氏である。

椋本を離れて四十数年、初めて知ることも多く、郷土史の学習は面白かったが、これだけでは桃山氏に椋本で水族館劇場の〝小屋掛け芝居〟をしてほしいとはいい出せない。

二月一〇日、獅子舞映画で春日井建氏の詩を、早稲田短歌会の先輩で短歌絶叫歌人の福島泰樹氏に詠んでもらうことになり、吉祥寺のライブハウス『曼荼羅』で撮影する。このとき、何故この映画を作っているのかと福島氏に聞かれ「故郷への恩返しです」と答える。二月末、獅子舞映画『獅子が舞う　人が集う』完成。六月二一日、芸濃総合文化センターホールでの、上映会が決まる。

この時期にさまざまな出会いがあった。実は、私が寺山修司に煽られて故郷を出たことを知る高校の恩師から、私の二学年下に、同じようにして「天井桟敷」に走った生徒がいたと知らされ、機会があったら会ったらどうかと勧められて連絡先を教えられていた。前述した『花札伝綺』の公演の時に、連絡を取った。名古屋の出版社「人間社」の代表・高橋正義氏である。寺山修司の取り持つ縁というのだろうか、意気投合した。私が何にこだわり、どんなものを書いてきたのかを知った高橋氏は、私に、昭和初年の伊勢志摩のことで一冊、本を書かないかといって、さまざまな資料を提示してくれた。その資料には谷崎潤一郎、竹久夢二、江戸川乱歩などなどの名前が飛び交っていた。椋本の幕末から明治のことを勉強している時期と重なっていたことが、幸いした。私は、奇想天外な夢を見て、とんでもない発見をする。

昭和初年に江戸川乱歩が『新青年』に連載した『パノラマ島奇譚』で、主人公の人見廣介が入れ替わる旧友の名前は菰田源三郎。M県T市の出身で大富豪、若くして亡くなっている。そして、パノラマ島奇譚では、自然の島を大改造するのである。M県T市とは三重県津市に他ならない。駒田作五郎vs菰田源三郎。人工の溜池・横山池vs人工の楽園・パノラマ島。

椋本の駒越五良八翁の横山池造成工事と駒田作五郎氏の話を下敷きに江戸川乱歩が書い

たのが『パノラマ島奇譚』である。私はそう確信した。この横山池とパノラマ島の話を虚実皮膜の作劇術を駆使して水にまつわる桃山ワールドにしてもらえば、芸濃町の還暦祝いにふさわしい芸濃い芝居になる。

さまざまな出会い、偶然は、天命であった。こうして二〇一六年五月、江戸川乱歩の作品が没後五〇年で著作権が消滅した次の年に、津市芸濃町椋本に水族館劇場の幟（旗である）が立ち、芝居小屋が姿を現すことになったのである。尚、江戸川乱歩は御存じのように三重県の出身である。念のため。

（Ｆｉｓｈｂｏｎｅ　ｏｎｌｉｎｅ　２０１５）

二　妄想の果実――乱歩「パノラマ島綺譚」と芸濃町

十数トンの水を使った〝水落とし〟の芝居集団として知られる「水族館劇場」の小屋掛け芝居を縁あって、私の生まれ育った三重県津市芸濃町椋本で興行することになった。江戸時代、椋本村は水不足に悩まされていた。これを救ったのは地元の篤志家だった。水芸の芝居集団に水にまつわる物語は似つかわしい。どんな芝居をやってもらおうか？　郷土史をひもとくと、さまざま思いもよらない事柄が浮上してきて、私の妄想は膨らんでいった。

平成二七年（二〇一五）、芸濃町椋本の椋本神社で三年に一度執り行われる獅子舞のドキュメント映画を製作し、そのナレーションのために三〇年前に発行された『芸濃町史』を読み、椋本村に幕末から明治初年にかけて灌漑用の人工の池「横山池」を作った駒越五良八翁と、明治の早い年代に製茶製造会社を作り横浜から世界へ紅茶を輸出した駒田作五郎氏という郷土の偉大な先人がいたことを知った。さらに五良八翁を知る資料として財団法人・日本土壌協会発行の「圃場と土壌」の平成七年九月号を手に入れた。「圃」というのは畑、菜園という意味。ここには「三重県芸濃町土地改良偉人伝　六八歳で事業を開始　駒越五良八貞清翁と横山池」という水谷たけ子さんの筆による漫画が六ページに渡って描かれ、郷土史研究家の横山利明氏の「郷土開発者駒越五良八貞清翁伝」という現地ルポも掲載されていた。それによれば天保元（一八三〇）年の凶荒で椋本村に飢餓人が続出する。その原因は村の耕地への水の確保がままならなかったことだった。駒越五良八翁（寛政七年二月一一日〜明治一一年五月六日）は、その現実を目の当たりにして一念発起、旅籠屋と清酒醸造業で財を成し、これを解決するためには千百の議論より、ただ一つ水あるのみと、安濃川の上流から水を引くことを考え、文久二年（一八六二）一一月その工事を開始する。このとき翁、六八歳。提灯の光によって測量する方法を考えだし、徹夜すること数十夜。三年かかって以前からの溜池の隣にあった真言宗千寿寺のお堂を、今回水族館劇場の仮設舞台が建つ東日寺境内に移転させ、池に水を引き込むことに成功する。

ところが元治元年（一八六四）、藤堂藩は突然工事の中止を命じてくる。

「丁髷《ちょんまげ》が響野狐にだまされて　水はコンコン　後はワイワイ」

こんな戯れ歌も作られた。翁は藩を説き伏せて工事続行の命を取り付け、慶応二年（一八六六）工事期間五年、工費二万両、人夫数万人で人工の池、横山池を完成させる。これによって豊久野三千町歩と椋本北部の二百余町を灌漑、余った水は豊久野新田から高野尾野崎、一身田の伊勢別街道沿いの村々を潤し、津市江戸橋から伊勢湾へと流れ込んだ。

もう一人の先人、駒田作五郎氏は嘉永二年（一八四九）一〇月二九日生まれで、その略歴を見ると、茶の栽培や製茶方法を改良し、数々の品評会で優秀な成績を上げる。紅茶の製造も手掛け、明治一四年（一八八一）に製茶輸出会社を作る。一六年には三重県製茶会社も設立、二八年二月二二日、四七歳で死去となっている。

茶の輸出は仲買や問屋の手を経て、神戸、横浜、長崎に集められ、各国の商館へ引き渡されていた。この仲買、問屋を中抜きし直接輸出が出来れば生産者に有利になると考えたのが作五郎氏だった。そこでイギリスやアメリカなどに直接輸出のできる会社設立を計画するが、失敗に終わる。しかし、これにくじけることなく明治一六年にアメリカのウオルシュ・ホール商会のトーマスニウオルシュ氏を招き、茶の品質改良と直輸出の必要性を講演してもらい会社を作ることに成功する。だが、政府の認可は下りていなかった。前例がないことを理由に、なかなか認可が下りず、当時の県知事である県令も上京して嘆願を繰り返して、ようやく認可が下りる。三重県製茶会社と名付けられたこの会社は、本社を四日市、分社を山田において、一七年四月、ウオルシュ・ホール商会と契約を結び、茶の直輸出を始める。この会社は当初は順調だったが、二〇年アメリカの茶の価格が下落、会社は多額の借金を抱える。政府の補助を求めるも却下され、会社は解散に追い込まれた。その後、茶の直輸入をする会社は京都、大阪、静岡などに作られ、二〇年以降は政府も、こうした会社を奨励するようになった。その先駆けになったのが椋本村出身の駒田作五郎氏だったのである。

この二人が江戸川乱歩の「パノラマ島綺譚」とどういう関係があるのかって？　これが大いにあるのである。江戸川乱歩は大正六年一一月一一日〜八年一月まで鳥羽造船所電気部に勤め、この会社の社内報「日和《にちわ》」の編集長として編集はもちろんのこと巻頭言から漫画、カットまで担当する。そればかりか鳥羽造船所が日商岩井の前身である鈴木商会というこどもあって「日和」の編集長という肩書で三重県知事や三重県の内務部長にインタビューを試みている。几帳面な乱歩は、そうした日々の記録を「貼雑年譜」として残していた。それを乱歩の長男である平井隆太郎氏が『乱歩の軌跡　父の貼雑帳から』（東京創元社）として世に出している。その本のおかげで「パノラマ島綺譚」の主人公、人見廣介が入れ替わる菰田源三郎が、もしかしたら駒田作五郎なのではないかという私の妄想が妄想ではなくなってくるのである。

そもそも菰田源三郎、駒田作五郎、このよく似た名前の響きが私の妄想の始まりだった。前述したように、私が駒田作五郎という名を知ったのは、獅子舞のドキュメント映画のナレーション作成のために『芸濃町史』を読んでいる時だった。私が生まれ育った芸濃町椋本へ帰り始めたのは五年前還暦を過ぎた頃からで、それまで一八歳で高校を卒業して、寺山修司の「家出のすすめ」に煽られて上京してから四十数年は、ずっとご無沙汰していた。そんな私の高校の二年後輩に、やはり高校生の時に寺山修司の影響を受け、今名古屋で出版社をしている高橋正義氏がいた。彼とは寺山修司の取り持つ縁でドキュメント映画のナレーション作りをする一年前に出会っていた。私が物書きをしていると告げると、鳥羽に「宮瀬規矩」という興味深い人がいると語り、この人について何か書いてみませんかとさまざまな資料を提供してくれた。この宮瀬規矩氏は明治二十九年、志摩郡鳥羽町大里の生まれのジャーナリストであり歌人でもあった人で、江戸川乱歩が大正六〜七年、鳥羽造船所に勤めていた頃伊勢朝報という新聞社に勤めていた。さらにいえば乱歩は、この頃規矩の三歳五カ月下の実弟・岩田準一氏宅に寄宿していた。ちなみに岩田準一氏は竹久夢二に絵の指導を受け、江戸川乱歩の「パノラマ島綺譚」の挿絵を担当している。また民俗学の研究家としても著名で、志摩の民俗に欠かせない存在で、著書も残している

そんなこともあって、私は『芸濃町史』と並行して「パノラマ島綺譚」を読む機会を得、それ故に菰田源三郎と駒田作五郎の音の響きに反応することになる。

では、どうして菰田源三郎が駒田作五郎をヒントにしていると思ったのか、について述

べてみよう。前述の「日和」三号に、次のように書かれている。「（大正七年）十二月、雨降りていと寒き日、人力車を駈りて県庁裏の官舎に知事長野幹君を訪ふ。広く且美しき応接間にストーブを囲みて対談一時間（中略）」そしてさまざまインタビューの後、この記事は、次のように締めくくられる。「話に心奪われてストーブの火将に消えなんとす知事はセッションまがひの炭入より石炭をストーブに投入れ、それをかき回し乍ら、県下産の紅茶の自慢話に入り興味ある話題深々して尽きざる中に時は早や正午に近し。即ち辞して玄関を出づれば、車夫殿雨中にツクネンとして車上に人を待つ。」この紅茶というのは駒田作五郎氏が、当時の県知事、県令の世話になってアメリカに直輸出を目論んだ紅茶だったのではないか。この記事の事柄は大正七年十二月とある。谷崎潤一郎がエドガー・アラン・ポーの作品「アルンハイムの地所」の影響を受け人工の自然を讃える「黄金《こんじき》の死」を書いたのは大正三年一〇月。だからこの頃、乱歩の脳裡では谷崎を意識して芸術的大理想で描く芸術的大自然のことが渦巻いていたことだろう。そんな時に、県庁所在地の津市の郊外椋本村出身の駒田作五郎氏の紅茶の話から、椋本村の人工の池「横山池」へと話が及んだとしたらどうだろう。「興味ある話題深々として尽きざる」と記されているが、これが乱歩の偽らざる心境だったと思われる。

乱歩にとって椋本村というのが興味の対象成り得る村だったのだろうか？　実は乱歩の

本籍は三重県津市上浜町で、一歳から三歳までは父親の仕事（三重県鈴鹿郡役所の書記）の関係で、現在の亀山市に住んでいる。その住所は亀山町市乃坂、亀山町権現社のそば。そこは椋本村から自転車で三〇分ほどの距離である。前述「貼雑年譜」にはその住所がしっかり書かれている。幼少の頃に住んでいた近くで、幕末から明治初年に掛けて三重県一ともいわれる人工の池が作られていたとあれば、自然の改造、風景の創作に興味深々だった、その頃の乱歩が椋本村へ興味を抱き、出向いて当然であろう。

椋本村への足はどうだったのかって？　今は津駅と椋本の間には三重交通の路線バスが走っている。では大正七年はどうだったのか？　調べてみた。大正三年一二月二八日に津新町から椋本までの軽便鉄道、安濃鉄道が開通して『芸濃町史』にはその当時の時刻表も掲載されている。それによれば、津新町駅から椋本への終電は夜八時三〇分発で椋本着が九時二二分。「パノラマ島綺譚」に人見廣介が菰田源三郎の墓地に向かう描写は、次のようである。

「やがて、夜に入って目的地のT市へと到着しました。（中略）幸い寺は市外の野中に建っていましたので、もう九時過ぎという、その時分には人通りもなく（後略）」

小説では菰田源三郎は土葬され、人見廣介が墓を掘り起こすのだが、明治期の椋本村は小説同様に土葬だった。こんな記述もある。「菰田家といえば、T市の附近では、いやM県全体に亙って、所の自慢になっている程の、県下随一の大資産家です」これは駒越五良八翁の駒越家のことである。また人見廣介が菰田源三郎に成り代わり倒れている所を、乱歩は「街道からは余り距《へだ》たらぬ、茂みの影に」と書いている。江戸時代中期から明治初年まで、椋本村は東海道の関宿から伊勢神宮へと向かう伊勢別街道筋の宿場として栄えていた。

これらのことから菰田源三郎は、椋本村の二人の偉大なる先人、駒越五良八翁と駒田作五郎氏を乱歩がミックスさせて作り上げた人物像とみて間違いないだろう。

さてでは「パノラマ島綺譚」に度々登場する、沖の島の美女の群れはどう考えればいいのだろう？　それは乱歩の類まれなる想像力のなせる業。それでいいのだろうか？　そのことを考えようと人工の池「横山池」の土手に何度も立った。最初は何も見いだせなかった。やはり、あの美女軍団は乱歩の頭の中で作りだされた想像の産物。そのように思い始めていた時に、私の妄想が又膨らんだ。それは車で横山池周辺を回っている時だった。池の裏手に「石山観音」を指し示す案内板があった。「石山観音」には昔出向いたことがある。森の岩山に鎌倉時代に彫られたという三三体の石仏が散在していた。「パノラマ島綺譚」に次のような記述がある。「恐らくこの森は自然のままの森ではなくて、極度に大仕掛けな人工が加えられたもの」またこんなふうな記述もある。

「むせ返る香気と、万華鏡の花園と、華麗な鳥類と、嬉戯する人間との夢幻の世界」

「石山観音」が郷土の先人らのパノラマの森だったというのは私の妄想である。しかし人工の池の裏手の山に三三体の石仏の群れというパノラマの森の絵を頭の中で描いた時、その絵の中に津から軽便鉄道に乗って椋本村にやって来て、横山池の土手に立つ江戸川乱歩の姿も入り込んでいた。こうしてM県T市の山間《やまあい》の村の人々の物語が乱歩によって「パノラマ島綺譚」というタイトルで自然の改造、風景の創作の海の小説として書かれることになったのではないか。

「パノラマ島綺譚」には「見渡す限り何のさえぎる物もない、空と草だ。私達には今、それが全世界なのだ」とある。

これを「水族館劇場」に置き換えると、こうなる。

「見渡す限り何のさえぎる物もない、闇と水だ。私達には今、それが全世界なのだ」

乱歩が没して五〇年が経過した二〇一六年五月五、六、七、八日及び一三、一四、一五、一六日、間もなく「伊勢志摩サミット」が始まろうという伊勢の国、かっての藤堂藩の鄙の里で私の妄想は水落としの芝居集団によって確たる果実として、みな、みなさまの前に「この世のような夢」として差し出されることと相成った。

（平成二八年（二〇一六）四月九日発行『季刊文科』第六八号）

三　文章家宣言——斎藤緑雨の如く

三重県の山間の里に生まれた私が東京を意識したのは昭和四二年（一九六七）、津高等学校二年の時だった。もう五〇年も前のことだ。週刊誌「平凡パンチ」やテレビの深夜番組「11PM」に寺山修司が取り上げられ、主宰して創立したばかりの演劇実験室「天井桟敷」が紹介されていた。この頃、寺山さんは「家出のすすめ」を提唱し、若者に東京へ出てこいと挑発。行ってどうするのか？　寺山さんは真木不二夫が歌った歌謡曲「東京へ行こうよ」の〈行けば行ったで何とかなるさ〉の歌詞を使い、とにかく若者は東京へ出ろと煽動した。そのアジテーションに乗って、中学の修学旅行で一回行ったきりで身寄りが一人もいない東京へ家出することを私は決意する。

用意は周到だった。高校へも奨学金を貰って通っていた私は、どうすれば東京で一人で生きていけるのかを調べ、新聞販売店に住み込みで働けば住まいと食事が保証され、大学へ通えるという制度があることを知り応募、まず東京での生活を決めてから大学受験の準備に取り掛かった。受験に失敗したら「天井桟敷」に入れて貰おう。そうも決めていた。

運よく寺山さんが入学したのと同じ早稲田大学教育学部に入ることが出来、新聞販売店に住み込みで働きながら「天井桟敷」はもちろんのこと他の多くのアンダーグラウンド芝居を観、寺山さんの短歌を見様見真似で学び歌を作り、行けば行ったでなんとかなって一年は経った。そうした生活の中で、ある程度の蓄えも出来、新聞販売店を辞して念願の独り暮らし、私の東京での本当の家出生活がスタートしたのは、忘れもしない中学の卒業年度が同じ永山則夫が逮捕され、デカデカと新聞発表された四四年四月八日だった。

家出をした以上、何はばかることなく寺山さんに師事して芝居をやりたかったが芝居をやるとアルバイトが出来ず、東京での生活が成り立たないことを知り断念。以降は寺山さんの本を読み、芝居、映画を観て〈寺山修司的〉に生きることを選択する。寺山的に生きるとはどういうことか？　それは人それぞれなのだが、私にとっては寺山さんがことあるごとに人生の最果ての人として登場させた〈トルコの桃ちゃん〉を全国の盛り場を巡って探し出す仕事に、文筆業を名乗って精力的に取り組むことだった。

多分そうだろうなと思ってはいたのだが、この仕事をやってみてはっきりしたことがある。最果てを生きる人に寄り添う物書きに対する世間の目は冷たかった。もちろん人から褒められることでないことは覚悟していたが、家出少年の成れの果てが選んだ仕事である。

私は自身のことを竹中労の言葉を借りて〈ルンペン・プロレタリアート〉盛り場で働く桃ちゃんたちを〈ファッション・プロレタリアート〉と規定して、人がどう思おうと、それは私が、そして彼女たちが飯を食って生活していくための生業《なりわい》なのだと言い聞かせた。だから、どんな時でもともかく一生懸命だった。

そんな私が、家出してから足掛け四九年目になる今年、知り合って四半世紀になる東京の劇団「水族館劇場」の勧進元となり『パノラマ島綺譚外傳　この丗のような夢』（作・演出　桃山邑）を津市芸濃町椋本の東日寺境内で上演した。

実を言えば私は一一年前、五五歳の時に盛り場に出向いて、そこで働く女性たちをルポルタージュする仕事を控え、彼女たちを学問的に究めてみようと法政大学の大学院に社会人入学。戦後のファッション・プロレタリアートを主人公にした小説と寺山修司の桃ちゃん像との関係について研究し、平成二一（二〇〇九）年「戦後の娼婦小説の系譜と寺山修司の娼婦観」という修士論文を書き上げた。翌年この論文と、私の寺山修司的に生きた極私レポートとを合わせて『私は寺山修司・考　桃色篇』として上梓した。同時にこれ以降は〈いかに生きるのか？〉から〈いかに死んでいくのか？〉を思考して生きていく生き方に軌道を修正して、実家の宗教である浄土真宗と、その宗祖・親鸞を学び始めていた。

後ろ足で砂をかけて家出してきた故郷との関係はどのように決着《おとしまえ》をつけるのか？　その

ことは私自身ずっと気になっていた。解決のキッカケを与えてくれたのも「水族館劇場」だった。この劇団は公演の度に「Ｆｉｓｈｂｏｎｅ」という小冊子を出して観客に配布している。平成二六年（二〇一四）五月二八日、『嘆きの天使』を東京・三軒茶屋　太子堂八幡神社境内で観た時の「Ｆｉｓｈｂｏｎｅ」六四号に座長の桃山邑さんの友人、金田恒孝氏による「伊那谷の祭り考」という一文があり、そこに産土神《うぶすながみ》についての記述があった。〈うぶすな神は、そこで生まれたいのちがその地を遠く離れても、地を離れて守り続ける、言い換えれば、働きが地に縛られない神である〉。

氏神しか知らなかった私は目から鱗であった。この伝で言うと、私は故郷の椋本神社の産土によって守られ、東京流れ者を貫徹できたのだ。だとすれば、私に出来ることは庇護に対する感謝の気持ちをどうあらわすかである。ちょうどそんな時「水族館劇場」が野外芝居の出来る場所を探しているという話が飛び込んできた。我が産土の地でよかったら！こうして今春の「水族館劇場」公演は芸濃町椋本の産土への私の恩返し公演として企画し実現した。この公演に向けて、私は江戸川乱歩の『パノラマ島綺譚』は椋本の人工の池・横山池にまつわる話であるという仮説を「妄想の果実――乱歩『パノラマ島綺譚』と芸濃町」というタイトルで「季刊文科」六八号に寄稿した。その原稿を作・演出の桃山さんに読んでもらい、芸濃町の山間の物語を乱歩が海の物語にしたのが『パノラマ島綺譚』なのだと熱く語った。その折、私は東京で生きていくために日本中の盛り場を歩き、その取材記事を書いてご飯を食べてきたのだとも告げた。

公演が終わり、『この丗のような夢』の勧進元として私が今年度の斎藤緑雨文化賞をいただくことになり、そのことを桃山氏に伝えると、

「おめでとう。あの芝居で、前芝居が終わり、お客さんが劇場に入って幕が開き女優のらの千代次さんが登場、作家役の風兄《ファニー》さんに芝居の本を書いてくれと頼むと『儂は筆を折ったんだ。筆は一本、箸は二本。おまんまさえ食べていければそれでいい』って返すでしょう。あの『筆は一本、箸は二本』は斎藤緑雨の言葉なんですよ」

こういって、ニヤッと笑った。私は全く知らなかったのだが、桃山さんは緑雨が三重県出身でどのような来歴の文人であるかも知っていた。緑雨の言葉は「按ずるに筆は一本也、箸は二本也。衆寡敵せずとしるべし」。本当の物書きは貧乏で飯は食えないものだという意味である。明治文壇の鬼才といわれて売れっ子だった斎藤緑雨。芥川龍之介はそんな緑雨を「文芸的な、余りに文芸的な」の中で〈僕は随筆以外に何も完成しなかった斎藤緑雨にいつも同情を感じてゐる。緑雨は少なくとも文章家だった。〉と評している。緑雨は二人の弟を大学に通わせるために、若い頃ひたすら物を書く生活を自らに課していた。桃山さんが、今回の芝居の冒頭にどうして緑雨のあの言葉を持ってきたのか？　私なりにその

意味を考え咀嚼し、あれは桃山流の私への賛辞と激励だったのだと理解した。それに応え、私は今書いているこの原稿のタイトルを「文章家宣言」として発表することにする。

どういうことか？　私は〈いかにして死んでいくのか？〉を思考して今を生きている。だから、斎藤緑雨文化賞の受賞を機に、私如きの文章でおこがましい限りではあるのだが、これからはもう生活していくために物を書くことは極力控え、読んだ人の心が震えるような文章が書ける文章家を目指して物を書いていこう。そして、その決意を表す意味で名刺の肩書を「文章家」に改めよう。そう決めての「文章家宣言」である。

（二〇一六年一一月一二日発行「火涼」七三──斎藤緑雨文化賞特集号──）

四　研究ノート――私の産土信仰と伊勢

一八歳で寺山修司の「家出のすすめ」に煽られて、生まれ育った三重県安芸郡芸濃町椋本を離れ東京へ飛び出した時、私は、おそらくこの郷へ帰ることはないであろうと思っていた。五五歳になり、故郷で過ごした一八年の二倍の時間を東京で生きてきたことに気が付いた。

郷を離れ、自らを流れ者と思い定めた三六年間。その年月の多くを私は、私同様に郷を離れネオン煌めく盛り場でカラダを張って生きる女性たちと交わり、彼女たちの生の声を拾い集めて記事にする、ネオンジャーナリストとして生きてきた。

性を売ることを職業として生きる女性たち。表向きは楽しそうに振る舞っているが、私の都会での生活がそうであったようにいつだって根無し草の浮草稼業、どこかフワフワした落ち着かないものだった。そんなこともあって、いつの頃からか、このような根無し草の私たちでも救われる道というものがあるのだろうかと考えるようになっていた。そうした生活を続けながら実践したのが、娼婦の物語を「娼婦小説」と規定し、これらをじっくり読み込み研究することだった。五五歳から法政大学の大学院に社会人入試を受けて入学し、文芸評論家でもある勝又浩教授に教えを乞い、性を売る女性が主人公の小説を読み解く作業に取りかかった。この作業を通じて戦後の娼婦小説が書かれた時代背景や、娼婦たちの生き様を知ることは出来たが、娼婦が、いや娼婦でも救われるとはっきり言い切っている小説がないとわかり、そのことが無性に気になりだした。何故、この世の最果てで生きる娼婦は救われないのか？

そんな時、娼婦であっても「南無阿弥陀仏」と念仏を称えれば救われる。『法然上人絵伝』第三四、室津の遊女の項でそうはっきりと言っているのが浄土宗の開祖、法然上人だということを知る。これが還暦を間近にした私の仏教との最初の出会いであった。念のためにに記しておけば私が一八歳の時に飛び出した昔、伊勢の国と言われていた三重県の実家は真宗高田派の檀家である。真宗の宗祖、親鸞聖人は法然上人の弟子にあたる。真宗でも娼婦は救われるはずだ。そこで私は本気で真宗を学ぼうと、名古屋にある真宗大谷派の同朋大学の別科に入学する準備にかかった。

その年二〇一一年、三月七日母死亡、一一日東日本大震災発生。慌ただしい中で、四月から同朋大学で真宗の勉強を始める。そして真宗も「南無阿弥陀仏」を称えれば娼婦も、いや「悪人正機」の考えのもと、誰も救いの手を差し伸べない娼婦だからこそ浄土へ行けるという教えであることを知り、真宗の学びに精を出し、二年掛けて同朋大学別科を卒業、実家のお手次寺に得度したい旨の伺いをたてた。その時、真宗の寺の檀家に生まれた私は、真宗の教義を学び、後はしきたりを勉強すれば僧侶になれると思っていた。

ところが私の伺いにお手次寺は「今、うちの寺は得度する人は必要としていません」という。びっくり仰天だった。真宗って教義を学んでいけば道が開けるのではなかったのか。郷を離れ、流れ流れて生きてきて、阿弥陀仏と出会った者を救ってくれる教えではなかったのか。得度出来ないとわかって、やはり郷を捨てた流れ者は救われないのか、そんな思いが脳裏をよぎったが、ともあれ、その後も真宗高田派の教学の学びの場である高田短大の仏教専門講座に通い、真宗高田派の教義を学び続けた。そんなこんなで残念ながら我が家のお手次寺での得度はままならず宗派の門徒である者が僧侶の道に進むということはそう簡単でないと知る。もちろん、そうであっても娼婦が救われ、あるいは不埒な数十年を過ごしてきた私が救われる道は浄土門の浄土宗、あるいは浄土真宗であると知った以上、以降も真宗を学んでいこうという思いは変わらなかった。ただ、得度が出来ないとなれば、阿弥陀仏以外にも、生まれた土地を離れ浮草のように生きてきた私が救われる方法があるやも知れないと思うようにもなっていた。

実は二〇一一年の震災の年から、私は東京に数多くいる芝居をする友人たちの協力を得て、故郷の三重県津市で芝居の勧進元を始めていた。得度がままならないとわかった、ちょうどそんな時に、その芝居を観てくれていた中学の一学年下で、バレー部で一緒に活動した友人から、私が生まれ育った故郷の芸濃町椋本にある椋本神社の獅子舞が後継者不足で存続の危機にあるという話を聞かされる。

獅子舞といえば、小、中学生の頃に椋本神社に出向いてよく見たものだ。「タンタンシュ、タンタンシュ」の口取りのリズムを取る音が耳底でリフレインした。何とか力になれないものか。

そこで、今は芝居より椋本獅子舞の現状を多くの人に知ってもらうための映画を作るのが先と考えて、友人であるドキュメント映画の青池憲司監督に依頼し、映画製作に取り掛かる。二〇一四年の春のことである。もしも私がお手次寺で得度していたら、神事である獅子舞の映画を撮ろうというふうにはならなかっただろう。そう考えると、これは得度出来なかったが故の御縁であった。椋本神社の獅子頭のルーツも知らないままの映画製作だったが、調べてみると、現在の獅子頭は明治三年（一八七〇）の台風で椋本神社の境外地にある樹齢二千数百年の椋の樹が折れ、その折れ枝を使い時の神職（駒田巽氏）が彫刻し明治七年に奉納したもので、丑、辰、未、戌の年に獅子舞連中が舞神楽を奉納しているのだと知った。
その御縁のおかげなのだろう。この同時期、二〇一四年五月二八日に水族館劇場『嘆きの天使』（作・演出　桃山邑）を東京の三軒茶屋、太子堂八幡神社境内で観る。この芝居は私と同学年の永山則夫の物語だった。その時、水族館劇場が出している劇団機関誌「Ｆｉｓｈｂｏｎｅ」六四号に桃山氏の友人である、元神職で今牧師をしているという金田恒孝氏の「伊那谷の祭り考」という一文があり、そこに産土神について次のような記述があった。

うぶすな神は、そこで生まれたいのちがその地を遠く離れても、地を離れて守り続ける、言い換えれば、働きが地に縛られない神である。

産土神という言葉を初めて知ったのだが、この一文は目から鱗だった。この論に当てはめれば、私は椋本神社の産土神に守られて、郷を離れた四十数年を元気に過ごせてきたことになる。そのことへの感謝、恩返しの意味においても、獅子舞映画を完成させよう。私の映画製作の決意は確かなものになっていった。
それはさておき、私の実家には真宗高田派ならではの、金ぴかの大きな仏壇の横に榊を手向ける神棚が置かれていた。今は亡き祖父は、それが当然のように毎朝仏壇の前で「南無阿弥陀仏」と唱えた後、神棚に柏手を打っていた。伊勢神宮の地、三重県では仏と神とを同時に信仰していたようだが、あれでよかったのだろうか？　仏教のことは、中でも浄土門のことはしっかり勉強してきたつもりになっていたが、神との関係はあまり関心はなかった私は、獅子舞のとりもつ縁で仏と神とについて真剣に考える機会を得た。

鎌倉時代に親鸞聖人の弟子にあたる唯円が書いたとされる『歎異抄』七章には、「念仏者は、無碍の一道なり」とある。また浄土和讃の「現世利益」の歌に次のような一節がある。

◎歎異抄　七章

念仏者は、無碍の一道なり。そのいわれいかんとならば信心の行者には、天神地祇《てんじんちぎ》も敬伏し、魔界外道も障碍することなし。罪悪も業報も感ずることあたわず。諸善もおよぶことなきゆえに、無碍の一道なりと云々

〔**現代語訳**〕阿弥陀仏に救われた人は一切がさわりとならない無碍の一道という世界に出ます。なぜならば、阿弥陀仏から救われ、真実の信心を頂いた人には、天地の神も敬って頭を下げ、魔の世界の者、真理に外れた道の者もさまたげることはできないのです。

◎浄土和讃　現世利益和讃七首目

南無阿弥陀仏をとなうれば　堅牢地祇は尊敬す　かげとかたちのごとくにて　よるひるつねにまもるなり

〔現代語訳〕南無阿弥陀仏を称える身になると、大地の神々も尊び敬う。陰がものの形に添うように、昼夜を問わず常に護るのである。

◎浄土和讃　現世利益和讃七首目十一首目

天神地祇はことごとく　善鬼神となずけたり　これらの善神みなともに　念仏のひとをまもるなり

〔現代語訳〕天地の大いなる神々は、みな善鬼神と申しあげる。これらの神々は皆ともに、念仏する人を護るのである。

ここには阿弥陀仏と神が並び立った世界がある。冷静に考えてみれば、明治の廃仏毀釈以前の日本は「神仏習合」であったのだから、これは当然のことで、私がそのことを知らなかっただけの話で恥ずかしい限りなのだが、この時期に目を通した本の中に、吉本隆明著、大橋俊雄訳・注の『死のエピグラム「一言芳談」を読む』がある。何故、その時期にといわれると、これまた御縁があったからとしか言えないのだが、その第一章に書かれた、二〇一七年に没後千年を迎えた『往生要集』の著者「恵心僧都《えしんそうず》」源信和尚と天照大神のエピソードを読んで、私自身なに憚ることなく、阿弥陀仏と産土神を信仰していこうと決めることになる。そこにはこう書かれていた。

恵心僧都が伊勢大神宮に詣で七日間お籠りした最後の日の夜、夢に宝殿の扉が開いたかと思うと、中からあまりにも尊く気高い一人の女性が出ておいでになり、いま、ご祭神の天照大神は浄土にお戻りになっていて、ここにはおりません。私は、お留守を守るものです。汚れ濁ったこの世で、生活にあえいでいる人々が救われるための大切な教えを問うことがあれば、阿弥陀仏を念じなさいと進めるように、いいおいておられます。とおっしゃった。

こうして今、長い間、私を守護してくれた産土神に感謝しつつ、東京と故郷の三重県津市芸濃町を行ったり来たりしながら、故郷で「芸濃町を芸濃い町にする会」を立ち上げ、この鄙をアングラ芝居で町起こしが出来ないかと考えて、この世を生き西に沈む夕陽を見ながらあの世のことを思い、阿弥陀仏のお迎えを待つ日々を送っている。

さて、最後に神社における氏神と産土神についてであるが、新谷尚紀《しんたにたかのり》氏の著書『氏神さまと鎮守さま　神社の民族史』によれば、次のように書かれている。

江戸時代になると、氏神と産土神が同じような意味で考えられていた。それを示すのは伊勢貞丈《いせさだたけ》の『貞丈雑記』の記事である。「氏神と産土神と一つ事に覚たるひとあり。あやまり也。産土神は人々の生まれたる在所の鎮守の神也。氏神は氏の元祖神也」。つまり、貞丈は、氏神と産土神を同じだという人もいる、しかし、それは誤りであり、生まれた土地の鎮守の神が産土神だ、というのである。

鎮守とは郷村、つまり村里の氏神のことで、氏の氏神ではないのである。では明治以前の日本において、生まれた地を遠く離れた命、すなわち流浪する民とはどういう人のことを指していたのだろう？　さまざまな文献によれば、中世から近世にかけて、地獄極楽の絵解きをしながら熊野三山の運営資金を集めるために、勧進比丘尼となって諸国を歩いた熊野比丘尼もこれに当てはまる。また旅芸人一座の一統もこれに当てはまる。さらに言えば、生まれた郷では、さすがに出来ない性を売って生計を立てる白拍子とか、海の娼婦「はしりがね」のような売笑婦もこれに含まれる。こうした人々が、守られ心の頼りとしたのが産土神であった。

今は？　男だったら都市の寄せ場の人たちであり、ホームレスの人たちである。女であれば盛り場でカラダを張って働く風俗嬢ということになるのではないか。

もちろん、鄙から都に出て浮草のように彷徨って生きた私もまた、そんな流浪する民の一人である。

以下は、命あるうちは産土神に見守られて生き、御迎えが来た後は阿弥陀仏に召されて西方浄土にいけるのだと信じて浮世を生きる、そんな私の今の在り様を詠んだ歌である。

この世とあの世の巡礼歌
「てぇへんだ～」心で叫び最果ての人と交わり　知る世の歪《ひず》み
この世では産土神に守られて弥陀の光に乗ってあの世へ
一人死に二人三人友つづき置いてけぼりは「南無阿弥陀仏」
葬列の如く夕陽に向かう団塊《むれ》「夜明けは近い」を歌いし我ら
四拾七歳寺山修司この世去り六拾七歳いま我　あの世見ている

ところで、産土神は、どのような姿で私たちの前に立ち現れるのかご存じだろうか？

私は長谷川伸の芝居台本『瞼の母』を読み、産土神と思しき神の存在を感知することが出来た。主人公の番場の忠太郎が五歳の時に離れ離れになった母と会えたにもかかわらず、互いに母と子の名乗りが出来ない場面で、忠太郎そして芝居を観ている観客の瞼の裏にくっきりと立ち現れてくる若き日の母の顔、これが産土神であると領解した。そして、こんな歌を作った。

産土は母の俤　幼き頃に生まれし郷で見し母の顔

鄙を離れ、流浪して生きる者が瞼を閉じたときに瞼の裏に立ち現れる幼き頃に見た母の顔。それが産土神。そして見る人によって、その姿を様々に変えて現れるこの神は、産土の鄙で生まれた命がどこをさ迷っていようとも、その命がいくつになっていようとも、そっと見守り続けてくれているのである、と。

（この原稿は平成二九年六月二三日「国際熊野学会大会in伊勢志摩」での研究発表「産土信仰と伊勢」のために作成したものである。）

文庫版あとがき　逃郷、望郷、そしてそれから……

寺山さんへの手紙を書いて丸八年が経った。あのとき、その最後に、

「今度は桃色の生き方でも、桃ちゃん探しの旅でもなく桃源郷を作るハーフターンの行《ぎょう》をし、一〇年後に一度は捨てた故郷（前近代）と東京（近代）をごった煮にした七〇歳のその身体がどんな思想を獲得しているのか。そんな私を楽しみにしながらである。」

と、記した。一〇年を経たずに、私を取り巻く環境は大きく変化した。そこで、その手紙が掲載されている『私は寺山修司・考　桃色篇』（れんが書房新社刊）に、その後の私の生き様を記した拙文数篇を追加し『寺山修司という生き方　望郷篇』と改題して文庫化することになった。

五〇年前、寺山さんの「家出のすすめ」に煽られ、故郷から逃げるように上京したとき「故郷は遠きにありて思うもの、そして悲しくうたうもの」だと思っていた。

ところが、今、その故郷に、巨大な特設テント劇場を建て、十数トンの水を使う水のサ

ーカス芝居でド肝を抜く「水族館劇場」の一統を招き、この世の果てへとこぼれて行く者たちの世界を、生まれ育った郷の人たちに見てもらう試みを行っている。

若き日、寺山さんのように生きてみたい。そう思ってその生き方の後を追いかけた。しかし才能が違っていた。だからといって、寺山さんのように生きるのをやめようと思わなかった。寺山さんに伍せるところがあるのではないか？　もがきにもがいて探し当てたのが、寺山さんがフィクションとして描いたトルコの桃ちゃんをノンフィクションで描くことだった。幸いにも、寺山さんは芝居、映画でトルコの桃ちゃん以外にも、カラダを張って生きる女性を多く描いていた。

「どんな鳥も想像力より高く飛べる鳥はいない。人間に与えられた能力のなかで、一番素晴らしいものは想像力である」

有名な寺山さんの言葉である。

私は考えた。もしもこの、寺山さんのいう想像力に勝てる思想があるとしたら、想像力の対極の肉体で勝負することしかないだろう。私は突撃する、体験する風俗ライターになり、トルコの桃ちゃんを探して、カラダを張って娼婦に肉迫することにした。文系から体育会系に転向したのである。この選択は大性交、いや大成功だった。数多《あまた》の娼婦とカラダを交えるうちに、寺山さんの描く娼婦が、今の娼婦と昔の娼婦をごった煮にした娼婦であることに気が付いた。それはまさしく近代と前近代をごった煮にする寺山さんの世界観、思想と相通じるもので、どんなに今風であろうとも娼婦は地獄へ堕ちる存在であった。そこに気が付いた私は、その視点から法政大学大学院の修士論文として「戦後の娼婦小説の系譜と寺山修司の娼婦観―寺山修司にとって桃ちゃんとは？」を書いた。

書きながら、どうしてカラダを張って生きる娼婦は地獄へ堕ちるのか？　救われないのか？　そのことが無性に気になりだした。そんな時に法政大学大学院で仏教の授業をされていた元神奈川県立金沢文庫長の高橋秀榮先生に教えを乞う機会を得、浄土宗の法然上人が娼婦でも「南無阿弥陀仏」を称えれば、浄土へ行けると説いていることを知る。私の生まれた家は、法然上人の弟子となる親鸞聖人を宗祖とする真宗高田派の檀家だった。真宗も「南無阿弥陀仏」を称えれば、娼婦でも浄土へ行けるという教えである。郷へ帰って墓守をしながら真宗を学ぼう。私は約四〇年間続けた望郷の思いを抱いて生きる生き方に終止符を打ち、『私は寺山修司・考　桃色篇』に纏めて、生まれた郷（鄙）と東京（都）とを行き来する生活をハーフターンと名付け実践することにした。本書第肆章「伊藤裕作という生き方」は、そうした中での様々な出来事を記したものである。『私は寺山修司・考　桃色篇』上梓時に、私の昭和末年からの友人でもあり、寺山さんと関わりの深い劇団「月蝕歌劇団」主宰の高取英さんから「図書新聞」に心温まる書評を書いていただいた。今回、文庫化に当たり、その全文を本書の解説として掲載をお願いしたところ快く許可をいただくとともに、この文庫本のカバー写真に高取さんの作・演出作品『寺山修司—過激なる疾走—』の舞台写真も使用させていただけることとなった。有難いことである。

さて、こうしてハーフターンの生活を始めた私を待ち受けていたのは、豈図らんや阿弥陀仏ではなく、産土神だった。これに関しては第肆章を読んでいただくとして、実は私及び私の産土の地である津市芸濃町に、とっても有難いことが、昨年の九月に起きる。『二〇一七水族館劇場横浜寿町公演Ｆｉｓｈｂｏｎｅ特別編集号』に「水族館劇場」に縁のある学魔・高山宏大妻女子大教授が寄稿した「楽日、寿町に行ってみよう（かな）」の中で次のようなことを書いてくださったのである。長いが、引用する。

昨年一番仰天したのは三重県芸濃町から突然発信された乱歩『パノラマ島奇談』の人と場所の真のモデルはこの人物、この人工池という異常に説得力のある説で、天下公器の『朝日新聞』の文化教養特集『be』の見開きブチ抜きの特集記事にとりあげられ、そのアクセス記事と小案内記事を頼りに出不精の伝説の学魔が行ってみたんだから、この記事の威力はただただ「ウウム、ゴイスッ」（最近「呟き者」どもの語彙の超俗化マニエリスムも気に入りで堪らない）。丁度大妻女子大比較文化学科粒よりの才女たちと『パノラマ島奇談』を読了したぴったりのタイミングで、早速この記事を「教材」にして、いかにリアルとアンリアルが表裏融通のものかを下手糞ながら熱く議論した。菰田源三郎の名にしてからが「菰《こも》」にしろ「田」にしろ「源」にしろ全て見事に農本主義旧日本を意味し、そこで「三郎」(三男)であることの意味はとか結論しそうになっていたのが、駒田とかいう地元素封家の名の隠されたもじりであったと判った瞬間の虚脱！　ゴ、ゴ、ゴイス。

一番嬉しかったのは三重の郷土史に詳しいこの新説の追求者がそれを直前、北九州で夢野久作作品を舞台化しおおせて話題の桃山邑の劇場に持ちこんで作品化の話になったという展開だった。凮は水族館劇場に向かって吹きだしたとはっきり感じたのをおぼえている。

これを読み、私は凮は芸濃町に向かっても吹きだした。と、はっきり感じた。ゴイス！これで私と芸濃町のことが、ある程度判っていただけたと思う。正確には、本書肆章の中の一篇「妄想の果実」を再読いただきたい。念のため。

二〇一八年二月節分の日　産土の地で

伊藤裕作

「水族館劇場」三月芸濃町公演『望郷オルフェ―終わりなき神話の涯に―』のために劇場を設営する水の一統と寝食を共にしながら

解説

近代と前近代との混合こそ寺山修司の世界なのだ

誰も描かなかった寺山の娼婦を論じた秀逸な書

高取　英
（劇作家・「月蝕歌劇団」主宰）

伊藤裕作〔の前著作＝編註〕『私は寺山修司・考　桃色篇』は、寺山修司に憧れ、彼に刺激され、性のライターとして活躍した著者の、寺山修司へのオマージュである。オマージュだけではなく、伊藤裕作の「ウィタ・セクスアリス」でもあり、そこが劇的に読者にせまってくる仕組みである。

なぜ、「ウィタ・セクスアリス」がせまってくるかといえば、伊藤裕作は性の前で立ち止まる青年であったからだ。寺山修司は吃音者や、赤面恐怖症の人にすごく興味を持ち、武満徹の説、ベートーヴェンの運命交響曲は、ダ・ダ・ダ・ダーンと吃る、を愛好した。伊藤裕作の「ウィタ・セクスアリス」は、まさにこれに近い。

彼はいう。寺山修司は、イプセンの「人形の家」のノラが家を出て、娼婦となって生きても、それでいいではないかとし、自立した娼婦像としてトルコの「桃ちゃん」というキャラクターを立ち上げた、と。

その寺山の本を読み、芝居、映画によって、伊藤裕作は、娼婦とは何者なのかという問題意識を持つようになり、「桃ちゃん」探しの風俗ライターとなり、全国の盛り場を歩き始めたと。

その伊藤裕作は、三重県の中学時代、友だちのもってきたエロ写真を借り、ひとり裏山でそれに見入って、股間を硬くさせた。

寺山修司にあこがれ、同じ、早稲田大学教育学部に入学したが、童貞で皮かむりであった。天井桟敷の『書を捨てよ、町へ出よう』を観たあと、皮かむりを治すために、新大久保の病院に行ったが、「手術前に美人の女医さんに唐辛子型ポコチンをつかまれただけで」「結局手術できる状態でなくなってしまう」純情な青年だったのだ。性の前に、ダ・ダ・ダ・ダーンと吃音のようではないか。

さらに、大阪の飛田遊郭で娼婦と筆下ろしに失敗し、二〇歳の、一九七〇年「力石徹の告別式」の後、一緒にいった女優の卵とセックスしようとして頑張れば頑張るほど「分身は中折れしていった」とある。

その後、「私は私をコテンパンにしてくれた女性器を〝地獄門〟と名付け」、シャドーボクシングとして、場末のストリップ劇場に通い詰め、〝地獄門〟を見つめたとある。

本当か、どうか、面白すぎるきらいもあるが、七年かけて大学を卒業し、一九七七年、エロ漫画誌のグラビアモデルを行い、河原で抱き合った時、自販機ポルノやビニール本の仕事へ飛び込む決意をしたという。その相手モデルは、後の愛染恭子であった。

寺山修司の写真集『犬神家の人々』の一節を引用しつつ、「これからは、この自分を隠すことなしに生きていこう。」という決意は、感動的で、寺山修司の「家出のすすめ」が、自立のすすめでもあったとするなら、それにあこがれた伊藤裕作の自立である。

心配しなくても、その後、伊藤裕作は、女性の首を絞めながら、ピストンを繰り返すようになるので、この話はここでいいだろう。

本書は、寺山修司が近代（都市）と前近代（地方）のごった煮をした、ととらえる伊藤裕作の、寺山演劇を論じた前半と「戦後の娼婦小説の系譜と寺山修司の娼婦観」と題した伊藤裕作の大学院（彼は、法政大学大学院に２００５年社会人入学した）の論文とで成立している。そう。真面目な人なのだ。

ここでは、伊藤は、石川淳の『黄金伝説』に、彼の言葉でいえば、戦後の淑女（聖女）が、娼婦（性女）に転化し、再生する、娼婦への肯定的な視線を発見している。さらに同じく、田村泰次郎の『肉体の門』にも、肯定的な姿を発見。そこには、戦前の卑しい女と語られた姿は微塵もない、とする。勿論、男性作家だけではなく、林芙美子の『骨』も論じる。

時代は変わり、水上勉の『五番町夕霧楼』に娼婦としての誇りを持つ女性を、松本清張の『ゼロの焦点』に、再生から、再び卑しい稼業と見られる時代がきたことを発見する。戦後十数年、売春防止法が施行される時代の小説と、伊藤は忘れずに論じる。

この論文は、〈敗戦後〉〈赤線、青線時代〉〈ポスト赤線&トルコ風呂〉〈現代〉へと論じている。それは、章ごとの言葉でいうと、「再生する女の物語」「運命論を巡る女の物語」「自立を志す女の物語」「心に闇を持つ女の物語」とあり、最後の章が「寺山修司の娼婦観」つまり、「前近代と近代のごった煮に世界」となり、終章に至る。

そこで伊藤は、寺山修司の『上海異人娼館』『田園に死す』『草迷宮』『青森県のせむし男』を論じながら、寺山修司の娼婦論を完成しようとする。

寺山修司には、自分のために娼婦となり性を楽しむ矜持を持てと、エッセイで語りながら、作品には、対極の娼婦が登場すると伊藤はいう。その、近代と前近代の混合こそ、寺山修司の世界なのだと伊藤裕作は言う。

誰も描かなかった寺山修司の娼婦を論じて本書は秀逸である。そして、寺山修司へのオマージュを捧げながら、現代思想風に変化した後期・天井桟敷に対し、正直に、こむずかしい劇団へと変え始めていた、とし、寺山からも「天井桟敷」からも遠くなっていった、とする伊藤の正直で謙虚な姿が、好感を抱かせるのである。

（「図書新聞」第２９７４号＝２０１０年7月17日＝掲載）

著者／伊藤裕作（いとう・ゆうさく）1950年2月25日、三重県生まれ。1968年3月、三重県立津高等学校卒業。同年4月、寺山修司と同じ早稲田大学教育学部に入学。7年かけて卒業後、30年間フリーランスの文筆業。2005年、法政大学大学院国際日本学インスティテュートに社会人入学。2009年3月、文筆業を続けながら日本文学専攻修士課程を修了。主な著書に『1970年20歳』『ドキュメント戦後「性」の日本史』（ともに双葉社）『ナイショナイショ――ソープ嬢のとっておきの話』（サンマーク出版）『娼婦学ノート』（データハウス）『私は寺山修司・考　桃色篇』（れんが書房新社）『風俗ルポ　昭和末年のトルコロジー』『愛人バンクとその時代』（ともに人間社文庫）などがある。近年は作歌活動、演劇活動にもフィールドを広げ、平成28年には津市文化奨励賞、斎藤緑雨文化賞（鈴鹿土曜会・三重文学協会）を受賞した。

人間社文庫 ‖ 昭和の性文化⑥

寺山修司という生き方　望郷篇

2018年 3 月10日　初版1刷発行

著　者　伊藤裕作
発行人　髙橋正義
発行所　株式会社人間社
〒464-0850　名古屋市千種区今池1-6-13　今池スタービル2F
TEL：052-731-2121　FAX: 052-731-2122
振替：00820-4-15545　e-mail：mhh02073@nifty.ne.jp

印刷製本　株式会社シナノパブリッシングプレス

＊定価はカバーに表示してあります。
＊乱丁・落丁本はお取り替えいたします。

ISBN978-4-908627-28-6 C0195

人間社文庫

昭和の性文化シリーズ　全７巻

① 風俗ルポ
昭和末年のトルコロジー　伊藤裕作
447頁／本体900円／978-4-931388-83-3
風俗紊乱といわれた昭和50年代半ばから末年にかけてのあの時代。どんな人がいて、どう生きたのか？　当時の風俗ルポが、いま甦る！

② すとりっぷ小屋に愛をこめて　川上譲治
327頁／本体800円／978-4-931388-84-0
新たな地平をと熱い思いで疾走し続けたすとりっぷ屋人生。それもどうやら先が見えてきた。時は、新風営法施行前夜——。

③ ざ・えろちか
青少年のためのセックス学入門　高取　英
269頁／本体800円／978-4-931388-89-5
この本は寺山修司に捧げたい。なぜなら、共著で『高橋鐵論』を書くことを計画していたが、ついに果たされることはなかった…。

④ 愛人バンクとその時代　伊藤裕作
293頁／本体800円／978-4-931388-90-1
「おしん」が人々の涙を誘っていた時代、「夕ぐれ族」が大ブレーク。愛人バンク33年目の真実が、いま明かされる！

⑤ エロ本水滸伝
極私的エロメディア回顧録　池田俊秀
鈴木義昭　責任編集
360頁／本体900円／978-4-908627-07-1
70年代後半から80年代初頭のエロメディアは一種異様なパワーがあった。ZOOM-UP編集長・池田俊秀の没後20年、追悼出版。

⑥ 寺山修司という生き方
望郷篇　伊藤裕作
363頁／本体800円／978-4-908627-28-6
寺山修司に憧れ、彼に刺激され、性のライターとして活躍した伊藤裕作自身の「ウィタ・セクスアリス」。そして、娼婦の系譜。（高取英推薦）

近刊　ピンク映画水滸伝（仮題）　鈴木義昭

人間社文庫

文学［小説］／日本の古層シリーズ

① 天白紀行　増補改訂版　山田宗睦

288頁／本体800円／978-4-908627-00-2

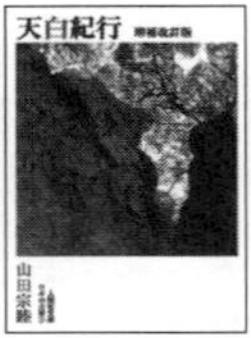

風伊勢、三河、遠江、駿河、信濃から関東にかけて広くその痕跡を残す、謎の「天白」信仰。上質な紀行文としても読むことができる。

② 日本原初考　古代諏訪とミシャグジ祭政体の研究　古部族研究会

312頁／本体800円／978-4-908627-15-6

③ 日本原初考　古諏訪の祭祀と氏族　古部族研究会

364頁／本体800円／978-4-908627-16-3

④ 日本原初考　諏訪信仰の発生と展開　古部族研究会

496頁／本体900円／978-4-908627-17-0

長い間絶版となったまま入手が困難だった「日本原初考」三部作を復刊！　古部族研究会は、当時「季刊どるめん」編集長だった田中基、人類学・民俗学の映像作家として活動していた北村皆雄、寿町で生活相談員を務めていた野本三吉の三人が結成した諏訪信仰の研究グループ。一九七四年に諏訪の研究者・今井野菊を訪ねて一週間泊まり込みで教えを乞うた伝説の合宿で本格的に始動し、「日本原初考」三部作を発表した。

小説　ピース・イズ・ラブ　君がいるから　伊神権太

365頁／本体800円／978-4-908627-22-4

信長により今明かされる残照伝、国境を超えたカトマンズ・ラブ・ロマンス、原発汚染のない清らかな海、空、かぜ。一貫するのは愛と平和の世界。

人間社の本

詩集／歌集／句集

詩集
風景　春日井建
四六判上製／161頁／本体1800円／978-4-931388-80-2
三島由紀夫が絶賛した「未青年」の歌人、最初で最後の詩集　生前に自選、校正半ばで斃れた宿願の風景詩集が没後十年を経て甦る。

詩集
女の子のためのセックス　ちんすこうりな
四六判変型軽製／155頁／本体1000円／978-4-908627-19-4
爽快なセックス宣言ともいえる詩集『青空オナニー』から八年。驚くほど成長した身体思想詩人・ちんすこうりなが満を持して放つ第二詩集。

詩集
悲しみの姿勢　秋吉里実
A5判並製／91頁／本体1500円／ISBN978-4-908627-01-9
たくさんの喜びや幸せの陰で、そっと泣いている人がいる。ふとそのことに気付き、七年間じっくり書き溜められた第一詩集。

詩集
Viva Mother Viva Wife　荒川純子
A5判並製／145頁／本体1500円／978-4-931388-92-5
詩と家族とに向き合うため、綺麗事は全て排した「赦し合うための賛歌」。十三年ぶりに満を持して放つ33篇の衝撃。

短歌
早大闘争50周年記念CD
遙かなる朋へ　短歌絶叫　福島泰樹
収録時間49分／本体2000円／978-4-931388-87-1
岸上大作、藤原隆義、村山槐多、石川啄木、大杉栄ら死者との共闘を標榜し「彼らは断固死んでなどいない！」と熱い想いを叫び続ける。

歌集
雨女の恋　森村　明
四六判並製／168頁／本体1500円／978-4-908627-23-1
此の世の終末と再生を予感させる、放恣と放埓。然して、嗜虐と好悪に盈ちた饒舌的奔流体。その底流を漂うエロスと悲哀！（福島泰樹推薦）

句集
然るべく　岡村知昭
B6判並製／174頁／本体1500円／978-4-908627-05-7
「なせばなる、なるようになる、なんとかなる」を心の銘に句界を駆け抜けてきた二十年の厳選された三百句。第一句集。

人間社の本

樹林舎叢書／歴史／芸術／文学